U0083531

中國語言文字研究輯刊

二　編
許　錟　輝　主編

第9冊
戰國文字構形研究（中）

陳　立　著

花木蘭文化出版社

國家圖書館出版品預行編目資料

戰國文字構形研究（中）／陳立 著— 初版— 新北市：花木蘭文化出版社，2012〔民 101〕

目 4+294 面；21×29.7 公分

（中國語言文字研究輯刊　二編；第 9 冊）

ISBN：978-986-254-865-3（精裝）

1. 古文字學　2. 戰國時代

802.08　　　　　　　　　　　　　　　　101003081

中國語言文字研究輯刊

二　編　　第九冊　　　　　　　ISBN：978-986-254-865-3

戰國文字構形研究（中）

作　　　者	陳立
主　　　編	許錟輝
總 編 輯	杜潔祥
出　　　版	花木蘭文化出版社
發 行 所	花木蘭文化出版社
發 行 人	高小娟
聯 絡 地 址	新北市永和區中正路五九五號七樓之三
	電話：02-2923-1455／傳眞：02-2923-1452
網　　　址	http://www.huamulan.tw 信箱 sut81518@gmil.com
印　　　刷	普羅文化出版廣告事業
初　　　版	2012 年 3 月
定　　　價	二編 18 冊（精裝）新台幣 40,000 元

戰國文字構形研究（中）

陳 立 著

目

次

第五章　形體結構異化分析

第一節　前　言

　　隨著社會的進步，文字的使用愈來愈爲頻繁，由於地域的不同，在書寫的習慣上也有不同的表現，文字亦因使用的地點或是性質的不同，而呈現形體上的差異。以書於竹簡上的文字爲例，由於竹簡的寬度與長度有限，爲求美觀或最有效的利用，將某些原本採取上下式結構的文字改爲左右式結構以配合竹簡的長度，或是將左右式結構的文字改爲上下式結構以配合竹簡的寬度，如此便造成形體結構之偏旁位置的不固定；再者，某些書手於抄寫時因爲一時未察，將文字的筆畫分割或是誤將之連接，因而產生文字形體的變異。

　　關於「異化」一詞，何琳儀云：

　　　簡化和繁化，是對文字的筆畫和偏旁有所刪簡和增繁；異化，則是對文字的筆畫和偏旁有所變異。異化的結果，筆畫和偏旁的簡、繁程度並不顯著，而筆畫的組合、方向和偏旁的種類、位置則有較大的變化。總體來看，偏旁的異化規律性較強，筆畫的異化規律性較弱。這大概與偏旁能成爲一個整體部件，相對穩定有關。異化，與通常所說的「譌變」並非同一概念。固然，有的譌變的確屬于異化；但是，有的譌變則屬于簡化或繁化。因此，異化和譌變是根據不同

的方法剖析文字形體結構的不同分類範疇。﹝註1﹞

據此可知,「異化」係指對於文字的筆畫或是形體的經營,產生不同的變化,它具有相同的字音與字義而有不同的字形,但是卻與增繁、省減現象不同,後二者具有明顯的繁、簡變化,前者只是改異其形體的組合。從偏旁與筆畫的角度,討論「異化」的規律性強弱,基本上應無問題。從戰國文字材料觀察,無論是偏旁位置的經營,或是偏旁的替換,多呈現骨牌效應,只要某一偏旁發生變化,從此一偏旁者即隨之改異,就其規律性言,確實較筆畫的異化爲大。以義近形符替換爲例,從偏旁「豸」的「豹」、「貘」、「貍」、「貂」、「犴」等字,於楚系文字裡皆從「鼠」;從偏旁「糸」的「純」字於晉系文字裡從「束」,「約」字於秦系文字裡從「束」。由此可知,當某一文字所從的偏旁發生變化時,原本從該偏旁的一系列文字,也會產生變化。此種偏旁異化的現象,容易發生於同一地域的文字系統,至於不同的系統則多有各自的發展模式。

此外,與「異化」一詞相近者爲「異體字」。對於異體字的定義,學者以爲是音義相同而外形不同的字,或是同一文字而有不同的字形者,如:裘錫圭云:

> 異體字就是彼此音義相同而外形不同的字。嚴格地說,只有用法完全相同的字,也就是一字的異體,才能稱爲異體字。但是一般所說的異體字往往包括只有部分用法相同的字。嚴格意義的異體字可以稱爲狹義異體字,部分用法相同的字可以稱爲部分異體字,二者合在一起就是廣義的異體字。﹝註2﹞

裘錫圭將異體字分做狹義與廣義二種,狹義的異體字必須符合音義相同、字形不同、用法完全相同的原則,廣義的異體字只須音義相同、字形不同、用法部分相同。又如:詹鄞鑫云:

> 異體字概念有廣義狹義之別。狹義的異體字指兩個形體不同而兩者的讀音(通常包括古音和今音)相同、意義(通常包括本義和各個義項)也相同的文字。廣義的異體字除包括狹義異體字以外,還包括一部分在文獻中經常通用的通假字(如:修脩、剪翦)和古今字(如昆崑、

﹝註1﹞何琳儀:《戰國文字通論》,頁203,北京,中華書局,1989年。

﹝註2﹞裘錫圭:《文字學概要》,頁233,臺北,萬卷樓圖書有限公司,1995年。

席蓆）。……異體字是同一個字的不同寫法，換言之，是爲同一個詞
而造的不同形體的文字，或是由某一個字變形成爲異體字。〔註3〕

狹義的說法與裘錫圭相近同，廣義的異體字範圍，更將古今字、通假字涵蓋其
中。古今字仍符合音義相同而字形不同的原則，所以歷來的學者多將之納入異
體字中。〔註4〕一般而言，通假的二個字，除了具備古音相同或是相近關係外，
在意義上無相同之處，亦即通假字唯有在一定的語言環境下，才能替代本字的
意義，它所具有的通假意義是暫時的，一旦離開特定的語言環境立刻消失，因
此將通假字放入異體字中並不適當。

在異體字的分類上，早期之學者，如：梁東漢將之分爲十五類：一、古今字；
二、義符相近，音符相同或相近；三、音符的簡省；四、重複部分的簡化；五、
筆畫的簡化；六、形聲字保存重要的一部分；七、增加音符；八、增加義符；九、
較簡單的會意字代替較複雜的形聲字；十、簡單的會意字代替結構較複雜的形聲
字；十一、義符音符位置的交換；十二、新的形聲字代替舊的較複雜的形聲字；
十三、假借字與本字并用；十四、重疊式和并列式并用；十五、書法上的差異。
〔註5〕從其分類觀察，不論是文字結構的差異，或是假借字、本字的並用，都歸
屬在異體字的範圍。可知其定義，與詹鄞鑫之廣義的異體字相近。

近代之學者，如：裘錫圭將之分爲八類：一、加不加偏旁的不同；二、表
意、形聲等結構性質上的不同；三、同爲表意字而偏旁不同；四、同爲形聲字
而偏旁不同；五、偏旁相同但配置方式不同；六、省略字形一部分跟不省略的
不同；七、某些比較特殊的簡體跟繁體的不同；八、寫法略有出入或因訛變而
造成不同。〔註6〕深究其言，第一類屬於偏旁的增繁，第二類屬於結構性質的差
異，第三類屬於義近偏旁的替代，第四類屬於聲近偏旁的替代，第五類屬於偏

〔註3〕詹鄞鑫：《漢字說略》，頁296～297，臺北，洪葉文化事業有限公司，1995年。

〔註4〕梁東漢：《漢字的結構及其流變》，頁64，上海，上海教育出版社，1991年；王
　　　　力：〈字的寫法、讀音和意義〉，《王力文集》第三卷，頁499，濟南，山東教育出
　　　　版社，1985年；林澐：《古文字研究簡論》，頁94，長春，吉林大學出版社，1986
　　　　年；曾榮汾：《字樣學研究》，頁120，臺北，臺灣學生書局，1988年；許威漢：
　　　　《漢語學》，頁74，廣州，廣東教育出版社，1995年。

〔註5〕《漢字的結構及其流變》，頁64～69。

〔註6〕《文字學概要》，頁235～237。

旁位置的不固定，第六、七類屬於省減，第八類屬於訛變。

若要比較異體字與異化二者涵蓋領域的大小，異體字的範圍實大於文字的異化，其間的範圍甚大，除了一般的省減、增繁現象外，尚包括偏旁位置的不固定、更換偏旁、形體訛變等，從其分類觀察，異化係包涵於異體字中。

關於文字異化現象，茲分為偏旁位置的異化、筆畫形體的異化、形近形符互代的異化、非形義近同之形符互代的異化，義近形符互代的異化、聲近互代的異化等六項，分別舉例說明，論述如下：

第二節　偏旁位置的異化

古文字在偏旁位置經營上，一般習見左右結構互置、上下結構互置、上下式結構改為左右式結構、左右式結構改為上下式結構等四種，並無一定的格式。茲將因偏旁位置的不固定而產生的文字異化，分別舉例說明，論述如下：

一、左右結構互置例

所謂左右結構互置，係指在偏旁位置的經營上，由原本的左右式結構改為右左式的結構，換言之，即是偏旁位置左右不固定，可以任意的更換書寫位置。

〈少虞劍〉之「少」字作「†」，與甲骨文的字形最為近同，包山竹簡的簡文皆為「少司敗」，將包山竹簡「少」、「𡭽」二例相較，該字於偏旁位置的經營上，出現左右互置的現象。〔註7〕

甲骨文「邦」字與兩周文字差異甚大，徐中舒云：「從丰從田，象植木於田界之形，與《說文》邦之古文形近。」〔註8〕指植樹於田界；兩周文字從丰從邑，《說文解字》「邑」字云：「國也」，「邦」字云「國也」〔註9〕，指植樹於邦界或是國界。邱德修指出「邦」字原來的本義為植木於邦界，其後引伸為植木於田界，為了區別本義與引申義的不同，遂造出從田的「𤱿」字。〔註10〕兩周文字

〔註7〕從偏旁「少」者，亦見相同的現象，如：信陽竹簡〈遣策〉的「鈔」字，包山竹簡的「雀」字。

〔註8〕徐中舒：《甲骨文字典》，頁712，成都，四川辭書出版社，1995年。

〔註9〕（漢）許慎撰、（清）段玉裁注：《說文解字注》，頁285，臺北，黎明文化事業股份有限公司，1991年。

〔註10〕此說法為邱德修於2002年7月15日告知。

之形體，基本上變化不大。包山竹簡的簡文爲「楚邦」，楚帛書爲「其邦又大亂」，〈塦侯因育敦〉銘文爲「保有齊邦」，〈塦璋方壺〉爲「塦璋入伐燕亳邦之獲」。將兩周文字的字形相較，楚系作「䢌」或「䢐」，齊系作「䢌」或「䢒」，於偏旁位置的經營上，出現左右互置的現象。〔註11〕

「珥」字從玉耳聲，兩周文字裡從偏旁「玉」者，採取左右式結構時，多將偏旁「玉」置於左方〔註12〕，楚簡作「珥」或「㺯」，「玉」上所見的短斜畫，皆屬飾筆的性質，並無區別字義或字形的作用。曾侯乙墓竹簡的簡文爲「珥塡」，信陽竹簡爲「齒珥」。將文字形體相較，該字於偏旁位置的經營上，出現左右互置的現象。〔註13〕

「談」字從言炎聲，郭店竹簡的簡文爲「士有謀友則言談不口」，《古陶文彙編》（3.198）的陶文爲「蘷匋甸里人談」，（4.41）爲「左宮談」。楚、齊二系文字皆爲左言右炎的結構，寫作「䜎」，燕系文字作左炎右言的結構，寫作「䜁」；其次，燕系「談」字所從之「炎」下方的「口」，並無區別字義的作用，應屬無義偏旁的性質。將文字形體相較，該字於偏旁位置的經營上，出現左右互置的現象。〔註14〕

「縗」字從糸從每，包山竹簡的簡文皆爲「縗丘」，〈鄂君啓車節〉銘文爲「縗易」。〈鄂君啓車節〉與包山竹簡字形相同，惟後者作「繠」或「縗」，偏旁位置未固定，出現左右互置的現象。〔註15〕

金文「姑」字在偏旁位置的安排上並未固定，雨臺山竹簡的簡文爲「姑先之宮」，楚帛書爲「曰姑」。將文字形體相較，該字作「姑」或「𡚤」，偏旁位置出現左右互置的現象。〔註16〕

〔註11〕從偏旁「邑」者，亦見相同的現象，如：包山竹簡的「郚」字。

〔註12〕容庚：《金文編》，頁24～26，北京，中華書局，1992年；滕壬生：《楚系簡帛文字編》，頁41～48，武漢，湖北教育出版社，1995年。

〔註13〕從偏旁「玉」者，亦見相同的現象，如：上博簡〈緇衣〉的「圭」字。

〔註14〕從偏旁「言」者，亦見相同的現象，如：包山竹簡的「訓」字，郭店竹簡〈老子〉丙本的「信」字，〈中山王𰯼方壺〉的「信」字。

〔註15〕從偏旁「糸」者，亦見相同的現象，如：《古陶文彙編》的「孫」字。

〔註16〕從偏旁「女」者，亦見相同的現象，如：〈曾姬無卹壺〉的「姬」字，郭店竹簡〈老子〉甲本的「娩」字。

　　「狗」字從犬句聲，楚簡的簡文皆爲「狗子」，睡虎地竹簡爲「是神狗僞爲鬼」。將文字形體相較，楚簡「狗」字作「⿰⿱犭」或「⿰⿱」，偏旁位置出現左右互置的現象。〔註17〕

　　「聞」字或從耳昏聲，或從耳門聲。天星觀竹簡的簡文皆爲「秦客公孫鞅聞（問）王於蔵郢之歲」，睡虎地竹簡爲「壬申生子，聞」，〈中山王𧪘鼎〉銘文爲「寡人聞之」。《說文解字》「聞」字云：「知聲也，從耳門聲。」其下收錄一重文，云：「古文，從昏。」〔註18〕《說文解字》篆文明顯源於秦系文字，古文則源於楚、晉系統。將文字形體相較，天星觀竹簡作「⿰」或「⿰」，偏旁位置出現左右互置的現象。〔註19〕

表 5-1

字例	殷商	西周	春秋	楚系	晉系	齊系	燕系	秦系
少	《合》（19772）	〈少虞劍〉〈蔡侯紐鐘〉		〈包山 50〉〈包山 129〉				

〔註17〕從偏旁「犬」者，亦見相同的現象，如：〈曾侯乙鐘〉的「獸」字，包山竹簡的「愁」字。

〔註18〕《說文解字注》，頁 598。

〔註19〕左右結構互置的現象，於戰國文字裡，尚有諸多字例，如：曾侯乙墓竹簡的「戟」字，信陽竹簡〈竹書〉的「難」、「𢿘」等字，天星觀竹簡〈卜筮〉的「祝」、「粒」等字，天星觀竹簡〈遣策〉的「桶」、「龜」等字，望山一號墓竹簡的「融」、「死」、「社」等字，包山竹簡的「繪」、「醻」、「殤」、「坪」、「塙」、「䢔」、「贈」、「被」、「兄」、「䣌」、「綎」、「鞾」、「鹽」、「角」、「解」、「猷」、「和」、「祝」等字，郭店竹簡〈成之聞之〉的「己」字，郭店竹簡〈尊德義〉的「冀」字，郭店竹簡〈唐虞之道〉的「廟」字，郭店竹簡〈語叢二〉的「必」字，秦家嘴九十九號墓竹簡的「禱」字，〈哀成叔鈉〉的「鉰」字，〈𧊒𧊒壺〉的「和」字，〈兆域圖銅版〉的「棺」字，〈涅‧平襠方足平首布〉的「涅」字，〈郾王職戈〉的「洀」字，睡虎地竹簡〈法律答問〉的「𧿒」字。

鈔				鈔〈信陽 2.8〉 鈔〈包山 263〉				
雀				雀〈包山 202〉 雀〈郭店・緇 衣 28〉				
邦	邦《合》 （595 正）	邦〈大盂鼎〉 邦〈毛公鼎〉	邦〈鬮鎛〉 邦〈黿公華 鐘〉	邦〈包山 228〉 邦〈楚帛書 ・丙篇 8.4〉		邦〈陳侯因 資敦〉 邦〈陳璋方 壺〉		
郢				郢 郢〈包山 169〉				郢〈睡虎地 ・日書甲 種 69 背〉
珥				珥〈曾侯乙 10〉 珥〈信陽 2.2〉				
圭	圭〈毛公鼎〉			圭〈郭店・緇 衣 35〉 圭〈上博・緇 衣 18〉				
談				談〈郭店・語 叢四 23〉		談《古陶文 彙編》 （3.198）	談《古陶文 彙編》 （4.41）	

訓				〈天星觀·卜筮〉 〈包山210〉				
信				〈郭店·老子丙本1〉	〈中山王嚳方壺〉			〈睡虎地·爲吏之道7〉
繇		〈師虎簋〉		〈鄂君啓車節〉 〈包山90〉				
孫	《合》（10554）	〈己侯簋〉 〈格伯作晉姬簋〉	〈鼄公華鐘〉			〈墬侯因脊敦〉 《古陶文彙編》（3.296）		
姑	〈奄婦姑鼎〉	〈庚嬴卣〉	〈姑馮昏同之子句鑃〉 〈姑發閂反劍〉	〈雨臺山21.3〉 〈楚帛書·丙篇11.2〉				
姬		〈魯侯鬲〉		〈曾姬無卹壺〉		〈禾簋〉		
娧				〈郭店·老子甲本15〉				

			〈郭店・緇衣1〉			
狗			〈天星觀・遣策〉〈包山176〉			〈睡虎地・日書甲種48背〉
獸	《合》（905正）《合》（6121）《合》（28771）	〈員方鼎〉	〈王子午鼎〉	〈曾侯乙鐘〉		
懯			〈包山15反〉〈包山194〉			
聞			〈天星觀・卜筮〉	〈中山王譻鼎〉		〈睡虎地・日書甲種148〉
載			〈曾侯乙14〉〈天星觀・遣策〉		〈平阿左載〉	
戮			〈信陽1.1〉	〈中山王譻鼎〉		

			〈楚帛書·丙篇 11.4〉				
難		〈殳季良父壺〉	〈齊大宰歸父盤〉	〈信陽 1.8〉 〈楚帛書·甲篇 4.25〉			
祝				〈天星觀·卜筮〉 〈望山 1.49〉			
祉				〈天星觀·卜筮〉 〈包山 205〉			
桶				〈天星觀·遣策〉 〈望山 2.38〉			
龕				〈天星觀·遣策〉 〈德山夕陽坡 1〉			
社				〈望山 1.25〉	〈中山王譽鼎〉		〈詛楚文〉

			社 〈包山 138 反〉			
死	㱼 《合》 （17057） 㱽 《合》 （17059） 㱽 《合》 （21306 乙）	㱽 〈頌鼎〉	㱽 〈黻鎛〉	㱽 〈望山 1.59〉 㱽 〈望山 1.60〉			
融		融 〈癲鐘〉	融 〈郘公釛 鐘〉	融 〈望山 1.123〉 融 〈包山 217〉			
角	角 《合》 （112） 角 《合》 （10467）	角 〈史牆盤〉 角 〈癲鐘〉		角 〈包山 18〉 角 〈包山 86〉	角 〈十一年 壺〉	角 〈羊角戈〉	
醮				醮 〈包山 21〉 醮 〈包山 173〉			
塙				塙 〈包山 27〉 塙 〈包山 76〉		塙 《古陶文 彙編》 （3.413）	
疑				疑 〈包山 85〉 疑 〈包山 162〉			

兄	夕《合》（27610）	兄〈殳季良父壺〉	𤯍〈王孫遺者鐘〉	𤯍〈包山135〉 𤯍〈包山135反〉 兄〈包山138反〉			
𣪊		𣪊〈𣪊鐘〉	𣪊〈王孫誥鐘〉	𣪊〈包山163〉 𣪊〈包山169〉			
鱠				鱠〈包山165〉 鱠〈包山188〉	鱠〈十八年戈〉		鱠〈睡虎地·日書甲種139背〉
和			和〈史孔和〉	和〈包山169〉	和〈𣪊盌壺〉	和〈噩貼簋蓋〉	和〈王后鼎〉	和〈睡虎地·法律答問94〉
鹽				鹽〈包山176〉 鹽〈包山186〉			
鹺				鹺〈包山186〉 鹺〈包山·牘1〉			

被				〈包山199〉〈包山214〉			〈新郪虎符〉
坪			〈臧孫鐘〉	〈包山200〉〈包山206〉			
貼				〈包山207〉〈包山219〉			
粘				〈包山214〉〈包山233〉			
祝	《合》（787）《合》（924正）《合》（2570）《合》（8093）	〈小盂鼎〉〈大祝禽方鼎〉〈長由盉〉		〈包山217〉〈包山237〉			

殤			〈包山222〉 〈包山225〉				〈睡虎地·日書甲種50背〉
解	《合》(18387)	〈寧子𣪘〉 〈毀子作寶團宮鼎〉	〈包山246〉 〈包山248〉				
繪			〈包山262〉				
廟		〈大克鼎〉 〈無叀鼎〉	〈郭店·唐虞之道5〉 〈郭店·語叢一88〉				
必			〈郭店·忠信之道2〉 〈郭店·語叢二47〉				
己	《合》(3187)	〈沈子子它𣪘蓋〉 〈己侯𣪘〉	〈郭店·成之聞之20〉				
巺	《合》(9571)		〈郭店·尊德義5〉				

			〈無㠯簋〉	〈上博・從政甲篇 18〉		
禱				〈秦家嘴 99.1〉　〈秦家嘴 99.2〉		〈睡虎地・日書甲種 101〉
鉬				〈哀成叔鉬〉	〈子禾子釜〉	
棺				〈兆域圖銅版〉		〈詛楚文〉
浧				〈浧・平襠方足平首布〉		
泃		〈啓作且丁尊〉		〈泃・平襠方足平首布〉		〈郘王職戈〉
巤				〈包山 91〉		〈睡虎地・法律答問 152〉　〈睡虎地・日書甲種 69 背〉

二、由上下式結構改爲左右式結構例

　　所謂上下式結構改爲左右式結構，係指構成文字的二個或二個以上的偏旁，在偏旁位置的經營上，由原本的上下式結構改換爲左右式的結構。換言之，即是偏旁位置上下、左右不固定，可以任意的更換書寫位置，爲異化所造成的結果。

甲骨文「步」字象「前進時左右足一前一後形」〔註20〕,「或從行,象人步於通衢。」〔註21〕金文象足一前一後之形,惟於〈兆域圖銅版〉將一前一後的足形,改爲左右式結構,寫作「ᕼᕽ」。〈兆域圖銅版〉銘文爲「六步」。將兩周文字相較,〈兆域圖銅版〉係將上下式改爲左右式的結構。

金文「布」字本從「巾」,採取上下式結構,發展至戰國時期,或改從市。簡文爲「紫布之縢」。將文字形體相較,曾侯乙墓竹簡的「布」字作「ᕼᕽ」,乃將上下式改爲左右式的結構。

「暑」字從日者聲,包山竹簡的簡文皆爲「墮暑」,睡虎地竹簡爲「夏大暑」。將文字形體相較,包山竹簡的「暑」字作「ᕼᕽ」或「ᕼᕽ」,出現將上下式改爲左右式結構的現象。

「嘗」字從旨尙聲,〈十四年陳侯午敦〉、〈陳侯因育敦〉銘文皆爲「以烝以嘗」,睡虎地竹簡的簡文爲「亦未嘗召丙飲」。〈十四年陳侯午敦〉「ᕼᕽ」將「旨」的位置提高,使得「匕」與「口」成爲左右式的結構。將文字形體相較,「嘗」字出現將上下式改爲左右式結構的現象。〔註22〕

表 5－2

字例	殷商	西周	春秋	楚系	晉系	齊系	燕系	秦系
步	ᕼᕽ《合》(67 正) ᕼᕽ《合》(6883)				ᕼᕽ〈兆域圖銅版〉			

〔註20〕羅振玉:《殷虛書契考釋》,卷中,頁 65 ,臺北,藝文印書館,1981 年。

〔註21〕《甲骨文字典》,頁 142。

〔註22〕將上下式結構改爲左右式結構的現象,於戰國文字裡,尚有諸多字例,如:天星觀竹簡〈遣策〉的「賅」字,包山竹簡的「冑」、「宜」、「賜」、「名」、「加」、「僕」、「多」、「常」、「載」等字,郭店竹簡〈太一生水〉的「也」字,上博簡〈民之父母〉的「樂」字,〈中山王嚳方壺〉的「賀」字,睡虎地竹簡〈秦律十八種〉的「賤」字,睡虎地竹簡〈日書甲種〉的「桐」字,睡虎地竹簡〈日書乙種〉的「賜」字。

	〈子且辛步尊〉					
布	〈作冊睘卣〉		〈曾侯乙122〉			
暑			〈包山184〉 〈包山185〉			〈睡虎地・日書甲種50背〉
嘗				〈十四年陳侯午敦〉 〈陳侯因資敦〉		〈睡虎地・封診式93〉
也			〈信陽1.7〉 〈郭店・太一生水10〉	〈卅二年坪安君鼎〉		〈睡虎地・爲吏之道29〉
賅			〈天星觀・卜筮〉 〈天星觀・遣策〉			
載			〈鄂君啓車節〉 〈包山・牘1〉	〈中山王䇦方壺〉		〈睡虎地・法律答問175〉

僕	《合》（17961）	〈幾父壺〉		〈包山 15〉〈包山 137反〉				
加		〈虢季子白盤〉	〈蔡公子加戈〉	〈包山 22〉〈包山 24〉				
名	《合》（2190 正）	〈六年召伯虎簋〉	〈少虡劍〉〈黿公華鐘〉	〈包山 32〉〈包山 249反〉				
賜		〈虢季子白盤〉	〈庚壺〉	〈包山 65〉〈包山 81〉	〈中山王䁑鼎〉			〈睡虎地·日書乙種 195〉
宜	《合》（318）《合》（13282 正）	〈天亡簋〉	〈秦公簋〉〈秦子戈〉	〈包山 103〉〈包山 223〉				
常				〈包山 199〉〈包山 244〉				〈睡虎地·日書乙種 23〉
胄	《周原》（H11：174）〈小盂鼎〉			〈包山 269〉〈包山·牘 1〉				

多	《合》（25）	〈沈子它簋蓋〉〈麥方鼎〉	〈杕氏壺〉	〈包山271〉〈包山278反〉				
樂	《合》（36900）《合》（36905）	〈樂作旅鼎〉〈瘋鐘〉	〈黿公華鐘〉〈徐王子旃鐘〉〈王孫遺者鐘〉	〈郭店・老子丙本4〉〈上博・民之父母2〉				
賤			〈郭店・成之聞之17〉					〈睡虎地・秦律十八種121〉
賀					〈中山王𗊇方壺〉			〈睡虎地・日書乙種95〉
桐	〈翏生盨〉	〈夃桐盂〉						〈睡虎地・日書甲種52背〉

三、上下結構互置例

　　所謂上下結構互置，係指在偏旁位置的經營上，由原本的上下式結構改為下上式的結構。換言之，即是偏旁位置上下不固定，可以任意的更換書寫位置。

　　「桐」字從木同聲，簡文為「桐揆一夫」。出土的楚墓多見木俑，如：雨台山楚墓、馬山一號楚墓、信陽楚墓、望山二號楚墓、包山楚墓等，皆見木俑的出土，曾侯乙墓則見「玉人」，係以玉所製之人俑。從曾侯乙墓出土「俑」

的情形觀察，（212）的「桐摌一夫」應指桐木製作的木俑一尊，惟年代久遠，加上環境影響，致使木俑未能保存。金文「桐」字在偏旁位置的安排上，皆採取上木下同，將之與曾侯乙墓字形相較，後者作「㮇」，出現上下互置的現象。

「茆」字從艸卯聲，簡文爲「雖在艸茆（茅）之中」。〔註23〕楚系從「艸」之「茅」字作：「㡀」〈郭店・唐虞之道16〉、「㡀」〈曾侯乙墓衣箱〉，將二者相較，〈曾侯乙墓衣箱〉「茅」字省減一「屮」寫作「㡀」；又「艸」字亦可省減一「屮」，如：「屮」〈郭店・六德12〉。「㽞」應爲省減「屮」後的形體，惟將「艸」、「卯」的位置上下更動，不易辨認。楚系從「艸」之字，大多採取上艸下╳的形式〔註24〕，可知「茆」字於偏旁位置的經營上，出現上下互置的現象。〔註25〕

楚簡「近」字或從止斤聲，寫作「㗊」或「㞢」，或從辵斤聲，寫作「㣟」，從止斤聲者惟偏旁位置上下互置並未固定。望山竹簡的簡文爲「一大房，四皇俎，四皇豆，二近（旂），二□」，郭店竹簡〈性自命出〉依序爲「哀、樂，其性近也」、「近得之矣」，睡虎地竹簡爲「近縣」。望山竹簡係記載品物，「二近」一詞據朱德熙等人考證，從止斤聲之「近」字，於此釋爲「旂」，與信陽竹簡「一厚奉之旂，三彫旂」之「旂」爲同類的品物，應指飲食器而非旌旗。〔註26〕《說文解字》「近」字云：「附也。」〔註27〕以「附」之義釋讀，實難通讀，故從朱德熙等人將之通讀爲「旂」。

郭店竹簡的「處」字作「㽞」，整理小組釋爲「俗」，上博簡之字作「㞢」，列爲待考字〔註28〕；李零指出該字「從人從几從日，……此字是『處』字的異

〔註23〕陳偉：〈郭店楚簡別釋〉，《江漢考古》1998年第4期，頁70。

〔註24〕《楚系簡帛文字編》，頁54～71。

〔註25〕從偏旁「艸」者，亦見相同的現象，如：曾侯乙墓竹簡的「春」字，〈春成侯壺〉的「春」字。

〔註26〕朱德熙、裘錫圭、李家浩：〈望山一、二號墓竹簡釋文與考釋〉，《江陵望山沙塚楚墓》，頁293，北京，文物出版社，1996年。

〔註27〕《說文解字注》，頁74。

〔註28〕荊門博物館：〈緇衣釋文注釋〉，《郭店楚墓竹簡》，頁133，北京，文物出版社，1998年；陳佩芬：〈緇衣〉，《上海博物館藏戰國楚竹書（一）》，頁181，上海，上海古籍出版社，2001年。

體，這裡借讀爲『暑』。〔註29〕又「容」字於楚系文字作：「」〈郭店‧語叢
一 14〉。從字形言，釋作從人從容之字，並不適當。楚系文字習見於既有的形
體上增添無義偏旁，如：「口」、「甘」等，故從李零意見，將之作爲「處」的異
體字。「處」字反切爲「昌與切」，上古音屬「昌」紐「魚」部；「暑」字反切爲
「舒呂切」，上古音屬「書」紐「魚」部，疊韻。將文字形體相較，於偏旁位置
的經營上，出現上下互置的現象。

「硰」字從石從林，郭店竹簡「」爲上林下石，上博簡「」爲上石
下林。簡文皆爲「尚可硰也」。上博簡因位置經營的改變，爲求文字的對稱與
平衡，又將「石」中的「口」省減，寫作「」。

「龍」字從角從能，〈曾侯乙鐘〉銘文皆爲「龐尹」，天星觀竹簡的簡文爲
「翠龐」。將文字相較，楚系之「龐」字作「」、「」或「」，偏旁位置出
現上下互置的現象。

「孔」字於上博簡的簡文中皆作「孔子」，「孔」字大多將「乚」置於「子」
的右上側，寫作「」、「」，或置於「子」的右下側，寫作「」。將兩周
文字形體相較，楚系「孔」字於偏旁位置的經營上，出現上下互置的現象。〔註
30〕

表5-3

字例	殷商	西周	春秋	楚系	晉系	齊系	燕系	秦系
桐		〈翏生盨〉	〈夆桐盂〉	〈曾侯乙212〉				
苟				〈郭店‧六德12〉				

〔註29〕李零：《郭店楚簡校讀記》，頁64，北京，北京大學出版社，2002年。
〔註30〕上下結構互置的現象，於戰國文字裡，尚有諸多字例，如：包山竹簡的「期」、「區」、
　　　　「新」等字，郭店竹簡〈成之聞之〉的「昌」字，郭店竹簡〈語叢三〉的「閒」
　　　　字，〈兆域圖銅版〉的「閒」，《古陶文彙編》（3.27）的「昌」字，睡虎地竹簡〈語
　　　　書〉的「聞」字。

春	《合》（18） 《合》（2358正） 《合》（8582正） 《合》（9784） 《合》（17314） 《合》（29715） 《合》（30851）		〈蔡侯墓殘鐘四十七片〉	〈曾侯乙1正〉 〈包山206〉	〈春成侯壺〉			
近				〈望山2.45〉 〈郭店・性自命出29〉 〈郭店・性自命出36〉				〈睡虎地・秦律十八種2〉
處				〈鄂君啓車節〉 〈郭店・緇衣9〉 〈上博・緇衣6〉				

碧			营 〈郭店·緇 衣 36〉 馬 〈上博·緇 衣 18〉				
龍			鬱 〈曾侯乙 鐘〉 龜 〈天星觀 ·遣策〉				
孔	乳 〈孔作父 癸鼎〉 乳 〈師𩵋鼎〉	乳 〈沈兒鎛〉 乳 〈王孫誥 鐘〉	乎 〈上博· 孔子詩 論 1〉 乎 〈上博·孔 子閒居〉 乎 〈上博·顏 淵〉 乎 〈上博·仲 弓 1〉				
區	昌 《合》 （685 正） 凶 《合》 （34676） 凶 《合》 （34678） 凶 《合》 （34679）		匡 〈包山 3〉 匡 〈郭店·語 叢三 26〉				

新	《合》（6063）《合》（18597）《合》（22073）	〈臣卿鼎〉〈散氏盤〉	〈包山15反〉〈包山35〉				
期		〈沈兒鎛〉〈蔡侯紐鐘〉	〈包山19〉〈包山36〉				
昌		〈蔡侯盤〉	〈郭店·成之聞之9〉《古璽彙編》（0178）	《古璽彙編》（0006）	《古陶文彙編》（3.27）	《古陶文彙編》（4.79）	〈睡虎地·日書甲種120〉
閒	〈鈇鐘〉		〈郭店·語叢三29〉	〈兆域圖銅版〉			〈睡虎地·語書2〉

四、由左右式結構改爲上下式結構例

　　所謂左右式結構改爲上下式結構，係指構成文字的二個或二個以上的偏旁，在偏旁位置的經營上，由原本的左右式結構改換爲上下式結構。換言之，即是偏旁位置左右、上下不固定，可以任意的更換書寫位置。

　　「悻」字從心㞷聲，簡文皆爲「羅悻（狂）」。《說文解字》「狂」字云：「狾犬也，從犬㞷聲。悻，古文從心。」〔註31〕「狂」字古文從心㞷聲，與包山竹簡（22）「𢜔」字形近同。將《說文解字》與包山竹簡「悻」字相較，後者作

―――――――――――――――――

〔註31〕《說文解字注》，頁481。

「蛀」或「蛬」，乃將左右式改爲上下式的結構。〔註32〕

「洀」字從水舟聲，〈洀‧平襠方足平首布〉幣文爲「洀」。西周金文爲左舟右水，寫作「洀」，發展至戰國時期，或作上水下舟，如：〈洀‧平襠方足平首布〉第二例字作「洀」。將金文、貨幣文字相較，「洀」字乃將左右式改爲上下式的結構。〔註33〕

「好」字於甲骨文、金文的偏旁位置雖未固定，基本上仍採取左右式結構。郭店竹簡〈性自命出〉簡文依序爲「所好所惡，物也」、「目之好色」。將兩周文字相較，楚簡文字作「好」或「好」，將左右式結構改爲上下式結構。〔註34〕

「昊」字從日從矢，包山竹簡的簡文依序爲「古迅湯昊」、「一昊楓」，〈滕侯昊戈〉銘文爲「滕侯昊之造」。將兩周文字相較，包山竹簡作「昊」或「昊」，已出現將左右式結構改爲上下式結構的現象。〔註35〕

「茈」字從艸此聲，「此」字於兩周金文作：「此」〈此鼎〉、「此」〈中山王嚳鼎〉，屬左右式結構，發展至戰國時期，「止」逐漸移至「匕」的左下方。簡文依序爲「葦茈二箕」、「薪茈」。包山竹簡作「茈」或「茈」，將「止」置於「匕」的下方，由左右式結構改爲上下式結構。〔註36〕

「塙」字從土高聲，包山竹簡的簡文皆爲「邦塙」，《古陶文彙編》（3.413）陶文爲「塙口鹽」。《說文解字》之「塙」字採取左右式結構〔註37〕，將小篆與包山竹簡字形相較，「塙」（21）乃將左右式改爲上下式的結構。〔註38〕

〔註32〕從偏旁「心」者，亦見相同的現象，如：郭店竹簡〈語叢二〉的「恥」字。

〔註33〕從偏旁「水」者，亦見相同的現象，如：楚帛書〈乙篇〉的「淺」字，郭店竹簡〈老子〉甲本的「清」、「浴」等字，上博簡〈民之父母〉的「海」字，上博簡〈容成氏〉的「澤」字，〈中山王嚳方壺〉的「深」字，《古璽彙編》（0156）的「清」字。

〔註34〕從偏旁「女」者，亦見相同的現象，如：郭店竹簡〈五行〉的「如」字，《古璽彙編》（0069）的「奴」字。

〔註35〕從偏旁「日」者，亦見相同的現象，如：包山竹簡的「晭」字，楚帛書〈甲篇〉的「晦」字。

〔註36〕從偏旁「此」者，亦見相同的現象，如：包山竹簡的「紫」字。

〔註37〕《說文解字注》，頁690。

〔註38〕從偏旁「土」者，亦見相同的現象，如：信陽竹簡〈遣策〉的「坪」字，〈鄂君啓車節〉的「城」字，〈驫羌鐘〉的「城」字，〈工城戈〉的「城」字，《古璽彙編》（0017）的「城」字。

　　「錢」字從金戔聲，包山竹簡的簡文爲「二梪錢」，睡虎地竹簡爲「出錢」。從「戔」之「淺」字作：「▨」〈邜王鳩淺劍〉，將兩周文字相較，秦系「錢」字作「▨」，乃將左右式改爲上下式的結構。〔註39〕

　　「張」字從弓長聲，〈二十年鄭令戈〉銘文爲「右庫工師張阪」，〈廿年距末〉爲「尙上張乘」。將戰國時期的「張」字相較，〈廿年距末〉作「▨」，係將左右式改爲上下式的結構。

　　「取」字於甲骨文作「▨」《合》（19890），採取左耳右又的結構，西周金文之〈毛公鼎〉仍承襲此一形體，〈楚簋〉「▨」作上耳下又的結構，上博簡〈民之父母〉「▨」與〈䣄盉壺〉「▨」的形體應源於此。包山竹簡的簡文爲「取其妾」，上博簡爲「堯之取舜也」，〈䣄盉壺〉銘文爲「以取鮮薑」。「取」字本爲左右式結構，惟發展至西周時期出現上下式的結構，今將「取」字形體相較，應是由左右式結構改爲上下式結構。〔註40〕

　　「韓」字從韋倝聲，簡文皆爲「二韓」。楚簡帛中從偏旁「韋」之字大多採取左右式結構〔註41〕，惟曾侯乙墓竹簡（25）「▨」，將左右式結構改爲上下式結構。〔註42〕

〔註39〕從偏旁「金」者，亦見相同的現象，如：〈壽陰・尖足平首布〉的「陰」字。

〔註40〕從偏旁「又」者，亦見相同的現象，如：上博簡〈孔子詩論〉的「叕」字，睡虎地竹簡〈日書甲種〉的「友」字。

〔註41〕《楚系簡帛文字編》，頁426～433。

〔註42〕將左右式結構改爲上下式結構的現象，於戰國文字裡，尚有諸多字例，如：曾侯乙墓竹簡的「鞁」、「梯」、「戲」、「韜」等字，信陽竹簡〈遣策〉的「緅」、「縷」等字，天星觀竹簡〈卜筮〉的「祗」字，包山竹簡的「翠」、「躬」、「夜」、「寺」、「福」、「禱」、「禠」、「犧」、「被」、「殹」、「賁」、「敓」等字，郭店竹簡〈老子〉甲本的「樸」、「唯」等字，郭店竹簡〈太一生水〉的「時」字，上博簡〈緇衣〉的「緍」、「從」、「命」、「功」等字，上博簡〈民之父母〉的「體」字，《古璽彙編》（0263）的「聭」字，〈䣄蜜壺〉的「夜」字，〈郘子・平襠方足平首布〉的「郘」字，〈墜逆簋〉的「祖」字，《古璽彙編》（0147）的「攻」、（0148）的「路」、（0198）的「都」等字，〈匡侯載器〉的「醻」字，睡虎地竹簡〈爲吏之道〉的「柜」字，睡虎地竹簡〈日書甲種〉的「夙」、「解」、「掇」等字。

表 5－4

字例	殷商	西周	春秋	楚系	晉系	齊系	燕系	秦系
性				 〈包山 22〉  〈包山 24〉				
恥				 〈郭店・語叢二 3〉  〈郭店・語叢二 4〉				
洀		 〈啓作且丁尊〉			  〈洀・平襠方平首布〉		 〈洀・平襠足平首布〉	
淺			 〈邚王鳩淺劍〉	 〈信陽 2.14〉  〈楚帛書・乙篇 5.33〉				
海		 〈白懋父簋〉		 〈包山 147〉  〈上博・民之父母 7〉				
深				 〈郭店・老子甲本 8〉	 〈中山王礨方壺〉			 〈睡虎地・秦律十八種 11〉

清				〈郭店·老子甲本 10〉 〈郭店·五行 12〉		《古璽彙編》（0156）		〈睡虎地·日書甲種 35 背〉
浴				〈楚帛書·乙篇 11.28〉 〈郭店·老子甲本 3〉				〈睡虎地·日書甲種 104〉
澤				〈上博·容成氏 3〉 〈上博·容成氏 13〉		《古璽彙編》（0362）		
好	《合》（154） 《合》（6948 正）	〈虢鐘〉 〈羌伯簋〉	〈蔡侯盤〉	〈郭店·性自命出 4〉 〈郭店·性自命出 43〉				
如				〈郭店·五行 45〉				〈睡虎地·效律 52〉
奴			〈弗奴父鼎〉		《古璽彙編》（0069）			

昊	《合》（4415正）			〈包山173〉 〈包山266〉		〈縢侯昊戈〉	
暊				〈包山8〉 〈包山165〉			
晦				〈楚帛書・甲篇3.14〉			〈睡虎地・封診式73〉
茈				〈包山258〉 〈包山・籖〉			
紫			〈蔡侯墓殘鐘四十七片〉	〈望山2.6〉 〈包山・牘1〉			
墻				〈包山21〉 〈包山76〉		《古陶文彙編》（3.413）	
坪				〈信陽2.21〉			

城		〈班簋〉 〈散氏盤〉		〈鄂君啟車節〉	〈鳳羌鐘〉	〈工城戈〉	《古璽彙編》（0017） 〈睡虎地·秦律雜抄5〉
錢				〈包山265〉			〈睡虎地·秦律十八種64〉
陰					〈壽陰·尖足平首布〉	〈陰平劍〉	
張					〈二十年鄭令戈〉		〈廿年距末〉
取	《合》（19890）	〈毛公鼎〉 〈楚簋〉		〈包山89〉 〈上博·民之父母5〉	〈䢶盉壺〉		
友	《合》（3785）	〈毛公旅方鼎〉		〈郭店·語叢四22〉			〈睡虎地·日書甲種65背〉
改				〈上博·孔子詩論12〉			
翰				〈曾侯乙23〉 〈曾侯乙25〉			

戲				〈曾侯乙37〉 〈曾侯乙97〉				
柫				〈曾侯乙38〉 〈曾侯乙132〉				
韜				〈曾侯乙56〉 〈曾侯乙78〉				
鞁				〈曾侯乙59〉				
翠				〈曾侯乙89〉 〈包山·牘1〉				
縷				〈信陽2.2〉 〈仰天湖1〉				
緅				〈信陽2.6〉 〈天星觀·遣策〉				

祗				〈天星觀·卜筮〉				
禮				〈天星觀·卜筮〉 〈包山 241〉				
唯	《合》（27251）	〈沈子它簋蓋〉 〈毛公鼎〉		〈包山91〉 〈郭店·老子甲本17〉				
殹		〈格伯簋〉		〈包山 105〉 〈包山 116〉				
夜		〈師望鼎〉		〈包山 181〉 〈包山 206〉	〈中山王䜌鼎〉 〈䣀𨥏壺〉			
被				〈包山 203〉 〈包山 214〉				〈新郪虎符〉
福		〈沈子它簋蓋〉	〈王孫誥鐘〉	〈包山 205〉				

寺			〈吳王光鑑〉 〈黿公牼鐘〉	〈包山209〉 〈包山212〉				
躬			〈郤䣄尹鼎〉	〈包山210〉 〈包山230〉				
禱				〈包山248〉				〈睡虎地・日書甲種101〉
犧				〈包山248〉				〈詛楚文〉
貞				〈包山109〉 〈包山116〉 〈蔡侯紐鐘〉				
敗				〈包山270〉				
樸				〈郭店・老子甲本9〉				

			〈郭店·老子甲本32〉			
時			〈郭店·太一生水4〉〈郭店·窮達以時14〉	〈中山王響方壺〉		〈睡虎地·秦律雜抄42〉
緇			〈郭店·緇衣29〉〈上博·緇衣15〉			
體			〈郭店·窮達以時10〉〈上博·民之父母5〉〈上博·民之父母7〉			〈睡虎地·日書乙種246〉
從	《合》(1131正)	〈魚從鼎〉〈作從彝卣〉〈从鼎〉	〈郭店·緇衣14〉〈上博·緇衣8〉			

功				𡘜〈上博·緇衣 5〉				
命			命〈秦公簋〉	令〈上博·緇衣 6〉				
柜				柧〈仰天湖 22〉			柜《古璽彙編》（0051）	枲〈睡虎地·為吏之道 19〉
耶				𦔻《古璽彙編》（0263）				
郎					郎〈郎子·平襠方足平首布〉			
祖	𠂤《合》（150 反）	且〈大盂鼎〉	祖〈黏鎛〉		祖〈中山王𧓌鼎〉	𣶒〈㝬逆簋〉		
攻			攻〈王孫誥鐘〉			攻《古璽彙編》（0147）		
路		路〈史懋壺〉				路《古璽彙編》（0148）		
都		都〈鼓鐘〉	𨙺〈黏鎛〉			都《古璽彙編》（0198） 𨙺《古璽彙編》（0272）		

醨					〈中山王 𩵋方壺〉		〈匽侯載 器〉	
解	《合》 （18387）	〈𤳥子瓶〉 〈毀子作 亮團宮 鼎〉						〈睡虎地 ・秦律 十八種 130〉 〈睡虎地 ・日書 甲種 68 背〉
掇								〈睡虎地 ・為吏 之道 7〉 〈睡虎地 ・日書 甲種 63 背〉
夙	《合》 （15356）	〈大盂鼎〉	〈秦公鎛〉					〈睡虎地 ・日書 甲種 39 背〉 〈睡虎地 ・日書 甲種 79 背〉

　　總之，戰國五系文字在偏旁的替換、行款、書寫空間、書寫的視覺美觀等因素的交互影響下，產生了偏旁位置的不固定現象，這種位置的組合變動，並無地域的差異。文字偏旁位置的不固定，早於甲骨文中已出現，其後的文字或承襲此一書寫的方式，或是將偏旁的位置組合固定，而使得文字的形體得以定型。換言之，某些戰國文字在偏旁位置的經營或上下或左右的變動，係沿襲前代文字而發展的。

第三節　筆畫形體的異化

　　隨著文字使用的頻繁，抄寫的工作量大幅地增加，所需的人力相對的提高，書手的程度卻不見得仍能保持一定的抄寫水準。從戰國文字的觀察發現，某些文字的錯誤係沿襲前代而來，書寫者不明究理，因而造成文字形體的訛誤；某些文字的筆畫任意爲之，或分割、或接連、或貫穿、或收縮，莫衷一是，或任意更改筆畫的形體，或化曲爲直、或化直爲曲，使得文字形體產生混亂。在筆畫形體的不固定上，何琳儀指出有分割筆畫、連接筆畫、貫穿筆畫、延伸筆畫、收縮筆畫、平直筆畫、彎曲筆畫、解散形體等。〔註43〕以下參據何琳儀的類目，分別舉例說明，論述如下：

一、分割形體、筆畫例

　　所謂分割形體、筆畫，係指古文字中原本應該接連的某一筆畫，或是完整的形體，遭到割裂的現象。

　　〈者汈鐘〉銘文爲「以祇光朕位」，〈中山王𧊒方壺〉爲「祇祇翼翼」，郭店竹簡〈老子〉乙本簡文爲「大音祇聖」，於今本《老子》第四十一章作「大音希聲」。「祇」字據郭沫若考證，「象兩缶相抵」或「象在兩缶之間有物以墊之」。〔註44〕西周金文「祇」字中間的豎畫一筆畫到底，並未縮減；發展至春秋晚期的〈蔡侯紐鐘〉「𧯔」則將豎畫拉長，並於兩個部件中間增添「🜁」，據郭沫若所言，「🜁」應是由〈史牆盤〉所見的「^」發展而來，〈蔡侯盤〉「𧯔」將中間豎畫縮減，致使形體割裂；發展至戰國時期的〈者汈鐘〉「𧯔」，其形體雖然與西周金文較爲相近，下半部的形體卻進一步省減，書寫成「𠂹」，與上半部的「缶」形相去甚遠；〈中山王𧊒方壺〉「𧯔」的字形應是承繼〈者汈鐘〉而來，下半部的形體則因未能明瞭其原形，故與「而」字相近同。

　　甲骨文「若」字象人兩手伸起將頭髮理順，早期金文的形體仍承襲甲骨文的字形，楚系與晉系文字的形體相同，源於從「口」的字形；其次，楚系「𦱣」、晉系「𦱣」將「若」字的筆畫分割，使該字驟視下猶如兩個形體，秦系則從艸

〔註43〕《戰國文字通論》，頁213～219。

〔註44〕郭沫若：〈由壽縣蔡器論到蔡墓的年代〉，《考古學報》1956年第1期，頁2。

從右，寫作「𦫫」，與《說文解字》篆文近同。包山竹簡的簡文爲「僕命𠈞受足若」，睡虎地竹簡爲「吏知而端重若輕之」，〈兆域圖銅版〉銘文爲「死亡若」。從艸從右的形體，邱德修指出係「𦰩」的雙手斷落訛寫作「艸」後，「又」又與「凵」組合成「𠙵」，形成今日「若」字的篆文。〔註45〕邱德修以「套字」的觀念討論「若」字的形體，將「鬥」、「若」、「囚」諸字繫聯爲一組套字，認爲「鬥」字象兩人披散頭髮相鬥之形，其中一方鬥輸，即跪地求饒，高舉雙手，而造出「若」字。〔註46〕造字之始，文字的創造是否單獨爲之，今日已無法確知，將相關的文字以「套字」的方式討論，確實能解決許多無法解決的問題，其考證「若」字的說法，或可備爲一說。〔註47〕

「中」字自甲骨文至金文形體雖略有變化，卻未見如〈中陽·尖足平首布〉「𠁁」的形體，將文字形體相較，貨幣文字將筆畫分割，使之驟視之以爲未識，透過其他相同幣文的資料比對，則明顯可知其變化。

甲骨文「嗇」字「從來從㐭，或從秝從㐭，象藏禾麥於㐭之形。」〔註48〕早期金文的形體承襲甲骨文而來，發展至戰國時期，則將「內」的形體改爲「目」，以平直的筆畫，取代彎曲的形體。〈𦎫盉壺〉、〈十四年雙翼神獸〉銘文皆爲「嗇夫」。將字形相較，〈十四年雙翼神獸〉「嗇」字作「𣪊」，上半部的「來」，以分割筆畫方式表現，造成文字的異化。〔註49〕

〔註45〕邱德修：《新訓詁學》，頁388，臺北，五南圖書公司，1997年。

〔註46〕邱德修：〈甲骨文「套字」考——以鬥系爲例〉，「紀念甲骨文發現百週年文字學研討會」，頁1～19，臺中，私立靜宜大學中文系，1999年。

〔註47〕從偏旁「右」者，亦見相同的現象，如：郭店竹簡〈緇衣〉的「匿」字，上博簡〈容成氏〉的「箬」字，睡虎地竹簡〈語書〉的「匿」字。

〔註48〕《甲骨文字典》，頁611。

〔註49〕分割形體、筆畫的現象，於戰國文字裡，尚有諸多字例，如：〈曾侯乙鐘〉的「遲」字，天星觀竹簡〈卜筮〉的「樂」字，包山竹簡的「夏」字，郭店竹簡〈緇衣〉的「敬」字，郭店竹簡〈語叢一〉的「喪」字，〈中山王𨼊鼎〉的「敬」字，〈中山王𨼊方壺〉的「慙」字，〈𦎫盉壺〉的「罰」字，〈私庫嗇夫鑲金銀泡飾〉的「夏」字，〈𩁹·平襠方足平首布〉的「𩁹」字，〈匽侯載器〉的「敬」字，《古璽彙編》（0015）的「夏」字，睡虎地竹簡〈秦律十八種〉的「夏」字，睡虎地竹簡〈日書甲種〉的「喪」字。

表 5－5

字例	殷商	西周	春秋	楚系	晉系	齊系	燕系	秦系
祇		〈史牆盤〉 〈六年召伯虎簋〉	〈蔡侯紐鐘〉 〈蔡侯盤〉	〈者沪鐘〉 〈郭店·老子乙本 12〉	〈中山王䜈方壺〉			
若	《合》（151 正）	〈大盂鼎〉 〈毛公鼎〉		〈包山 155〉	〈兆域圖銅版〉			〈睡虎地·法律答問 36〉
匿	〈匿罘〉	〈大盂鼎〉		〈郭店·緇衣 34〉				〈睡虎地·語書 6〉
箬			〈石鼓文·作原〉	〈上博·容成氏 15〉				
中	《合》（811 正） 《合》（29813 反）	〈七年趞曹鼎〉			〈中陽·尖足平首布〉			
嗇	《合》（811 反） 《合》（20648）	〈沈子它簋蓋〉 〈史牆盤〉			〈䢷䝞壺〉 〈十四年雙翼神獸〉			
遲		〈仲戲父簋〉		〈曾侯乙鐘〉				

		〈元年師旋簋〉				
樂	《合》（36900） 《合》（36905）	〈樂作旅鼎〉 〈瘋鐘〉	〈龕公華鐘〉 〈徐王子旃鐘〉 〈王孫遺者鐘〉	〈天星觀・卜筮〉		
夏		〈伯頵父鬲〉 〈伯夏父鼎〉	〈右戲仲饞父鬲〉	〈包山115〉 〈包山216〉	〈私庫嗇夫鑲金銀泡飾〉	《古璽彙編》（0015）
喪	《合》（27782）	〈旂鼎〉	〈洹子孟姜壺〉	〈郭店・語叢一98〉		〈睡虎地・日書甲種105〉
敬		〈對罍〉 〈大克鼎〉	〈吳王光鑑〉	〈郭店・緇衣20〉	〈中山王嚳鼎〉	〈匽侯載器〉
憼					〈中山王嚳方壺〉	
罰		〈大盂鼎〉			〈釾鉈壺〉	
零	《合》（24257）			〈零・平襠方足平首布〉		

二、接連筆畫例

　　所謂接連筆畫，係指古文字中原本不相干或是本應分離的筆畫，遭到接連的現象。

　　接連筆畫的現象，如：「臣」字，包山竹簡的簡文爲「婁臣」，睡虎地竹簡爲「以爲隸臣」，〈𪂁𧊒壺〉銘文爲「反臣其主」。自甲骨文至兩周文字，「臣」字的形體象豎立的眼睛之形，中間的兩道短畫皆未見貫穿接連，惟於戰國文字形體略作變化。換言之，係筆畫接連所致，寫作「 」，造成形體的異化。又如：「藍」字作「 」、「鹽」字作「 」，左側皆從「臣」，「目」的形象爲豎立的眼睛，中間的兩道短畫本未見貫穿接連，惟發展至戰國時期，將筆畫接連。〔註50〕

表 5－6

字例	殷商	西周	春秋	楚系	晉系	齊系	燕系	秦系
臣	《合》（12）	〈頌鼎〉	〈包山161〉	〈𪂁𧊒壺〉			〈睡虎地·秦律雜抄37〉
藍				〈包山7〉				
鹽								〈睡虎地·秦律十八種183〉
鑑			〈吳王光鑑〉	〈天星觀·遣策〉				
濫				〈信陽2.9〉				

〔註50〕從偏旁「臣」者，亦見相同的現象，如：天星觀竹簡〈遣策〉的「鑑」字，信陽竹簡〈遣策〉的「濫」字，包山竹簡的「豎」、「𧼪」等字，〈𪂁𧊒壺〉的「賢」字，〈安臧·平肩空首布〉的「臧」字，睡虎地竹簡〈秦律十八種〉的「堅」字，睡虎地竹簡〈法律答問〉的「臧」字，睡虎地竹簡〈爲吏之道〉的「賢」字，睡虎地竹簡〈日書乙種〉的「宦」字。

徍			 〈包山 49〉			
豎			 〈包山 94〉			
賢	 〈賢簋〉		 〈姧盙壺〉			 〈睡虎地 ・爲吏之 道 5〉
臧	 《合》 （3297 反）	 〈臧孫鐘〉	 〈安臧・平 肩空首布〉			 〈睡虎地 ・法律答 問 36〉
堅						 〈睡虎地 ・秦律十 八種 145〉
宦						 〈睡虎地 ・日書乙 種 141〉

三、貫穿筆畫例

所謂貫穿筆畫，係指古文字中某一筆畫與另一筆畫交會時，無意的貫穿現象。

〈曾侯乙鐘〉銘文皆爲「割肆」。〈曾侯乙鐘〉第一例字「＊」偏旁「害」的形體與其他字例相異，係筆畫貫穿所致，亦即中間的豎畫直貫「口」，造成形體的異化。

甲骨文「從犬從干，干爲狩獵工具。」〔註 51〕早期金文的字形與甲骨文相同。〈曾侯乙鐘〉銘文皆爲「獸鐘」。〈曾侯乙鐘〉的形體並不固定，寫作「＊」或「＊」，偏旁左右互置，又偏旁「嘼」的形體與其他字例相異，係筆畫貫穿所致，亦即中間的豎畫直貫「口」，造成形體的異化。

〈兆域圖銅版〉銘文爲「丘平者五十尺」，將字形相較，〈兆域圖銅版〉寫作「本」，係中間筆畫貫穿橫畫所致。

〔註 51〕《甲骨文字典》，頁 1099。

　　〈大陰・尖足平首布〉幣文爲「大陰」，第二例字「夵」係中間筆畫貫穿「人」所致，由於形體的變異，致使中間的筆畫與「丨」相近同，在「丨」增添一道斜畫，以爲補白之用。

　　〈涅・平襠方足平首布〉幣文爲「涅」，「涅」右側上半部應爲「口」，惟因書寫簡便之故，寫作「▽」，至於「口」中短橫畫「一」應屬飾筆性質，並無區別字義的作用。今將其字形相較，第二、三例字依序作「𡉈」、「𡉈」，將筆畫貫穿，使得「土」寫作「十」的形體。

表 5-7

字例	殷商	西周	春秋	楚系	晉系	齊系	燕系	秦系
割		〈無叀鼎〉	〈曩伯子𡵂父盨〉	〈曾侯乙鐘〉				
獸	《合》（905 正）《合》（6121）《合》（28771）	〈先獸鼎〉	〈王子午鼎〉	〈曾侯乙鐘〉				
平			〈郜公平侯鼎〉		〈兆域圖銅版〉			
大	《合》（151 正）	〈散氏盤〉			〈大陰・尖足平首布〉			

洼					〈洼・平襠方足平首布〉			

四、收縮筆畫例

所謂收縮筆畫，係指古文字中原本的橫畫、豎畫等，縮減其某部分形體，該字筆畫雖有縮減，仍可與未縮減筆畫的字形對應。

「車」字於商代的甲骨文與金文中本有繁簡不一的形體，發展至西周早期，亦見相同的現象，春秋、戰國時期則多寫作「車」。〈十四年雙翼神獸〉銘文爲「右使車」。將兩周字形相較，〈十四年雙翼神獸〉以收縮筆畫的方式表現，寫作「車」。〔註52〕

〈土勻・平襠方足平首布〉幣文爲「土勻」，第二例字以收縮筆畫的方式書寫，寫作「工」。〔註53〕

《古璽彙編》（0146）印文爲「士尹之璽」，《古陶文彙編》（4.110）陶文爲「里士缶自口」。兩周時期的「士」字形體相差無幾，惟於璽印、陶文中出現字形略異者，將文字形體相較，（0146）與（4.110）以收縮筆畫的方式表現，寫作「士」。〔註54〕

「新」字於甲骨文「從斤從辛從木，象以斤斫之形，爲薪之本字，辛當是聲符。」〔註55〕由〈曾侯乙鐘〉的形體，明顯知道「新」字從斤亲聲，「亲」又從木辛聲，惟該字將「木」、「辛」上下倒置，偏旁位置的安排與習見形構迥異。再者，包山竹簡（5）「新」將「木」改爲「火」，（61）「新」將「木」改爲「屮」，皆爲筆畫收縮所致。

〔註52〕從偏旁「車」者，亦見相同的現象，如：〈墉夜君成鼎〉的「載」字，〈三年壺〉的「轡」字。

〔註53〕從偏旁「土」者，亦見相同的現象，如：〈貝地・平襠方足平首布〉的「地」字。

〔註54〕從偏旁「士」者，亦見相同的現象，如：包山竹簡的「吉」字，郭店竹簡〈緇衣〉的「圭」字。

〔註55〕《甲骨文字典》，頁1493。

　　「羔」字從羊從火，曾侯乙墓竹簡的簡文爲「羔甫四夫」，上博簡爲「子羔」。將兩周文字相較，上博簡〈子羔〉將所從之「羊」以收縮筆畫的方式書寫，寫作「羔」。又《說文解字》「羔」字云：「羊子也。從羊，照省聲。」〔註56〕將之與兩周文字對照，正與曾侯乙墓竹簡的字形相同，「照省聲」之說，應可改爲從「火」。〔註57〕

　　《古陶文彙編》（4.7）陶文爲「左匋來易叚國」，燕系陶文將「來」字上半部「十」，藉著收縮筆畫的方式，寫作「丁」，並於橫畫之上增添一道短橫畫「－」飾筆，此外，又於豎畫上增添一道短橫畫「－」，以爲裝飾作用，寫作「夵」。〔註58〕

　　〈屯留・平襠方足平首布〉幣文爲「屯留」，將兩周文字相較，〈屯留・平襠方足平首布〉第二例字，將上半部的筆畫以收縮的方式書寫，寫作「屯」。

　　〈安陽之法化・齊刀〉幣文爲「去（法）化」。將兩周文字相較，〈安陽之法化・齊刀〉第二例字，把上半部的筆畫以收縮的方式書寫，寫作「去」。

　　〈周王叚戈〉銘文爲「周王叚之元用戈」，「戈」字爲象形，兩周文字承襲甲骨文的形體，惟〈周王叚戈〉的「戈」字，將下半部的筆畫以收縮的方式書寫，寫作「戈」。〔註59〕

表5－8

字例	殷商	西周	春秋	楚系	晉系	齊系	燕系	秦系
車	《合》（10405正）	〈師同鼎〉	〈奚子宿車鼎〉		〈十四年雙翼神獸〉			

〔註56〕《說文解字注》，頁147。

〔註57〕從偏旁「羊」者，亦見相同的現象，如：包山竹簡的「羕」、「瀁」、「鄴」、「儀」等字，《古陶文彙編》（4.104）的「善」字，睡虎地竹簡〈語書〉的「善」字。

〔註58〕從偏旁「來」者，亦見相同的現象，如：《古陶文彙編》（4.1）的「倈」字。

〔註59〕收縮筆畫的現象，於戰國文字裡，尚有諸多字例，如：〈鄂君啟舟節〉的「則」字，〈少曲市南・平肩空首布〉的「南」字，〈中都・平襠方足平首布〉的「中」字，〈平陽・平襠方足平首布〉的「平」字，〈武安・斜肩空首布〉的「安」字。

	茓 《合》 （11455） 茿 〈父己車鼎〉	甲 〈彔伯茲簋蓋〉				
載			載 〈塘夜君成鼎〉 載 〈鄂君啓車節〉			
纏		纏 〈公貿鼎〉		車 〈三年壺〉 車 〈左纏箕〉		
土	土 《合》 （6057反）	土 〈大盂鼎〉		土 工 〈土匀・平襠方足平首布〉		
地			地 〈郭店・語叢四22〉	地 〈貝地・平襠方足平首布〉		
士		士 〈訣簋〉	士 〈子璋鐘〉	士 《古璽彙編》 （0146）		士 《古陶文彙編》 （4.110）
吉		吉 〈毛公鼎〉		吉 〈包山239〉 吉 〈包山247〉		
圭		圭 〈毛公鼎〉		珪 〈郭店・緇衣35〉		

			〈上博·魯邦大旱 1〉			
新	《合》（6063）《合》（18597）	〈十五年趞曹鼎〉	〈曾侯乙鐘〉〈包山 5〉〈包山 35〉〈包山 61〉			
羔		〈索諆爵〉〈三年瘦壺〉	〈曾侯乙 212〉〈上博·子羔 1〉			
漾			〈包山 12〉			
羕		〈羕史尊〉〈鄆子妝簠蓋〉	〈包山 40〉			
鄈			〈包山 169〉			
儀			〈包山 188〉			
善		〈善鼎〉			《古陶文彙編》（4.104）	〈睡虎地·語書 11〉

來	 《合》 （10405 反） 《合》 （21241）	〈史牆盤〉					《古陶文 彙編》 （4.7）	
佚							《古陶文 彙編》 （4.1）	
屯	《合》 （824）	〈頌簋〉 〈師望鼎〉			〈屯留·平 襠方足 平首布〉			
去	《合》 （169）					〈安陽之 法化·齊 刀〉		
戈	《合》 （775 正）	〈師奎父 鼎〉			〈周王叚 戈〉			
則		〈矵尊〉 〈五年召 伯虎簋〉	〈噩君啓 舟節〉					
南	《合》 （8748）	〈大盂鼎〉 〈史牆盤〉			〈少曲市 南·平肩 空首布〉			
中	《合》 （811 正）	〈七年趙 曹鼎〉						

	中 《合》（29813反）			〈中都·平襠方足平首布〉	
平		歪 〈郘公平侯鼎〉		〈平陽·平襠方足平首布〉	
安	安 〈矢方鼎〉	安 〈國差𦉜〉		〈武安·斜肩空首布〉	

五、化曲筆爲直筆例

所謂化曲筆爲直筆，係指古文字中原本彎曲的筆畫，改以直畫取代。

〈楚王酓肯鉈鼎〉銘文爲「匜鼎」，〈哀成叔鼎〉爲「哀成叔之鼎」，〈中啟鼎〉爲「仲啟口鼎」。早期「鼎」字深具圖畫性，在〈圅皇父鼎〉中則以線條取代繁雜與彎曲的筆畫，「鼎」字上半部原本彎曲的筆畫，改以直筆的形式書寫，一直沿續發展至戰國時期，寫作「鼎」。〔註60〕

「齎」字從貝齊聲，寫作「籫」，包山竹簡的簡文爲「一青鞻之齎」，睡虎地竹簡爲「毋齎者乃值之」，《古陶文彙編》（3.326）陶文爲「緐𨛁口里口齎」。「貝」字於兩周金文作「貝」〈士上卣〉、「貝」〈從鼎〉，發展至戰國時期則以簡單的筆畫書寫，彎曲的筆畫，爲平直的筆畫取代。〔註61〕

〔註60〕從偏旁「鼎」者，亦見相同的現象，如：〈靈君啓舟節〉的「則」字，〈中山王礜方壺〉的「則」字，〈詛楚文〉的「則」字。

〔註61〕從偏旁「貝」者，亦見相同的現象，如：曾侯乙墓竹簡的「賣」、「賸」、「贏」、「貯」等字，信陽竹簡〈竹書〉的「賵」字，天星觀竹簡〈遣策〉的「賅」、「賈」等字，望山一號墓竹簡的「癏」字，包山竹簡的「得」、「賞」、「贛」、「賜」、「責」、「貯」、「貴」、「賽」、「時」、「歸」、「賒」等字，郭店竹簡〈老子〉甲本的「貴」、「賠」、「貞」、「賓」、「貨」、「齎」、「賀」、「賢」等字，郭店竹簡〈緇衣〉的「貧」、「賠」、「購」、「賣」等字，郭店竹簡〈成之聞之〉的「賤」字，郭店竹簡〈性自命出〉的「賞」字，郭店竹簡〈六德〉的「貢」字，郭店竹簡〈語叢三〉的「貞」、「購」等字，郭店竹簡〈語叢四〉的「賹」字，德山夕陽坡二號墓竹簡的「賑」字，〈鷹羌鐘〉的「賞」字，〈中山王礜鼎〉的「得」、「賙」、「賜」等字，〈中山王礜方壺〉的「賀」字，〈兆

　　〈參川釿‧斜肩空首布〉幣文爲「參川釿」，將〈參川釿‧斜肩空首布〉的兩個字例相較，寫作「川」者，係將「〢」改以直筆的方式書寫。

　　〈木斤當比‧平襠方足平首布〉幣文爲「木斤當比」，將〈木斤當比‧平襠方足平首布〉之字與兩周文字相較，寫作「川」者，係將「斤」改以直筆的方式書寫。

　　〈陝一釿‧弧襠方足平首布〉幣文爲「陝一釿」，「陝（𨹟、夾）」字原本未釋，張頷考釋爲「陝」字，並且考定其地望在今日山西省平路一帶，屬於魏國陝地所鑄的貨幣。〔註63〕「陝」字右側的形體，於秦代陶文作：「夾」《古陶文彙編》（6.55），「陝」字所從之「夾」的上半部形體應作「大」，寫作「丅」者，應爲將曲筆改以直筆的方式書寫所致。〔註63〕

表 5－9

字例	殷商	西周	春秋	楚系	晉系	齊系	燕系	秦系
鼎	《合》（171）	〈作旅鼎〉	〈蔡侯鼎〉	〈楚王酓肯釪鼎〉	〈哀成叔鼎〉			〈中歆鼎〉

域圖銅版〉的「賡」字，〈小木條 DK：84〉的「寶」字，〈墜貯簠蓋〉的「貯」字，〈墜璋方壺〉的「得」字，《古陶文彙編》（3.186）的「賏」、（3.283）的「鬷」、（3.318）的「責」、（3.330）的「貯」、（3.449）的「購」、（3.458）的「賏」、（3.476）的「賠」、（3.679）的「貽」等字，〈右賡肙象尊〉的「賡」字，《古陶文彙編》（4.2）的「戴」、（4.75）的「得」等字，睡虎地竹簡〈秦律十八種〉的「得」、「賞」、「贏」、「負」、「贖」、「買」、「賤」等字，睡虎地竹簡〈效律〉的「責」、「賈」、「饋」等字，睡虎地竹簡〈秦律雜抄〉的「費」、「賦」、「貲」等字，睡虎地竹簡〈法律答問〉的「貣」、「勝」、「質」、「賀」、「購」、「贖」等字，睡虎地竹簡〈爲吏之道〉的「貝」、「賢」、「賴」、「貳」、「賁」、「贅」、「貧」、「賃」等字，睡虎地竹簡〈日書甲種〉的「貨」、「賣」、「貴」、「饋」等字，睡虎地竹簡〈日書乙種〉的「資」、「賀」、「賜」等字，放馬灘一號墓簡牘〈日書乙種〉的「財」字。

〔註63〕張頷：〈魏幣陝布考釋〉，《中國錢幣》1985年第4期，頁32～35，轉頁46。

〔註63〕化曲筆爲直筆的現象，於戰國文字裡，尚有諸多字例，如：〈曾姬無卹壺〉的「無」字，〈令狐君嗣子壺〉的「無」字，〈平州‧尖足平首布〉的「州」字，睡虎地竹簡〈秦律十八種〉的「嗇」字。

	《合》（1363）	〈函皇父鼎〉				
則		〈旬尊〉〈五年召伯虎簋〉		〈鄂君啓舟節〉	〈中山王 譽方壺〉		〈詛楚文〉
齎				〈包山129〉		《古陶文彙編》（3.326）	〈睡虎地・秦律十八種177〉
賓		〈公貿鼎〉	〈王孫遺者鐘〉	〈曾侯乙鐘〉			
賓				〈曾侯乙16〉			
貝	《合》（8490正）《合》（19442）《合》（29694）〈小子㝹鼎〉	〈匽侯旨鼎〉〈憲鼎〉〈從鼎〉〈六年召伯虎簋〉		〈曾侯乙80〉	〈貝地・平襠方足平首布〉		〈睡虎地・爲吏之道18〉
賸				〈曾侯乙137〉			〈睡虎地・法律答問170〉

贏				〈曾侯乙157〉				〈睡虎地·秦律十八種173〉
貯				〈曾侯乙178〉				
賠				〈信陽1.45〉				
賅				〈天星觀·遣策〉				
賓				〈天星觀·遣策〉				
柗				〈望山1.7〉				
癠				〈望山1.17〉				
敗	《合》（17318）	〈五年師旋簋〉〈南疆鉦〉		〈包山23〉				〈睡虎地·秦律十八種164〉
貐				〈包山92〉				
得	《合》（133正）《合》（439）	〈冊得觚〉〈得觚〉〈師旋鼎〉〈大克鼎〉		〈包山102〉	〈中山王嚳鼎〉	〈㠱璋方壺〉	《古陶文彙編》（4.75）	〈睡虎地·秦律十八種62〉

貣			〈蔡侯紐鐘〉	〈包山116〉			〈睡虎地・法律答問32〉
貯		〈沈子它簋蓋〉		〈包山122〉	《古陶文彙編》（3.330）		
賜		〈虢季子白盤〉	〈庚壺〉	〈包山141〉	〈中山王譻鼎〉		〈睡虎地・日書乙種195〉
賻				〈包山145〉			
贛				〈包山175〉			
賻				〈包山180〉			
賽				〈包山223〉			
貴				〈包山265〉			〈睡虎地・日書甲種15背〉
賹				〈包山・牘一反下〉	〈兆域圖銅版〉	〈右賹有象尊〉	
貨				〈郭店・老子甲本12〉			〈睡虎地・日書甲種38〉
籲				〈郭店・老子甲本27〉			

贎				 〈郭店‧ 老子甲 本 35〉				
賃				 〈郭店‧ 老子甲 本 36〉				
貨				 〈郭店‧ 老子甲 本 36〉	 《古陶文 彙編》 （3.318）			
負				 〈郭店‧ 老子甲 本 36〉				
贄				 〈郭店‧ 老子甲 本 36〉				
責		 〈兮甲盤〉	 〈秦公簋〉	 〈郭店‧ 太一生 水 9〉				 〈睡虎地 ‧法律答 問 159〉
購				 〈郭店‧緇 衣 13〉				
賄				 〈郭店‧緇 衣 20〉				
貧				 〈郭店‧緇 衣 44〉				 〈睡虎地 ‧爲吏之 道 1〉
貢				 〈郭店‧緇 衣 45〉				

字					
賤		〈郭店·成之聞之 17〉			〈睡虎地·秦律十八種 121〉
貢		〈郭店·六德 4〉			
負		〈郭店·語叢三 19〉			
賜		〈郭店·語叢三 60〉			
賭		〈郭店·語叢四 1〉			
貤		〈德山夕陽坡〉		〈陳貤簋蓋〉	
賙			〈中山王䵼鼎〉		
賞	〈𠄞鼎〉		〈䣄羌鐘〉 〈中山王䵼方壺〉		〈睡虎地·秦律十八種 76〉
賀			〈中山王䵼方壺〉		〈睡虎地·日書乙種 95〉
賢	〈賢簋〉		〈監罟囿臣石〉		〈睡虎地·為吏之道 5〉

寶					〈小木條 DK：84〉		
賦					《古陶文彙編》（3.186）		
絮					《古陶文彙編》（3.283）		
購					《古陶文彙編》（3.449）		
賕					《古陶文彙編》（3.458）		
貽					《古陶文彙編》（3.679）		
戠						《古陶文彙編》（4.2）	
負							〈睡虎地·秦律十八種80〉
買		〈吳買鼎〉					〈睡虎地·秦律十八種86〉

積							積〈睡虎地·秦律十八種174〉
饞							饞〈睡虎地·效律24〉
賈							賈〈睡虎地·效律58〉
費							費〈睡虎地·秦律雜抄22〉
賦	賦〈毛公鼎〉						賦〈睡虎地·秦律雜抄22〉
貲							貲〈睡虎地·秦律雜抄25〉
贖							贖〈睡虎地·法律答問113〉
購							購〈睡虎地·法律答問140〉
質							質〈睡虎地·法律答問148〉
貿	貿〈公貿鼎〉						貿〈睡虎地·法律答問202〉

霤							霤〈睡虎地·法律答問 203〉
賃							賃〈睡虎地·為吏之道 9〉
貰							貰〈睡虎地·為吏之道 13〉
貳		貳〈五年召伯虎簋〉					貳〈睡虎地·為吏之道 14〉
贅							贅〈睡虎地·為吏之道 19〉
賴							賴〈睡虎地·為吏之道 15〉
貢							貢〈睡虎地·日書甲種 56 背〉
贛							贛〈睡虎地·日書甲種 81 背〉
資							資〈睡虎地·日書乙種 18〉

財							〈放馬灘・日書乙種240〉
川	《合》（18915）	〈五祀衛鼎〉			〈參川釿・斜肩空首布〉		
斤		〈征人鼎〉			〈木斤當比・平襠方足平首布〉		
陝					〈陝一釿・弧襠方足平首布〉		
無	〈作冊般甗〉	〈大盂鼎〉 〈虢季子白盤〉	〈秦公簋〉 〈子璋鐘〉	〈曾姬無卹壺〉	〈令狐君嗣子壺〉		
州	《合》（659）	〈散氏盤〉			〈平州・尖足平首布〉		
嗇	《合》（811反） 《合》（20648）	〈沈子它簋蓋〉 〈史牆盤〉					〈睡虎地・秦律十八種169〉

六、化直筆爲曲筆例

　　所謂化直筆爲曲筆，係指古文字中原本的直筆，改以彎曲的筆畫取代。

　　「七」字自甲骨文至兩周文字形體變化不大。〈平州・尖足平首布〉幣文爲「七」。〈平州・尖足平首布〉第二例字，將平直的筆畫改以彎曲之筆代替，寫作「〒」。

　　「啓」字於甲骨文從又從戶，寫作「∦」《合》（9816反），或從又從戶從口，寫作「𣪊」《合》（30194），發展至兩周時期，或從偏旁「攵」，如：〈中山王𰯼鼎〉作「𣪊」。〈中山王𰯼鼎〉銘文爲「闢啓封疆」。「啓」字所從之「戶」爲門戶之形，皆以平直的筆畫書寫，發展至戰國時期，平直的筆畫改以彎曲之筆代替，使得形體與「爪」相近。

　　「惡」字於〈師望鼎〉從阜從斤從心，〈大克鼎〉從又從斤從心。又《古璽彙編》收錄幾方吉語璽，其間亦見「惡」字，如：「𢗎」（4300）、「𢗎」（4306）、「𢗎」（4314）。《古陶文彙編》（6.170）陶文爲「惡」。從璽印所見「惡」字觀察，該字或可從斤從二從心，或可從二從心，所從之「二」皆爲平行的短橫畫，《古陶文彙編》（6.170）「𢗎」將平直的筆畫寫作彎曲的筆畫，由於書手的習慣使然，把平直的筆畫改以彎曲之筆。

表 5－10

字例	殷商	西周	春秋	楚系	晉系	齊系	燕系	秦系
七	✛《合》（21483）	✚〈小盂鼎〉			✚ 〒〈平州・尖足平首布〉			
啓	∦《合》（9816反） 𣪊《合》（30194）	𣪊〈啓卣〉			𣪊〈中山王𰯼鼎〉			

悊		〈師望鼎〉 〈大克鼎〉	〈王孫遺者鐘〉		《古陶文彙編》（6.170）		

　　總之，筆畫、形體不固定的現象，可分爲六類，如：分割形體、筆畫例；接連筆畫例；貫穿筆畫例；收縮筆畫例；化曲筆爲直筆例；化直筆爲曲筆例等。從「臣」之字，多以接連筆畫的方式書寫，從「貝」、從「鼎」之字，一律以化曲筆爲直筆的方式書寫。此種文字變異的現象，猶如骨牌效應。細審其因由，係因圖畫性質濃厚的文字書寫不易，又容易浪費時間與空間，爲了書寫的便利，以及受到行款的限制，惟有將圖畫文字，改由線條所取代。由於一字形體的變異，相對地，造成凡從此偏旁者，亦作相同的改變。一般而言，把圖畫性質濃厚的文字，改以線條表現的作法，並無地域上的差異，它是所有文字使用者之共通心態下的產物。因此，戰國五系文字雖各具特色，但是在趨簡避繁的心態上，卻是一致無異的。

第四節　形近形符互代的異化

　　形近形符互代，何琳儀稱之爲「形近互作」〔註64〕，係指古文字作爲形旁時，形體相近者，發生替代的現象。

　　根據現今所見的戰國文字資料，形近形符互代的現象，可細分爲二例，一爲尸—人例；二爲弋—戈例。

　　一、尸—人互代的現象，如：「屈」字。包山竹簡的簡文爲「屈㐌」，睡虎地竹簡爲「屈（掘）其室中三尺」，〈北屈・平襠方足平首布〉幣文爲「北屈」。「屈」字從尾出聲，晉系「」、秦系「」上半部皆寫作「尸」，楚系「」寫作「人」。《說文解字》「尸」字云：「陳也，象臥之形。」〔註65〕與「人」之義不同，所從偏旁的差異，應是取象不同所致。又如：「處」字，簡文依序爲「☐中去處以是古敓☐」、「尚宜安長處之」。楚系之「處」字將上半部的「虎」省減，僅保留下半部的形體。又楚系之「人」字作「」、「」、「」、「」、「人」、

〔註64〕《戰國文字通論》，頁208。

〔註65〕《說文解字注》，頁403。

「ㄅ」、「ㄅ」，「尸」字作「ㄅ」、「ㄅ」、「ㄅ」、「ㄅ」，第一例字「尻」左側形體寫作「尸」，第二例字「伍」左側形體寫作「人」，所從偏旁的不同，應是形近所致。〔註66〕

　　二、弋—戈互代的現象，如：「代」字。信陽竹簡的簡文爲「皆三代之子孫」，〈司馬成公權〉銘文爲「命代冶與下庫工師孟關師四人」。信陽竹簡所從爲戈，寫作「㐲」，晉系所從爲弋，寫作「代」。兩周文字裡，從「戈」與從「弋」通用的現象，如：

　　　　貳：𩇛〈邵大叔斧〉：𩇛〈邵大叔斧〉

〈邵大叔斧〉第一例字從「弋」，寫作「弋」者，係在「弋」上增添短橫畫所致，遂與「戈」的形體近似。「戈」與「弋」的形體相似，作爲形旁時可以通用。又如：「貣」字，包山竹簡的簡文依序爲「貣邱異之黃金七益」、「貣邱異之金七益」，睡虎地竹簡爲「府中公金錢私貣用之，與盜同法」。包山竹簡（116）「貣」應是承襲〈蔡侯紐鐘〉而來；其次，將〈蔡侯紐鐘〉與包山竹簡（116）的字形相較，二者所從應爲「弋」而非「戈」。楚簡帛文字所見「戈」字皆作「弋」，「弋」字皆作「弋」，「弋」字所見的「—」，屬飾筆性質，基本上「弋」字的橫畫與增添的飾筆採取約略平行的方式書寫，與「戈」字絕然不同。〔註67〕

表5-11

字例	殷商	西周	春秋	楚系	晉系	齊系	燕系	秦系
屈				𨽍〈包山67〉	𨽍〈北屈·平襠方足平首布〉			屈〈睡虎地·日書甲種51背〉
處	𢆶〈智鼎〉			𥄗伍〈天星觀·卜筮〉				

〔註66〕尸—人互代的現象，於戰國文字裡，尚有諸多字例，如：包山竹簡的「居」、「作」、「遲」、「優」等字。

〔註67〕從偏旁「弋」者，亦見相同的現象，如：曾侯乙墓竹簡的「珧」、「杙」等字，〈邨·平襠方足平首布〉的「邨」字。

居				〈包山 32〉 〈包山 90〉				居 〈睡虎地 ·秦律 十八種 83〉
遲		〈仲戲父 簋〉 〈元年師 旋簋〉		〈包山 198〉 〈包山 202〉				
作				〈包山 206〉 〈包山 212〉				〈睡虎地 ·秦律 十八種 49〉
優				〈包山 229〉 〈包山 233〉				
代				〈信陽 1.06〉	代 〈司馬成 公權〉			
貳			〈蔡侯紐 鐘〉	〈包山 106〉 〈包山 116〉				貳 〈睡虎地 ·法律答 問 32〉
弎				〈曾侯乙 42〉				
杙				〈曾侯乙 164〉				

郊					〈郊・平褵方足平首布〉			

　　總之，形近形符互代現象中，所見的形符，多為單純的形符相近，即甲形符與乙形符的形體相近，如：楚簡帛文字中的「人」、「尸」。形近形符互代現象，主要集中於楚系文字，在其他四系的文字中較為少見。細審此種異化的現象，主要是楚系文字習慣於某些偏旁、部件或是筆畫上增添飾筆所致。於「弋」中增添短橫畫「一」，遂與「戈」近同，因此，弋—戈，每每可見。

第五節　非形義近同之形符互代的異化

　　所謂非形義近同之形符互代，係指古文字作為形旁時，兩個形符間不具有相近或相同的意義，也不具有形體近同的關係，卻得以發生替代的現象。

　　根據現今所見的戰國文字資料，非形義近同之形符互代的現象，可細分為十四例，一為土—立例；二為又—寸例；三為手—攴例；四為又—攴例；五為又—殳例；六為殳—攴例；七為攴—戈例；八為戈—歹例；九為言—戈例；十為言—音例；十一為阜—邑例；十二為土—臺例；十三為金—刀例；十四為玉—金例。

　　一、土—立互代的現象，如：「堂」字。〈鄂君啟車節〉銘文為「屯十一堂（當）一車」，〈木比當斤・平褵方足平首布〉幣文為「木比當斤」，睡虎地竹簡的簡文為「穴下齊小堂」。「堂」字或可從土，寫作「」，或可從立，寫作「」，並未固定。《說文解字》「立」字云：「侸也。從大在一之上。」「土」字云：「地之吐生萬物者也。二，象地之上地之中；｜，物出形也。」〔註68〕又古文字從「土」者，或寫作「立」，如：

　　　均：《古璽彙編》（0782）；《古璽彙編》（0783）

　　　坤：《古璽彙編》（1263）

　　　塊：《古璽彙編》（1695）

「土」、「立」無形近、義近、音近的關係，通用的現象，應屬一般形符的互代。

〔註68〕《說文解字注》，頁504，頁688。

又如：「坡」字，包山竹簡的簡文爲「隓坡」，〈兆域圖銅版〉銘文爲「其坡五十毛（尺）」。包山竹簡「　」從立皮聲，〈兆域圖銅版〉「　」從土皮聲，前者之「皮」的下半部從又，後者從寸。「土」、「立」通用的現象，屬一般形符的互代。從「又」與從「寸」通用的現象，亦屬一般形符的互代。

二、又－寸互代的現象，如：「寺」字。〈鳳羌鐘〉銘文爲「武侄寺力」，馬承源以爲即「勇武堅剛而得功」〔註69〕，睡虎地竹簡的簡文爲「及卜、史、司御、寺、府」。兩周金文皆從止從又，〈鳳羌鐘〉「　」、睡虎地竹簡「　」皆從止從寸。《說文解字》「又」字云：「手也，象形。三指者，手之列多略不過三也。」「寸」字云：「十分也，人手卻一寸動脈謂之寸口，從又一。」〔註70〕又從「又」與從「寸」通用的現象，即《說文解字》所見有：

　　　宴：　（小篆）：　（籀文）

　　　叔：　（小篆）：　（或體）〔註71〕

「寸」、「又」無形近、義近、音近的關係，通用的現象，應屬一般形符的互代。又如：「時」字，郭店竹簡〈太一生水〉簡文爲「四時者」，〈五行〉爲「行之而時」，睡虎地竹簡爲「縣尉時循視其功及所爲」。「時」字右側下半部的形體，〈太一生水〉「　」從「又」，〈五行〉「　」從「攴」，睡虎地竹簡「　」從「寸」。「又」與「寸」通用的現象，屬一般形符的互代。從「又」與從「攴」通用的現象，亦屬一般形符的互代。

三、手－攴互代的現象，如：「誓」字。簡文爲「導誓恭言」。「誓」字於兩周金文有二種形體，一爲從又，寫作「　」，一爲從手，寫作「　」，發展至戰國時期，又出現從攴者，寫作「　」。《說文解字》「又」字云：「手也」，「攴」字云：「小擊也」〔註72〕，又從「手」與從「攴」通用的現象，即《說文解字》所見有：

　　　扶：　（小篆）：　（古文）

　　　揚：　（小篆）：　（古文）

〔註69〕馬承源：《商周青銅器銘文選（四）》，頁590，北京，文物出版社，1990年。

〔註70〕《說文解字注》，頁115，頁122。

〔註71〕《說文解字注》，頁116～117。

〔註72〕《說文解字注》，頁115，頁123。

播：播（小篆）：𢿳（古文）〔註73〕

「攴」、「手」無義近的關係，通用的現象，屬一般形符的互代。

四、又—攴互代的現象，如：「敗」字。簡文皆為「司敗」。「敗」字於甲骨文從攴從貝，於金文多從攴從二貝，楚系文字所見「敗」字或從攴，寫作「𢾭」，或從又，寫作「𠭖」。從「攴」與從「又」通用的現象，如：

啟：𢻻〈啟卣〉：𢻻〈召卣〉

「又」、「攴」通用的現象，屬一般形符的互代。〔註74〕

五、又—殳互代的現象，如：「敢」字。包山竹簡的簡文為「不敢不告見日」，楚帛書為「毋敢」，〈𡚶盉壺〉銘文為「敢明易告」，〈新郪虎符〉為「乃敢行之」。「敢」字左側下半部的「口」，於西周時期或作「𠙵」，或作「曰」，並未固定，東周文字分別承襲二種形體而發展，惟至戰國時期「敢」字右側偏旁或為「又」，寫作「𢾷」，或為「攴」，寫作「𢾸」，或為「殳」，寫作「𣪘」，形體愈加不固定。《說文解字》「又」字云：「手也」，「殳」字云：「以杖殊人也」〔註75〕，「又」、「殳」的字義無涉，通用的現象，屬一般形符的互代。「攴」、「又」的字義亦無涉，通用的現象，亦屬一般形符的互代。

六、殳—攴互代的現象，如：「啟」字。〈鄂君啟舟節〉銘文為「鄂君啟」，〈中山王𡮉鼎〉為「關啟封疆」。「啟」字於甲骨文、西周金文從又從戶，或從又從戶從口，發展至戰國時期，或從偏旁「攴」，如：〈中山王𡮉鼎〉作「𢻻」，或從偏旁「殳」，如：〈鄂君啟舟節〉作「𢻻」。《說文解字》「殳」字云：「以杖殊人也」，「攴」字云：「小擊也」〔註76〕；又從「攴」與從「殳」通用的現象，即《說文解字》所見有：

〔註73〕《說文解字注》，頁602，頁609，頁614。

〔註74〕從偏旁「攴」或「又」者，亦見相同的現象，如：〈者汈鐘〉的「敔」字，〈曾侯乙鐘〉的「變」字，郭店竹簡〈老子〉乙本的「祭」字，〈驫羌鐘〉的「徹」字，睡虎地竹簡〈秦律雜抄〉的「察」字，睡虎地竹簡〈日書甲種〉的「蔡」字，睡虎地竹簡〈日書乙種〉的「祭」字。

〔註75〕《說文解字注》，頁115，頁119。

〔註76〕《說文解字注》，頁119，頁123。

殺：殼（小篆）：殺，殺（古文）〔註77〕

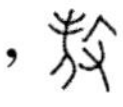

「殳」、「攴」的字義無涉，通用的現象，屬一般形符的互代。又如：「殺」字，包山竹簡的簡文為「自殺」，睡虎地竹簡為「鬬殺人」。「殺」字於兩周時期或從攴，寫作「殺」，或從殳，寫作「殺」，形體並未固定。〔註78〕

　　七、攴—戈互代的現象，如：「攻」字。包山竹簡的簡文為「攻（工）尹」，郭店竹簡為「不求諸其本而攻諸其末」，〈�君啓車節〉銘文為「大攻（工）尹」。「攻」字於兩周時期，或從又工聲，如：〈轆鏄〉作「工」，或從攴工聲，如：〈臧孫鐘〉作「攻」，或從戈工聲，如：郭店竹簡〈成之聞之〉作「攻」，形體並未固定。《說文解字》「戈」字云：「平頭戟也」〔註79〕，「戈」為古代的長兵器，使用的動作以「擊」為主，如：《左傳・襄公十八年》云：「公以戈擊之」、《左傳・襄公二十八年》云：「王何以戈擊子之，解其左肩」、《左傳・昭公元年》云：「子南知之，執戈逐之，及衝，擊之以戈」、《左傳・昭公二十年》云：「齊氏用戈擊公孟」、《左傳・昭公二十五年》云：「將以戈擊之」、《左傳・定公四年》云：「王寢，盜攻之，以戈擊王」、《左傳・哀公十四年》云：「公執戈將擊之」、《左傳・哀公十五年》云：「以戈擊之」等。〔註80〕「攴」為「小擊」，「戈」為古代長兵器，二者的字義無涉，通用的現象，屬一般形符的互代。又如：「救」字，包山竹簡的簡文皆為「救郙之歲」，〈中山王𰵊鼎〉銘文為「救（仇）人在旁」。「救」字於西周時期本從攴求聲，發展至戰國時期或從攴求聲，寫作「救」，或從戈求聲，寫作「救」，形體並未固定。〔註81〕

〔註77〕《說文解字注》，頁121。

〔註78〕從偏旁「攴」或「殳」者，亦見相同的現象，如：〈鄂君啓車節〉的「攻」、「命」等字，〈鄂君啓舟節〉的「敗」、「政」等字，包山竹簡的「殹」字，《古璽彙編》（0036）的「殹」字。

〔註79〕《說文解字注》，頁634。

〔註80〕楊伯峻：《春秋左傳注》，頁1035，頁1148，頁1212，頁1411，頁1462，頁1546，頁1695，頁1996，高雄，復文圖書出版社，1991年。

〔註81〕從偏旁「攴」者，亦見相同的現象，如：信陽竹簡〈竹書〉的「敗」字，包山竹簡的「寇」、「敔」、「數」等字，《古璽彙編》（0065）的「寇」字，〈墜御寇戈〉的「寇」字，《古陶文彙編》（4.50）的「寇」字。

　　八、戈一歺互代的現象，如：「戮」字。信陽竹簡的簡文爲「戔人格上則刑戮至」，楚帛書爲「戮不義」，〈中山王嚳鼎〉銘文爲「爲天下戮」，〈詛楚文〉爲「刑戮孕婦」。楚系與晉系「戮」字皆從歺翏聲，秦系從戈翏聲。兩周金文「翏」字作：「 圖 ， 圖 ， 圖 」〈此鼎〉、「 圖 ， 圖 」〈翏生盨〉，楚帛書「圖」所從「翏」的形體與〈此鼎〉第一個字例相近同，信陽竹簡「圖」與〈中山王嚳鼎〉「 圖 」於下半部右側增添兩道短斜畫，以爲補白與平衡之效果，屬飾筆性質。《說文解字》「歺」字云：「剡骨之殘也，從半冎。」〔註82〕「戈」爲平頭戟，爲古代的長兵器，主殺戮之事，曾憲通云：「戈事殺戮而殘骨（骸）可見，故從戈從歺意亦相近。《說文》：『戮，殺也。』《晉語》：『戮其死者。』韋注『陳尸爲戮。』俱其證。」〔註83〕「戈」、「歺」的字義無涉，通用的現象，屬一般形符的互代。

　　九、言一戈互代的現象，如：「誅」字。銘文爲「以誅不順」。「誅」字從戈朱聲，「朱」字於甲骨文作：「 圖 」《合》（36743），於兩周金文作：「 圖 」〈廿七年衛簋〉、「 圖 」〈師酉簋〉。「朱」字於甲骨文從木從・，「・」發展至西周時期拉長爲橫畫；西周時期「朱」字有二種形體，一爲從木從・，一爲從木從＝，〈中山王嚳方壺〉「 圖 」所從偏旁「朱」，應是承襲〈師酉簋〉。《說文解字》「誅」字云：「討也，從言朱聲。」段玉裁〈注〉云：「凡殺戮、糾責皆是。」〔註84〕又《論語・公冶長》云：「於予與何誅」，《孟子・梁惠王下》云：「聞誅一夫紂矣，未聞弒君也。」《韓非子・姦劫弒臣》云：「而聖人之治國也，賞不加於無功，而誅必行於有罪者也。」〔註85〕《論語》之「誅」字爲責罰之義，《孟子》爲殺戮之義，《韓非子》有懲罰之義。「誅」字的意義隨著時代的變遷有所變化，所從偏旁「言」改爲偏旁「戈」，一方面係爲明確表示其義，遂以「戈」替代「言」；另一方面，可能是造字者取象不同所致。

〔註82〕《說文解字注》，頁163。

〔註83〕曾憲通：〈楚帛書文字編〉，《楚帛書》，頁299，香港，中華書局，1985年。

〔註84〕《說文解字注》，頁101。

〔註85〕（魏）何晏注、（宋）邢昺疏：《論語注疏》，頁43，臺北，藝文印書館，1993年；（漢）趙岐注、（宋）孫奭疏：《孟子注疏》，頁42，臺北，藝文印書館，1993年；（周）韓非撰、（民）陳奇猷著：《韓非子集釋》，頁249，高雄，復文圖書出版社，1991年。

　　十、言—音互代的現象，如：「詐」字。〈曾侯乙鼎〉銘文為「曾侯乙詐（作）持用終」。「詐」字從言乍聲，楚系「　」或從音乍聲。《說文解字》「言」字云：「直言曰言，論難曰語。」「音」字云：「聲生於心，有節於外，謂之音。宮商角徵羽，聲也。絲竹金石匏土革木，音也。從言含一。」〔註86〕「言」、「音」的字義無涉，通用的現象，屬一般形符的互代。

　　十一、阜—邑互代的現象，如：「陰」字。簡文為「陰人」。「陰」字本從阜侌聲，戰國時期或從邑侌聲，如：包山竹簡作「　」。《說文解字》「邑」字云：「國也」，「阜」字云：「大陸也，山無石者。」〔註87〕「阜」、「邑」的字義無涉，通用的現象，屬一般形符的互代。又如：「陽」字，〈鄂君啓舟節〉銘文為「大司馬昭陽」。「陽」字或從邑昜聲，寫作「　」，或從阜昜聲，寫作「　」。「阜」、「邑」通用的現象，屬一般形符的互代。

　　十二、土—臺互代的現象，如：「城」字。〈鄂君啓車節〉銘文為「方城」，〈驫羌鐘〉為「長城」，〈工城戈〉為「工城」，〈武城戈〉為「武城」，《古璽彙編》（0017）印文為「洵城都司徒」，睡虎地竹簡的簡文為「公士以下刑為城旦」。「城」字於西周時期多從臺成聲，發展至戰國時期，或從臺成聲，寫作「　」，或從土成聲，寫作「　」。《說文解字》「土」字云：「土之吐生萬物者也。二，象地之上，地之中；｜，物出形也。」「臺」字云：「度也，民所度居也。回象城臺之重，兩亭相對也。」〔註88〕又「城」字下收錄一個重文，云：「籀文城，從臺。」〔註89〕正與西周金文的形體相同。「土」、「臺」的字義無涉，通用的現象，為一般形符的互代。此外，以「土」更換「臺」者，為形符簡化的現象，即以筆畫簡單者取代筆畫複雜者。細審偏旁位置不同，應是受到偏旁形體影響所致。從臺之「城」字，「臺」的形體本屬修長，書寫時若將之置於「成」的下半部，勢必過於狹長，產生不協調感；今將「臺」改為「土」，並將之置於「成」的下半部，或置於左側，非僅不會造成空間的浪費，亦較具協調與平衡感。

　　十三、金—刀互代的現象，如：「劍」字。金文「劍」字從金僉聲，寫「　」，

〔註86〕《說文解字注》，頁90，頁102。

〔註87〕《說文解字注》，頁285，頁738。

〔註88〕《說文解字注》，頁231，頁688。

〔註89〕《說文解字注》，頁695。

睡虎地竹簡從刀僉聲，寫作「劍」。睡虎地竹簡的簡文爲「拔劍伐」。《說文解字》「刀」字云：「兵也，象形。」「金」字云：「五色金也。」〔註90〕「劍」爲兵器的一種，爲金屬所製，從「金」者表示其材質爲金屬，從「刀」者明示其爲兵器。「金」、「刀」的字義無涉，通用的現象，應是造字時對於偏旁意義的選擇不同所致。

十四、玉－金互代的現象，如：「玭」字。簡文皆爲「黃金之玭」。前者從玉，寫作「玭」，後者從金，寫作「�」，從偏旁「金」之「玭」字，於曾侯乙墓竹簡僅見（77）一例。《說文解字》「玉」字云：「石之美有五德者」，「金」字云：「五色金也。」〔註91〕根據文獻記載，楚地盛產黃金，如：《戰國策・楚策・張儀之楚貧》云：「王曰：『黃金、珠璣、犀、象出於楚，寡人無求於晉國。』」〔註92〕《韓非子・內儲說上》云：「荊南之地，麗水之中生金。人多竊采金。采金之禁，得而輒辜磔於市甚眾，壅離其水也。」〔註93〕從文獻資料得知，黃金自古即爲貴重金屬，楚地雖然盛產黃金，一般人卻無法隨意採之。古代金與玉同爲貴重的資源，平常人得之不易，二者在當時皆爲貴重的代表，作爲形旁時，因具有「貴重」之義而產生替代的現象。

表 5－12

字例	殷商	西周	春秋	楚系	晉系	齊系	燕系	秦系
堂				 〈鄂君啓車節〉	 〈木比當斤・平襠方足平首布〉			 〈睡虎地・封診式76〉
坡				 〈包山188〉	 〈兆域圖銅版〉			

〔註90〕《說文解字注》，頁 180，頁 709。

〔註91〕《說文解字注》，頁 10，頁 709。

〔註92〕（漢）劉向集錄：《戰國策》，頁 540，臺北，里仁書局，1990 年。

〔註93〕（周）韓非撰、（清）王先慎集解：《韓非子集解》，頁 358，臺北，藝文印書館，1983 年。

寺			 〈吳王光鑑〉		 〈𩁹羌鐘〉			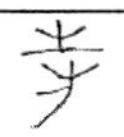 〈睡虎地・秦律十八種 182〉
時				 〈郭店・太一生水 4〉  〈郭店・五行 27〉				 〈睡虎地・秦律雜抄 42〉
誓		 〈鬲攸从鼎〉  〈散氏盤〉		 〈信陽 1.42〉				
敗	 《合》（17318）	 〈五年師旋簋〉		 〈鄂君啓舟節〉  〈信陽 1.29〉  〈包山 68〉  〈包山 76〉				
詨				  〈者𣏟鐘〉				
變				  〈曾侯乙鐘〉				
祭	 《合》（1051 正）	 〈史喜鼎〉	 〈鼄公華鐘〉	 〈郭店・老子乙本 16〉				 〈睡虎地・日書乙種 155〉

			 〈郤王義楚觶〉					
徹	 《合》（1023）  《合》（8073）	 〈訶尊〉  〈史牆盤〉			 〈屭羌鐘〉			
察								 〈睡虎地·秦律十八種123〉  〈睡虎地·秦律雜抄 37〉
蔡								 〈睡虎地·日書甲種 79 背〉
敢		 〈大盂鼎〉  〈史牆盤〉		 〈包山 17〉  〈楚帛書·甲篇 6.29〉	 〈𡴗䖵壺〉			 〈新郪虎符〉
啓	 《合》（9816反）  《合》（30194）	 〈啓卣〉		 〈鄂君啓舟節〉	 〈中山王嚳鼎〉			
殺			 〈庚壺〉	 〈包山 134〉				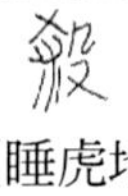 〈睡虎地·法律答問 66〉

命			命〈秦公簋〉	龠〈噩君啟車節〉 龠〈噩君啟舟節〉 命〈王命龍節〉				
政		政〈史牆盤〉	政〈王孫遺者鐘〉	政〈噩君啟舟節〉				
殿		毆〈格伯簋〉		殴〈包山105〉				
殷	殷《合》（24956）	殷〈懋鼎〉 殷殷〈函皇父簋〉	殷〈秦公簋〉		殷〈陳逆簋〉 殷《古璽彙編》（0036）			
攻			攻〈鱻鎛〉 攻攻〈臧孫鐘〉	攻〈噩君啟車節〉 攻〈包山106〉 攻〈郭店·成之聞之10〉				
救		救〈周笔匜〉		救〈包山226〉 救〈包山249〉	救〈中山王嚳鼎〉			

寇		 〈曶鼎〉		 〈包山 102〉	 《古璽彙編》（0065）	 〈陳御寇戈〉	 《古陶文彙編》（4.50）	
敔		 〈敔簋〉	 〈臧孫鐘〉  〈王孫誥鐘〉	 〈包山 34〉  〈包山 39〉				
𢾊				 〈包山 133〉  〈包山 135 反〉				
戮				 〈信陽 1.1〉  〈楚帛書・丙篇 11.4〉	 〈中山王嚳鼎〉			 〈詛楚文〉
誅					 〈中山王嚳方壺〉			
詐			 〈蔡侯盤〉	 〈曾侯乙鼎〉				
陰			 〈㠱伯子妊父盨〉	 〈包山 131〉				
陽		 〈虢季子白盤〉	 〈叔姬作陽伯鼎〉  〈蔡侯墓殘鐘四十七片〉	 〈鄂君啓舟節〉				

城	〈班簋〉〈散氏盤〉		〈鄂君啓車節〉	〈屬羌鐘〉	〈工城戈〉〈武城戈〉	《古璽彙編》(0017)	〈睡虎地·秦律雜抄5〉
劍	〈師同鼎〉	〈吳季子之子逞劍〉					〈睡虎地·法律答問84〉
戜			〈曾侯乙42〉〈曾侯乙77〉				

總之，非形義近同之形符的替換，並無地域上的差異，除了少部分文字因造字取象的不同外，大多分見於各文字系統。這些看似無涉字義的偏旁，細審之，仍具有某一層面的關聯，如：從「攵」者可與從「戈」者代換，係受到文字描述習慣的影響。誠如上述「攻」字所引《左傳》之言，古人習言「以戈擊之」，以手持戈進行擊打的動作，「攵」具有「小擊」之義，遂自然與「戈」代換；其次，「戈」爲長兵器，「殳」亦爲兵器，在繫聯下又可與「攵」發生代換的關係；「攵」爲動作，欲採取「擊」的動作，則須運用「手（又）」，幾經繫聯下，形符的替代現象，愈加複雜。再加上某字的意義變更，或是引申意義等因素，使得二個本無相涉的文字，作爲偏旁使用時，發生互換的現象。

第六節　義近形符互代的異化

義近形符互代，何琳儀稱之爲「形符互作」〔註 94〕，係指古文字作爲形旁時，意義相近同者，發生替代的現象。

根據現今所見的戰國文字資料，義近形符互代的現象，可細分爲三十三例，一爲月一日例；二爲夕一月例；三爲禾一木例；四爲竹一艸例；五爲飛一羽例；六爲羽一鳥例；七爲隹一鳥例；八爲牛一馬例；九爲豸一鼠例；十爲虫一它例；

〔註94〕《戰國文字通論》，頁 205。

十一為革一韋例；十二為衣一卒例；十三為巾一衣例；十四為巾一市例；十五為糸一市例；十六為糸一束例；十七為足一𤴕例；十八為止一𤴕例；十九為𤴕一彳例；二十為口一甘例；二十一為言一口例；二十二為口一目例；二十三為首一耳例；二十四為首一頁例；二十五為骨一肉一人一身例；二十六為人一身例；二十七為皀一食例；二十八為宀一穴例；二十九為宀一广例；三十為宀一厂例；三十一為广一厂例；三十二為刀一刃例；三十三為川一水例。

一、月一日互代的現象，如：「期」字。包山竹簡的簡文依序為「受期」、「疋期」，睡虎地竹簡為「及不會驢期」，〈卅五年鼎〉銘文為「冶期」，《古陶文彙編》（6.7）陶文為「卜期」，（3.188）為「蔖園匋里碁（期）」。「期」字或可從「日」，寫作「」，或可從「月」，寫作「」。《說文解字》「日」字云：「實也，大昜之精不虧，從○一，象形。」「月」字云：「闕也，大侌之精，象形。」〔註95〕「日」為太陽，「月」為太陰，就古人的天體運行知識言，二者的差異在於發光的時間；從意義言，日、月皆為發光體，又具有計算時間的作用，作為形旁時，可因義近而替代。細審「日」、「月」二者形體的差異，「日」的形體較為扁平，置於「其（丌或亓）」下，並不會使得整體文字產生視覺的突兀；「月」的形體較為修長，置於「其（丌或亓）」上，寫作「」，必使得「期」字形成長條狀，非僅產生視覺的突兀，也浪費書寫的空間，遂於偏旁替換時，將從日其聲者，採取上下式結構，從月其聲者，採取左右式結構。又如：「歲」字，〈鄂君啓舟節〉銘文為「大司馬昭陽敗晉師於襄陵之歲」，望山竹簡的簡文為「周之歲」。楚系文字係從甲骨文《合》（13475）之字形發展而來，其間又保留上半部的「止」；楚系文字的「歲」字多從「月」，寫作「」，惟望山竹簡（2.1）「」從「日」，「歲」字上半部所從的「止」，與下半部的偏旁具有相同的筆畫，書寫時二者共用一筆橫畫。「日」、「月」作為形旁時，可因義近而替代。

二、夕一月互代的現象，如：「明」字。〈明‧弧背齊刀〉、〈明‧弧背燕刀〉幣文皆為「明」。甲骨文「明」字或從月從囧，寫作「」《合》（11708 正），或從月從日，寫作「」《合》（721 正），應是取象不同所致，發展至戰國時期，或改從夕從日，寫作「」。《說文解字》「月」字云：「闕也，大侌之精，象形。」

〔註95〕《說文解字注》，頁 305，頁 316。

「夕」字云：「莫也，從月半見。」〔註96〕又從「夕」與從「月」通用的現象，如：

霸：〈頌鼎〉：〈頌簋〉

夜：〈師酉簋〉：〈番生簋蓋〉

外：〈靜簋〉：〈子禾子釜〉

夙：〈威方鼎〉：〈大盂鼎〉

偏旁替代的因素，除了意義上的關係外，應是形體相近所致。「夕」有黃昏的意思，「月」係夜晚所見星體，二者在意義上有某種關係，作為形旁時，可因義近而替代；其次，古文字習見於某形體內增添一道短畫，在「夕」字形體內增添一道短畫，則與「月」字相近同，由於形體上的相近，遂產生形近通用的條件。又如：「閒」字，郭店竹簡的簡文為「至亡閒（間）」，〈兆域圖銅版〉銘文為「兩堂閒（間）百尺」。「閒」字於西周金文從門從月，寫作「」，發展至戰國時期，或改從門從夕，寫作「」。「夕」、「月」替代的現象，因義近、形近所產生的替代。〔註97〕

　　三、禾－木互代的現象，如：「和」字。包山竹簡的簡文為「黃和」，睡虎地竹簡為「史不與嗇夫和」，〈舒盉壺〉銘文為「馭右和同」。「和」字於春秋時期從木，寫作「」，發展至戰國時期或從禾，寫作「」。《說文解字》「木」字云：「冒也，冒地而生，東方之行。從中，下象其根。」「禾」字云：「嘉穀也，以二月始生，八月而孰，得之中和，故謂之禾。禾，木也。木王而生，金王而死。從木，象其穗。」〔註98〕「禾」與「木」皆屬於植物，作為形旁時，可因義近而替代。又如：「梁」字，包山竹簡（165）簡文為「梁人××」，〈廿七年大梁司寇鼎〉銘文為「大梁」，作「大梁」者，應指魏之都邑，作「梁人」之「梁」者，應為地望名稱。包山竹簡（165）「」從邑從禾刅聲，〈廿七年大梁司寇鼎〉「」從邑從木刅聲。又如：「利」字，包山竹簡的簡文為「連利」，楚帛書為「利哉伐」。金文「利」字有二種形體，一為從禾從刀，為兩周時期最為習見者，如：〈利鼎〉作「」，二為從工從木從刀，如：〈馱鐘〉作「」，後

〔註96〕《說文解字注》，頁316，頁318。

〔註97〕從偏旁「月」或「夕」者，亦見相同的現象，如：信陽竹簡〈竹書〉的「名」字，包山竹簡的「夜」、「㮚」等字，〈舒盉壺〉的「夜」字。

〔註98〕《說文解字注》，頁241，頁323。

者十分少見，亦尙未見其發展；楚帛書「✦」從木從勿的形體，本亦應從禾從
刀。「禾」、「木」作爲形旁時，可因義近而替代。

　　四、竹—艸互代的現象，如：「節」字。〈子禾子釜〉銘文爲「左關釜節」，
〈采者節〉爲「采者口節」，睡虎地竹簡〈秦律十八種〉簡文爲「官嗇夫節（即）
不存」、〈法律答問〉爲「諸侯客節（即）來使入秦」。「節」字或可從竹，寫作
「✦」，或可從艸，寫作「✦」。《說文解字》「艸」字云：「百卉也，從二中。」
「竹」字云：「冬生艸」。〔註99〕竹與艸皆爲植物，作爲形旁時，可因義近而替
代。又如：「葦」字，天星觀竹簡的簡文爲「長葦」，望山竹簡爲「二葦囩」。天
星觀竹簡「✦」從竹韋聲，望山竹簡「✦」從艸韋聲。「艸」、「竹」作爲形旁
時，可因義近而替代。〔註100〕

　　五、飛—羽互代的現象，如：「翼」字。曾侯乙墓竹簡的簡文爲「屯八翼之
✦」，睡虎地竹簡爲「翼，利行。」〈中山王𰀀方壺〉銘文爲「祇祇翼翼」。〈秦
公鎛〉所從爲「飛」，寫作「✦」，楚系「✦」、晉系「✦」、秦系「✦」皆從
「羽」。《說文解字》「飛」字云：「鳥翥也，象形」，「羽」字云：「鳥長毛也，象
形」〔註101〕，二者皆與鳥類有關，作爲偏旁使用時，「飛」、「羽」可因義近而
替代。

　　六、羽—鳥互代的現象，如：「翠」字。曾侯乙墓竹簡與包山竹簡的簡文皆
爲「翠首」。包山竹簡「✦」爲上羽下皋，曾侯乙墓竹簡「✦」爲左鳥右皋。《說
文解字》「羽」字云：「鳥長毛也，象形。」「鳥」字云：「長尾禽總名也，象形。」
〔註102〕羽毛爲鳥類所出，作爲偏旁使用時，「鳥」、「羽」可因義近而替代。將
偏旁「鳥」置於左方，或將偏旁「羽」置於上方的因素，是爲了書寫上的美觀，
以及配合竹簡的形制。曾侯乙墓竹簡「翠」字從鳥皋聲，「鳥」的形體本屬修長，
書寫時若將之置於另一偏旁的上半部，該字必過於狹長，產生不協調感，對稱、
平衡與協調是視覺感官的基本要求，爲符合視覺的需求，以及在有限的竹簡上

〔註99〕《說文解字注》，頁22，頁191。

〔註100〕從偏旁「艸」或「竹」者，亦見相同的現象，如：曾侯乙墓竹簡的「席」字，郭
　　　　店竹簡〈老子〉乙本的「笑」字，上博簡〈容成氏〉的「箬」字。

〔註101〕《說文解字注》，頁139，頁588。

〔註102〕《說文解字注》，頁139，頁149。

書寫最多的文字，最好的方式是採取左右式的結構；相對的，包山竹簡「翠」字從羽皋聲，正與曾侯乙墓竹簡的形體相反，爲避免文字的形體過寬，遂將偏旁「羽」置於其上。

七、隹－鳥互代的現象，如：「雄」字。郭店竹簡的簡文爲「邦有臣雄」，睡虎地竹簡爲「雄雞」。楚系「雄」字從鳥厷聲，寫作「」，秦系「雄」字從隹厷聲，寫作「」。《說文解字》「隹」字云：「鳥之短尾總名也」，「鳥」字云：「長尾禽總名也」。〔註 103〕又從「鳥」與從「隹」通用的現象，即《說文解字》所見有：

雞：（小篆）：（籀文）

雛：（小篆）：（籀文）

鴟：（小篆）：（籀文）

雕：（小篆）：（籀文）

鴑：（小篆）：（或體）〔註 104〕

隹與鳥皆爲鳥類總名，作爲形旁時，可因義近而替代。又如：「雌」字，簡文爲「三雄一雌」。郭店竹簡「雌」字從鳥此聲，寫作「」，以「雄」字爲例，「雌」字亦可從「隹」。「隹」、「鳥」作爲形旁時，可因義近而替代。

八、牛－馬互代的現象，如：「牡」字。曾侯乙墓竹簡的簡文爲「一黃牡」，〈奻釜壺〉銘文爲「四牡汸汸」。「牡」字於甲骨文從牛從⊥，於西周金文從牛土聲，楚系「」、晉系「」從馬土聲。牛、馬皆爲哺乳類動物，在意義上有相當的關係，作爲形旁時可因義近而替代。又如：「牝」字，簡文爲「坪夜君之兩駟牝」。「牝」字從牛匕聲，以「牡」字爲例，「牝」字亦可從「馬」，寫作「」。「馬」、「牛」作爲形旁時，可因義近而替代。

九、豸－鼠互代的現象，如：「貉」字。包山竹簡的簡文爲「屈貉」，睡虎地竹簡爲「名責環貉豺干都寅」，〈王二年鄭令戈〉銘文爲「工師貉鷹」。楚系「」、晉系「」從鼠各聲，秦系「」從豸各聲。《說文解字》「豸」字云：「獸長脊形，豸豸然欲有所司殺形。」「鼠」字云：「穴蟲之總名也，象形。」

〔註 103〕《説文解字注》，頁 142，頁 149。

〔註 104〕《説文解字注》，頁 143～144。

〔註105〕又從「豸」與從「鼠」通用的現象，即《說文解字》所見有：

鼸：[illegible]（小篆）：[illegible]（或體）〔註106〕

鼠、豸皆爲哺乳類動物，在意義上有相當的關係，作爲形旁時可因義近而替代。又如：「豹」字，包山竹簡的簡文爲「豹韋之冒」，睡虎地竹簡爲「名虎豻貙豹申」。楚系「[illegible]」從鼠勺聲，秦系「[illegible]」從豸勺聲。「鼠」、「豸」作爲形旁時，可因義近而替代。〔註107〕

十、虫—它互代的現象，如：「夏」字。〈噩君啓車節〉銘文與包山竹簡（216）簡文皆爲「夏层」，包山竹簡（115）爲「夏柰」，郭店竹簡〈唐虞之道〉爲「夏用戈」，上博簡〈民之父母〉爲「子夏問於孔子」。〈右戲仲嬰父鬲〉的「夏」字應最接近於原形，下半部爲足趾之形。邱德修指出「夏」字可分爲「從女」與「從夊」二系，戰國時期所見「從止」者，係在偏旁替代下與「從夊」者代換所致。〔註108〕〈噩君啓車節〉的「夏」字因形體割裂，遂將「女」改置於「日」下，與「頁」形成左右式結構，寫作「[illegible]」。包山竹簡出現二種不同結構的字形，一爲從頁從日從止者，寫作「[illegible]」，二爲從頁從日從虫者，寫作「[illegible]」。從「止」者，應是足趾之形；從「虫」者，應是形訛所致。〈伯[illegible]父鬲〉、〈伯夏父鼎〉、〈右戲仲嬰父鬲〉「夏」字所見的「[illegible]」或「[illegible]」，係「手」的形狀，發展至後期則誤寫作「虫」的形體，如：包山竹簡（115）所見從「虫」者。郭店竹簡「[illegible]」從日從虫的形體，應由從頁從日從虫之字省減「頁」而來。上博簡「[illegible]」從日從它的形體，亦屬戰國楚系「夏」字的寫法，惟將所從之「虫」改爲「它」。《說文解字》「虫」字云：「一名蝮」，「蝮」字云：「虫也」，「它」字云：「虫也」〔註109〕，「虫」與「它」的字義相近同。古文字作爲偏旁使用時，意義相近同者，可因義近或義同而替換偏旁，虫、它代換的現象，爲義近偏旁的替換。又如：「蠪」字，天星觀竹簡的簡文爲「⧄蠪車一☐⧄」，睡虎地竹簡爲「幼蠪處

〔註105〕《說文解字注》，頁461，頁483。

〔註106〕《說文解字注》，頁483。

〔註107〕從偏旁「豸」者，亦見相同的現象，如：曾侯乙墓竹簡的「貘」、「貂」等字，包山竹簡的「貍」、「豻」等字。

〔註108〕邱德修：〈春秋遷邟鐘銘研究〉，《中國學術年刊》第二十三期，頁96～97，臺北，國立臺灣師範大學國文研究所，2002年。

〔註109〕《說文解字注》，頁669～670，頁684。

之」。天星觀竹簡「𧉆」從它龍聲，睡虎地竹簡「𧍙」從虫龍聲。「它」、「虫」作爲形旁時，可因義近而替代。

十一、革—韋互代的現象，如：「鞁」字。簡文皆爲「鞁轡，鍚䭹。」前者從韋皮聲，寫作「𩎢」，後者從革皮聲，寫作「𩊄」。《說文解字》「革」字云：「獸皮治去其毛曰革。」「韋」字云：「相背也，從舛口聲。獸皮之韋，可以束物，枉戾相韋背，故借以爲皮韋。」〔註110〕又《儀禮·聘禮》云：「君使卿韋弁」，〈疏〉云：「有毛則曰皮，去毛熟治則曰韋。」〔註111〕可知「韋」借指熟而柔軟的獸皮。又從「韋」與從「革」通用的現象，即《說文解字》所見有：

　　韓：𩎡（小篆）：𩏑（或體）〔註112〕

韋、革皆與「獸皮」有關，在意義上有相當的關係，作爲形旁時可因義近而替代。又如：「𩏐」字，簡文皆爲「𩏐𩎖𩏐」。前者從韋盾聲，寫作「𩎪」，後者從革盾聲，寫作「𩊲」。「韋」、「革」作爲形旁時，可因義近而替代。〔註113〕

十二、衣—卒互代的現象，如：「裀」字。簡文依序爲「裀若，皆緅襠」、「一緅紫之寢裀」。「裀」字或從衣因聲，寫作「𧞫」，或從卒因聲，寫作「𧛛」，所從之「衣」、「卒」皆以剪裁省減的方式書寫，省減上半部的「亠」。細審從卒或從衣者，凡是採取上下式結構者，大多省減上半部的「亠」；採取左右式結構時，多未省略部件。《說文解字》「衣」字云：「依也，上曰衣，下曰常。」「卒」字云：「隸人給事者爲卒，古以染一題識，故從衣一。」〔註114〕衣、卒偏旁的代換，應是意義上的關聯。此外，古文字習見於長筆畫上增添一道短畫，在「衣」字較長的下斜筆畫上，增添一道短橫畫，則與「卒」字相近同，由於形體的相近，遂又產生形近通用的現象。又如：「鐶」字，信陽竹簡的簡文爲「一小鐶」，仰天湖竹簡爲「玉鐶」。「鐶」字從金睘聲，可寫作「𨭉」或「𨭊」，「睘」或

〔註110〕《說文解字注》，頁108。頁237。

〔註111〕（漢）鄭玄注、（唐）賈公彥疏：《儀禮注疏》，頁255，臺北，藝文印書館，1993年。

〔註112〕《說文解字注》，頁108。

〔註113〕從偏旁「韋」或「革」者，亦見相同的現象，如：曾侯乙墓竹簡的「𩏑」、「𩏑」、「鞍」等字，包山竹簡的「鞋」字。

〔註114〕《說文解字注》，頁392，頁401。

可從卒，或可從衣，「衣」、「卒」作爲形旁時，因義近、形近而替代。〔註115〕

　　十三、巾一衣互代的現象，如：「常」字。曾侯乙墓竹簡的簡文爲「一常（裳）」，包山竹簡（203）爲「石被常（裳）」，（244）爲「衣常（裳）」，睡虎地竹簡爲「利以製衣常（裳）」。睡虎地竹簡「常」從巾尚聲，楚簡或從「市」，寫作「裳」，或從「巾」，寫作「常」，或從「衣」，寫作「裳」。包山竹簡（203）所從「巾」豎畫上的「一」爲飾筆性質，（244）改從偏旁「衣」。《說文解字》「巾」字云：「佩巾也，從冂，丨象系也。」「衣」字云：「依也，上曰衣，下曰常。」〔註116〕又從「巾」與從「衣」通用的現象，即《說文解字》所見有：

　　　　帬：帬（小篆）：裠（或體）

　　　　常：常（小篆）：裳（或體）

　　　　幝：幝（小篆）：襢（或體）

　　　　帙：帙（小篆）：袠（或體）〔註117〕

「巾」與「衣」皆爲紡織品，爲服飾之一，二者之通用，爲義近偏旁的替代。「市」、「巾」通用的現象，亦屬義近偏旁的替代。

　　十四、巾一市互代的現象，如：「布」字。曾侯乙墓竹簡的簡文爲「紫布之縢」。「布」字本從巾父聲，曾侯乙墓竹簡「布」從市父聲。《說文解字》「巾」字云：「佩巾也，從冂，丨象系也。」「市」字云：「韠也，上古衣蔽前而巳市以象之。」〔註118〕「巾」與「市」皆爲紡織品，爲服飾之一，二者之通用，爲義近偏旁的替代。又如：「帞」字，信陽竹簡的簡文爲「純赤綿之帞」，望山竹簡爲「薈帞廿二」。信陽竹簡「帞」從巾首聲，望山竹簡「帞」從市首聲，信陽竹簡所從偏旁「巾」豎畫上的「一」爲飾筆性質。「巾」、「市」作爲形旁時，可因義近而替代。

　　十五、糸一市互代的現象，如：「純」字。曾侯乙墓竹簡的簡文皆爲「紫裺之純」，〈中山王𦉈方壺〉銘文爲「是有純德」，〈陳純釜〉爲「陳純」。「純」字從糸

〔註115〕從偏旁「衣」者，亦見相同的現象，如：信陽竹簡〈遣策〉的「裏」、「褐」等字，包山竹簡的「被」字。

〔註116〕《說文解字注》，頁360，頁392。

〔註117〕《說文解字注》，頁361～362。

〔註118〕《說文解字注》，頁360，頁366。

屯聲，曾侯乙墓竹簡（65）「［糸屯］」從市，〈中山王嚳方壺〉「　」從束。《說文解字》「糸」字云：「細絲也，象束絲之形。」〔註119〕「糸」爲細絲，「市」爲人身上的紡織飾品，在意義上有相當的關係，作爲形旁時可因義近而替代。至於「糸」、「束」通用的現象，亦屬義近偏旁的替代。又如：「紫」字，曾侯乙墓竹簡的簡文皆爲「紫布之縢」。前者從糸此聲，寫作「紫」，後者從市此聲，寫作「［市此］」，「糸」、「市」作爲形旁時，可因義近而替代。又如：「絵」字，曾侯乙墓竹簡的簡文爲「屯紫絵之裏」，包山竹簡爲「二素王絵之绣」。前者從市，寫作「［市会］」，後者從糸，寫作「絵」。「糸」、「市」作爲形旁時，可因義近而替代。

十六、糸—束互代的現象，如：「約」字。包山竹簡的簡文爲「糾約」，睡虎地竹簡爲「約分購」，〈詛楚文〉爲「盟約」。楚系「［糸勺］」從糸勺聲，秦系「［束勺］」或從束勺聲。《說文解字》「束」字云：「縛也，從口木。」又「縛」字云：「束也，從糸專聲。」〔註120〕糸、束在意義上有相當的關係，作爲形旁時可因義近而替代。

十七、足—辵互代的現象，如：「路」字。包山竹簡的簡文爲「邶路公壽」。「路」字於兩周文字多從足各聲，楚簡文字「［辵各］」從辵各聲。《說文解字》「辵」字云：「乍行乍止也，從彳止。」「足」字云：「人之足也，在體下，從口止。」〔註121〕又從「足」與從「辵」通用的現象，即《說文解字》所見有：

迹：［辵亦］（小篆）：蹟（或體）：［辵朿］（籀文）

远：［辵介］（小篆）：躛（或體）〔註122〕

「足」與「辵」皆與「止」相關，作爲形旁時，可因義近而替代。

十八、止—辵互代的現象，如：「斄」字。簡文皆爲「斄禱」。或從止與聲，寫作「［止與］」，或從辵與聲，寫作「［辵與］」。《說文解字》「止」字云：「下基也，象艸木出有阯，故以止爲足。」〔註123〕「止」字於甲骨文即爲足形，《說文解字》之釋形爲非。又從「止」與從「辵」通用的現象，如：

〔註119〕《說文解字注》，頁650。

〔註120〕《說文解字注》，頁278，頁654。

〔註121〕《說文解字注》，頁70，頁81。

〔註122〕《說文解字注》，頁70，頁76。

〔註123〕《說文解字注》，頁68。

過：⿰ 〈過伯簋〉：⿰ 〈過伯作彝爵〉

「辵」與「止」相關，作為形旁時，可因義近而替代。又如：「從」字，包山竹簡的簡文依序為「匿至從父兄不可謀」、「其從父之弟」，〈中山王𰋮鼎〉銘文為「謀慮皆從」，〈詛楚文〉為「宣侈競從（縱）」。「從」字於兩周時期已見三種形體，或從辵从聲，或從止从聲，或從从，〈中山王𰋮鼎〉「⿰」之字形應是承襲〈作從彝卣〉而發展，包山竹簡（151）「⿰」則是承襲〈魚從鼎〉而發展。「辵」、「止」作為形旁時，可因義近而替代。〔註124〕

十九、辵—彳互代的現象，如：「返」字。〈楚王酓章鎛〉銘文為「返自西陽」，〈鄰盍壺〉為「返（反）臣其宗主」。戰國時期之「返」字或從彳反聲，寫作「⿰」，或從辵反聲，寫作「⿰」。《說文解字》「彳」字云：「小步也，象人脛三屬相連也。」〔註125〕又從「辵」與從「彳」通用的現象，即《說文解字》所見有：

往：⿰（小篆）：⿰（古文）

退：⿰（小篆）：⿰（古文）

後：⿰（小篆）：⿰（古文）〔註126〕

辵、彳皆與足有關，作為形旁時可因義近而替代。又如：「後」字，〈曾姬無卹壺〉銘文為「後嗣用之」，睡虎地竹簡的簡文為「後富」。西周金文之「後」字本從彳，發展至戰國時期或從辵，如：〈曾姬無卹壺〉作「⿰」，或從彳，如：睡虎地竹簡作「⿰」。「辵」、「彳」作為形旁時，可因義近而替代。又如：「進」字，《古璽彙編》（0274）印文為「訶里進鉨」，〈中山王𰋮方壺〉銘文為「進賢措能」。甲骨文從止從隹，發展至西周金文則從辵從隹，於戰國時期的楚系璽印文字則從彳，寫作「⿰」。「辵」、「彳」作為形旁時，可因義近而替代。

二十、口—甘互代的現象，如：「壽」字。包山竹簡的簡文為「羅壽」，〈陳逆簋〉銘文為「眉壽」。西周早期金文尚未見增添「口」者，發展至中晚期以後，或從「口」作「⿰」，或從「甘」作「⿰」；包山竹簡從「甘」作「⿰」，〈陳逆簋〉從「甘」作「⿰」，應是承襲前代文字而來。《說文解字》「口」字云：

〔註124〕從偏旁「辵」者，亦見相同的現象，如：望山一號墓竹簡的「遲」字，郭店竹簡
〈性自命出〉的「近」字。

〔註125〕《說文解字注》，頁76。

〔註126〕《說文解字注》，頁76～77。

「人所以言食也，象形。」「甘」字云：「美也。從口含一；一，道也。」「壽」字云：「久也，從老省畺聲。」〔註127〕又從「口」與從「甘」通用的現象，即《說文解字》所見有：

　　甚：{小篆}（小篆）：{古文}（古文）〔註128〕

探究二種形體替代的因素，除了書手的習慣外，應是意義上有所關係，作為形旁時，可因義近而替代。又「壽」字本未從「口」，在發展過程中，書手將「口」增添於該字下方，由於古文字習見於「口」中增添短橫畫，又與「甘」的形體近同，即「ᗞ」添加「一」，形成「甘」，書手習以成性，將「口」改寫為「甘」。〔註129〕

　　二十一、言—口互代的現象，如：「譽」字。郭店竹簡的簡文為「譽毀在旁」，睡虎地竹簡為「譽敵以恐眾心者」。楚簡「{字}」從口與聲，秦簡「{字}」從言與聲。《說文解字》「口」字云：「人所以言食也，象形。」「言」字云：「直言曰言，論難曰語。」〔註130〕又從「言」與從「口」通用的現象，即《說文解字》所見有：

　　嘖：{小篆}（小篆）：{或體}（或體）

　　謀：{小篆}（小篆）：{古文}（古文）

　　謨：{小篆}（小篆）：{古文}（古文）

　　詠：{小篆}（小篆）：{或體}（或體）

　　譜：{小篆}（小篆）：{或體}（或體）〔註131〕

「言」從「口」出，在意義上有相當的關係，作為形旁時可因義近而替代。

　　二十二、目—口互代的現象，如：「臧」字。包山竹簡的簡文為「臧奠言之少師」，睡虎地竹簡為「臧（贓）值百一十」，〈安臧・平肩空首布〉幣文為「安臧」，《古陶文彙編》（3.366）陶文為「楚章䢜關里臧」。甲骨文象以戈刺眼之形，金文「{字}」、楚簡帛文字「{字}」從口戕聲，晉系貨幣「{字}」、睡虎地竹簡「{字}」，

〔註127〕《說文解字注》，頁54，頁204，頁402。

〔註128〕《說文解字注》，頁204。

〔註129〕從偏旁「壽」者，亦見相同的現象，如：望山一號墓竹簡的「禱」字，包山竹簡的「檮」字。

〔註130〕《說文解字注》，頁54，頁90。

〔註131〕《說文解字注》，頁60，頁92，頁95～96。

從目戈聲。《說文解字》「目」字云：「人眼也，象形。」〔註132〕口、目皆爲人體的器官，以「目」替代「口」，應屬義近替代的方式。

二十三、首─耳互代的現象，如：「職」字。〈曾姬無卹壺〉銘文爲「職在王室」，〈郾王職劍〉爲「郾王職」，楚帛書爲「不得其參職天雨」。〈曾姬無卹壺〉「𦣻」上從戠下從首，〈郾王職劍〉「𦕓」上從戠下從耳，楚帛書與〈郾王職劍〉相近同。《說文解字》「𦣻」字云：「頭也。」「耳」字云：「主聽者也，象形。」〔註133〕「𦣻」字爲篆文，古文爲「首」字。楚系文字系統裡，作爲形符使用的偏旁，只要具有某一相關的意義，即可以義近替代的方式更換偏旁，頭、耳皆爲人體的器官，耳朵置於頭部，以「首」替代「耳」，應屬義近替代的方式。

二十四、首─頁互代的現象，如：「道」字。睡虎地竹簡的簡文爲「所道遂者」，〈詛楚文〉爲「無道」。除了〈詛楚文〉「𧗞」從辵從頁外，多從辵從首，寫作「道」。《說文解字》「頁」字云：「頭也，從𦣻從儿。」「首」字云：「古文𦣻也。」〔註134〕又從「首」與從「頁」通用的現象，如：

顯：𦕪〈康鼎〉：𩠐，𩠐〈大克鼎〉

頡：𩠐〈公臣簋〉：𩠐〈大克鼎〉

「首」、「頁」的本義皆爲「頭」，「首」字的形體爲頭上長有頭髮之形，大體上與「頁」字相似，作爲形旁時可因義同而替代。

二十五、骨─肉─人─身互代的現象，如：「體」字。郭店竹簡與上博簡〈緇衣〉簡文爲「君以民爲體」，郭店竹簡〈窮達以時〉爲「非無體壯也」，睡虎地竹簡爲「疵於體」，〈中山王𡥎方壺〉銘文爲「上下之體」。〈緇衣〉「體」從骨豐聲，〈窮達以時〉「體」與〈日書乙種〉「體」從肉豐聲，上博簡〈緇衣〉「體」從人豐聲，〈中山王𡥎方壺〉「體」從身豐聲。《說文解字》「骨」字云：「肉之覈也，從冎有肉。」「肉」字云：「胾肉，象形。」〔註135〕又從「肉」與從「骨」通用的現象，即《說文解字》所見有：

〔註132〕《說文解字注》，頁131。

〔註133〕《說文解字注》，頁426，頁597。

〔註134〕《說文解字注》，頁420，頁427。

〔註135〕《說文解字注》，頁166，頁169。

膀：ᗷᓄ（小篆）：ᗷᓄ（或體）〔註136〕

「肉」爲「胾肉」，「骨」爲「肉之覆」，骨、肉爲構成身體的重要器官；又《說文解字》「人」字云：「天地之性最貴者也。」〔註137〕人類身體的組成份子，包括骨頭與肌膚，以偏旁「人」替代「骨」或「肉」，皆是以整體取代部分的現象；又《說文解字》「身」字云：「躳也」〔註138〕，「骨」爲「肉之覆」，骨頭爲構成身體的重要器官，以「身」取代「骨」，亦屬以整體取代部分之義。無論是骨─肉或骨─人或骨─身替換，在意義上皆有相當的關係，作爲形旁時可因義近而替代。

　　二十六、人─身互代的現象，如：「信」字。〈中山王𧾷方壺〉銘文爲「余智其忠信施」，睡虎地竹簡的簡文爲「一日忠信敬上」。睡虎地竹簡「信」從言從人，〈中山王𧾷方壺〉「𧧻」從言從身。《說文解字》「人」字云：「天地之性最貴者也。」「身」字云：「躳也」，段玉裁〈注〉云：「躳謂身之僂主於脊骨也。」〔註139〕「人」、「身」在意義上有相當的關係，作爲形旁時可因義近而替代。

　　二十七、皀─食互代的現象，如：「飲」字。簡文皆爲「不甘飲」。「飲」字於兩周時期，多從人從食，惟於戰國時期的楚簡帛文字，或改從皀，寫作「ᖲᓂ」。《說文解字》「皀」云：「穀之馨香也，象嘉穀在裏中之形，匕所以扱之，或說皀一粒也。凡皀之屬皆從皀，又讀若香。」「食」字云：「亼米也」。〔註140〕又從「皀」與從「食」通用的現象，如：

簋：ᓄᓄ〈周憲鼎〉：ᓄᓂ，ᓂᓂ〈𥁻皇父簋〉

「皀」、「食」在意義上有相當的關係，作爲形旁時可因義近而替代。又如：「鄉」字，〈中山王𧾷方壺〉銘文爲「以鄉（饗）上帝」，睡虎地竹簡的簡文爲「鄉相雜以封印之」。「鄉」字於殷商文字從「皀」，發展至兩周時期，或從「皀」，寫作「ᓂᓂ」，或從「食」寫作「ᓂᓂ」。「皀」、「食」作爲形旁時，可因義近而替代。〔註141〕

〔註136〕《說文解字注》，頁171。

〔註137〕《說文解字注》，頁369。

〔註138〕《說文解字注》，頁392。

〔註139〕《說文解字注》，頁369，頁392。

〔註140〕《說文解字注》，頁219，頁220。

〔註141〕從偏旁「皀」者，亦見相同的現象，如：〈邵王之諻簋〉的「廄」字，信陽竹簡〈竹書〉的「即」字，包山竹簡的「既」、「慨」等字，〈𡐶逆簋〉的「殷」字。

二十八、宀—穴互代的現象，如：「窗」字。簡文爲「窗於申」。「窗」字於甲骨文、西周金文從「宀」，發展至戰國時期，或改爲「穴」，寫作「圖」。《說文解字》「宀」字云：「交覆深屋也，象形。」「穴」字云：「土室也。」〔註142〕又從「宀」與從「穴」通用的現象，即《說文解字》所見有：

　　　竅：圖（小篆）；圖（或體）〔註143〕

「宀」與「穴」的意義皆與「屋」有關，可因義近而發生替代。又如：「窨」字，簡文依序爲「窨戌」、「窨丑」。前者「圖」從宀㔾聲，後者「圖」從穴㔾聲，「宀」、「穴」作爲形旁時，可因義近而替代。

二十九、宀—广互代的現象，如：「寇」字。〈廿七年大梁司寇鼎〉銘文爲「大梁司寇」。「寇」字於金文中多從攴從完，發展至戰國時期，大多改爲從戈從完，〈廿七年大梁司寇鼎〉之「寇」字所從之「完」則改爲從广從元，寫作「廄」。從「宀」與從「广」通用的現象，如：

　　　賡：圖〈噩君啓舟節〉：圖〈兆域圖銅版〉
　　　廟：圖〈盠方彝〉：圖〈吳方彝蓋〉

又《說文解字》「宀」字云：「交覆深屋也，象形。」「广」字云：「因厂爲屋也。從厂象對刺高屋之形。」〔註144〕「宀」與「广」的意義皆與「屋」有關，可因義近而發生替代。又如：「廄」字，〈邵王之諻簋〉銘文爲「邵王之諻之薦廄（殷）」。「廄」字於西周時期從宀殷聲，發展至戰國時期從广殷聲，寫作「圖」。又如：「庫」字，〈朝歌右庫戈〉銘文爲「右庫」，〈七年邦司寇矛〉爲「上庫」，〈陰平劍〉爲「左庫」。〈朝歌右庫戈〉「庫」從广從車，〈陰平劍〉「庫」從厂從車，〈七年邦司寇矛〉「庫」從宀從車。「宀」、「广」作爲形旁時，可因義近而替代。至於「厂」、「广」作爲形旁時，亦可因義近而替代。

三十、宀—厂互代的現象，如：「安」字。〈哀成叔鼎〉銘文爲「君既安惠」，〈墜純釜〉爲「安陵」。「安」字於兩周時期或從宀從女，如：〈哀成叔鼎〉作「圖」，或從厂從女，如：〈墜純釜〉作「圖」。《說文解字》「宀」字云：「交覆深屋也，

〔註142〕《說文解字注》，頁341，頁347。

〔註143〕《說文解字注》，頁345。

〔註144〕《說文解字注》，頁341，頁447。

象形。」「厂」字云：「山石之厓巖人可尻，象形。」〔註145〕「宀」與「厂」的意義皆與住所有關，可因義近而發生替代。

　　三十一、广—厂互代的現象，如：「廡」字。包山竹簡的簡文爲「不量廡下之責」，睡虎地竹簡爲「廡居東方」。包山竹簡「𠨮」從厂無聲，睡虎地竹簡「𢉙」從广無聲，從厂之字未見於《說文解字》。從「广」與從「厂」通用的現象，如：

　　　　廣：𠨮〈瘋鐘〉：𠨮〈番生簋蓋〉

　　　　厓：𠨮〈元年師旋簋〉：𠨮〈農卣〉

又《說文解字》「广」字云：「因厂爲屋也。從厂象對刺高屋之形。」「厂」字云：「山石之厓巖人可尻，象形。」〔註146〕「广」與「厂」的意義皆與住所有關，可因義近而發生替代。故從滕壬生之意見，將從厂無聲之字，隸釋爲「廡」。〔註147〕又如：「廣」字，青川木牘的簡文爲「田廣一步」，〈廣衍矛〉銘文爲「廣衍」。「廣」字本從广黃聲，〈廣衍矛〉「廥」從厂黃聲。「广」、「厂」作爲形旁時，可因義近而替代。

　　三十二、刀—刃互代的現象，如：「解」字。包山竹簡的簡文皆爲「由攻解於╳╳」，〈中山王𨮥鼎〉銘文爲「夙夜不解（懈）」。甲骨文「從角從彐從牛，象以手解牛之形。《說文》：『解，判也，從刀判牛角。』篆文所從之刀疑爲彐之省譌。」〔註148〕〈寧子甌〉的字形與甲骨文相同，〈毀子作宆團宮鼎〉省略「彐」，改從「攵」，發展至戰國時期，或從刀，寫作「𢆀」，或從刃，寫作「𢆀」。《莊子·養生主》云：「庖丁爲文惠君解牛，……今臣之刀十九年矣，所解數千牛矣，而刀刃若新發於硎。」〔註149〕「解」字作宰割解釋。莊子爲戰國時期的人物，當時用爲宰割的「解」字，係以刀爲之，加以戰國時期「解」字形體已與甲骨文、西周金文之形體大異，故知許愼所言實有所據。又《說文解字》「刃」字云：

〔註145〕《說文解字注》，頁341，頁450。

〔註146〕《說文解字注》，頁447，頁450。

〔註147〕《楚系簡帛文字編》，頁728。

〔註148〕《甲骨文字典》，頁481。

〔註149〕（周）莊周撰、（清）郭慶藩集釋：《莊子集釋》，頁117～119，臺北，河洛圖書出版社，1980年。

「刀鋻也，象刀有刃之形。」〔註150〕「刀」係兵器的一種，又從「刀」與從「刃」通用的現象，即《說文解字》所見有：

　　刄：刄（小篆）：劍（或體）

　　劍：劍（小篆）：劍（籀文）〔註151〕

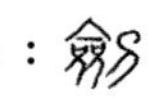

「刀」爲兵器，「刃」指刀刃之形，二種形體互換之因素，係因二者的意義有關，作爲形旁時，可因義近而替代。又如：「畟」字，簡文皆爲「畟屎之月」。「畟」字從田刑聲，所從之「刑」或可從刀，寫作「畟」，或可從刃，寫作「畟」，「刀」、「刃」作爲形旁時，可因義近而替代。〔註152〕

　　三十三、川─水互代的現象，如：「朝」字。〈墜侯因育敦〉銘文爲「朝聞諸侯」。金文「朝」字本從川，發展至戰國時期，〈墜侯因育敦〉「朝」改從水，從「水」之形，係從〈羌伯簋〉演化而來，亦即省減一道筆畫「丿」，遂形成「水」的形體。《說文解字》「水」字云：「準也。北方之行，象眾水竝流，中有微陽之氣也。」「川」字云：「毌穿通流水也。」〔註153〕水、川在字義上，皆與水有關，作爲形旁時，可因義近而替代。

表 5－13

字例	殷商	西周	春秋	楚系	晉系	齊系	燕系	秦系
期			 〈沈兒鎛〉  〈王子申盞盂〉	 〈包山 19〉  〈包山 36〉	 〈卅五年鼎〉  《古陶文彙編》（6.7）	 《古陶文彙編》（3.188）		 〈睡虎地·秦律雜抄 29〉

〔註150〕《說文解字注》，頁 185。

〔註151〕《說文解字注》，頁 185。

〔註152〕從偏旁「刀」者，亦見相同的現象，如：信陽竹簡〈遣策〉的「𥮊」字，包山竹簡的「割」、「剸」等字，〈�君啟舟節〉的「則」字，楚帛書〈丙篇〉的「型」字，郭店竹簡〈成之聞之〉的「罰」字，〈中山王𦈑鼎〉的「刺」、「型」等字，〈中山王𦈑方壺〉的「則」字，睡虎地竹簡〈日書甲種〉的「刑」字。

〔註153〕《說文解字注》，頁 521，頁 574。

		〈吳王光鑑〉				
歲	《合》（13475） 《合》（22560）	〈利簋〉 〈智鼎〉 〈毛公鼎〉	〈鄂君啓舟節〉 〈望山2.1〉			
明	《合》（14正） 《合》（721正） 《合》（11708正）	〈小盂鼎〉	〈秦公鎛〉		〈明·弧背齊刀〉	〈明·弧背燕刀〉
閒		〈𪒠鐘〉	〈郭店·語叢三29〉	〈兆域圖銅版〉		
夜		〈師望鼎〉 〈師酉簋〉	〈曾侯乙67〉 〈包山194〉	〈中山王𦉢鼎〉 〈𫳷𬵊壺〉		
名	《合》（2190正）	〈六年召伯虎簋〉	〈少虡劍〉	〈信陽1.17〉 〈包山249反〉		
祟				〈包山23〉		

			罘 〈包山 137 反〉			
和		秝 〈史孔和〉	秝 〈包山 169〉	昴 〈舒窯壺〉		和 〈睡虎地 ・法律答 問 94〉
梁		梁 〈梁伯戈〉	梁 〈包山 165〉	梁 〈廿七年 大梁司 寇鼎〉		
利	利 〈利簋〉 利 〈麩鐘〉		利 〈包山 135〉 利 〈楚帛書 ・丙篇 11.2〉			
節					節 〈子禾子 釜〉 節 〈采者節〉	節 〈睡虎地 ・秦律 十八種 161〉 節 〈睡虎地 ・法律 答問 203〉
葦			葦 〈天星觀・ 卜筮〉 葦 〈望山 2.48〉			
蓆			簹 〈曾侯乙 6〉 簹 〈信陽 2.19〉			

笑				茇〈郭店・老子乙本9〉				
箬			𥫗〈石鼓文・作原〉	𥫗〈上博・容成氏15〉				
翼			𦐒〈秦公鎛〉	翼〈曾侯乙40〉	𦐒〈中山王𧬨方壺〉			𦐒〈睡虎地・日書甲種94〉
翠				𦏻〈曾侯乙89〉 𦏻〈包山・牘1〉				
雄				𦏺〈郭店・語叢四14〉				雄〈睡虎地・日書甲種70〉
雌				𦏺〈郭店・語叢四26〉				
牡	𤘙《合》（3139）	牡〈刺鼎〉		𤚩〈曾侯乙197〉	𤚩〈𨱒螽壺〉			
牝				𤚩〈曾侯乙160〉				
貈				貈〈包山87〉	貈〈王二年鄭令戈〉			貈〈睡虎地・日書甲種77背〉
豹				豹〈包山277〉				豹〈睡虎地・日書甲種71背〉

貘			〈曾侯乙 1 正〉				
貂			〈曾侯乙 5〉				
貍			〈包山 165〉				〈睡虎地 ·日書 甲種 38 背〉
豻			〈包山 271〉				〈睡虎地 ·日書 甲種 71 背〉
夏	〈伯頵父 鬲〉 〈伯夏父 鼎〉	〈右戲仲 曖父鬲〉	〈鄂君啓 車節〉 〈包山 115〉 〈包山 216〉 〈郭店· 唐虞之 道 13〉 〈上博· 民之父 母 1〉				
蠅			〈天星觀 ·遣策〉				〈睡虎地 ·日書 甲種 50 背〉

鞁				鞲〈曾侯乙25〉 鞲〈曾侯乙41〉				
鞃				鞃〈曾侯乙56〉 鞃〈曾侯乙113〉				
鞂				鞂〈曾侯乙7〉 鞂〈曾侯乙11〉				
鞍				鞍〈曾侯乙83〉 鞍〈曾侯乙115〉				
鞴				鞴〈曾侯乙84〉 鞴〈曾侯乙103〉				
韉				韉〈包山186〉 韉〈包山271〉				

袵				袲〈信陽 2.19〉 袲〈信陽 2.21〉				
鐶				鐶〈信陽 2.10〉 鐸〈仰天湖 14〉				
裏		衷〈吳方彝蓋〉		裏〈信陽 2.9〉 裏〈信陽 2.13〉 裏〈信陽 2.15〉				
襠				襠〈信陽 2.19〉				
被				被〈包山 199〉 茲〈包山 214〉				被〈新郪虎符〉
常				常〈曾侯乙 123〉 常〈包山 203〉 常〈包山 244〉				常〈睡虎地·日書乙種 23〉

布		〈作冊睘卣〉		〈曾侯乙122〉		
帕				〈信陽2.5〉　〈望山2.49〉		
純				〈曾侯乙65〉　〈曾侯乙67〉	〈中山王𰯼方壺〉	〈墜純釜〉	
紫			〈蔡侯墓殘鐘四十七片〉	〈曾侯乙122〉　〈曾侯乙124〉		
繪				〈曾侯乙59〉　〈包山254〉		
約				〈包山268〉			〈詛楚文〉　〈睡虎地・法律答問139〉
路		〈史懋壺〉		〈包山94〉		

顯				〈望山 1.10〉 〈望山 1.55〉				
從	《合》 （1131正）	〈魚從鼎〉 〈作從彝卣〉 〈从鼎〉		〈包山 138反〉 〈包山 151〉	〈中山王 響鼎〉			〈詛楚文〉
遲		〈仲叡父簋〉 〈元年師旋簋〉		〈望山 1.61〉 〈望山 1.62〉				
近				〈郭店· 性自命出29〉 〈郭店· 性自命出36〉				
返				〈楚王酓章鎛〉	〈郘鐘壺〉			
後	《合》 （18595）	〈師望鼎〉	〈杕氏壺〉	〈曾姬無卹壺〉				〈睡虎地 ·日書乙 種243〉
進	《合》 （37389）	〈兮甲盤〉		《古璽彙編》 （0274）	〈中山王 響方壺〉			

壽		〈沈子它簋蓋〉 〈豆閉簋〉 〈頌鼎〉	〈王孫遺者鐘〉 〈子璋鐘〉	〈包山 68〉		〈陳逆簋〉	
禱				〈望山 1.119〉 〈望山 1.124〉			〈睡虎地・日書甲種 101〉
檮				〈包山 258〉			
譽				〈郭店・窮達以時 14〉			〈睡虎地・法律答問 51〉
臧	《合》（3297反）		〈臧孫鐘〉	〈包山 160〉	〈安臧・平肩空首布〉	《古陶文彙編》（3.366）	〈睡虎地・法律答問 36〉
職				〈曾姬無卹壺〉 〈楚帛書・乙篇 3.13〉		〈鄦王職劍〉	
道	〈散氏盤〉						〈詛楚文〉 〈睡虎地・法律答問 196〉

體				鑽〈郭店‧緇衣8〉 體〈郭店‧窮達以時10〉 澧〈上博‧緇衣5〉	鐟〈中山王䚖方壺〉			膛〈睡虎地‧日書乙種246〉
信					𧥣〈中山王䚖方壺〉			㑮〈睡虎地‧爲吏之道7〉
飮		飮〈命簋〉	飮〈王孫遺者鐘〉	飮〈包山242〉 飮〈包山247〉				
鄉	鄉《合》（27894）		鄉〈曾伯陭壺〉		鄉〈中山王䚖方壺〉			鄉〈睡虎地‧效律28〉
即	即《合》（27460）	即〈大盂鼎〉	即〈信陽1.8〉 即〈望山2.50〉					
既	既《合》（151反）	既〈史牆盤〉	既〈包山205〉 既〈包山225〉					
愍			愍〈包山207〉					

			〈包山 223〉		
殷	《合》（24956）	〈悆鼎〉 〈函皇父簋〉	〈秦公簋〉		〈陳逆簋〉
宲	《合》（13696 正）	〈史牆盤〉		〈九店 56.13〉	
窖					〈睡虎地·日書乙種 30〉 〈睡虎地·日書乙種 33〉
寇		〈昜鼎〉		〈廿七年大梁司寇鼎〉	
廄		〈伯䣄簋〉	〈邵王之諻簋〉		
庫				〈朝歌右庫戈〉 〈七年邦司寇矛〉	〈陰平劍〉
安		〈散方鼎〉 〈格伯簋〉	〈國差𦉜〉	〈哀成叔鼎〉	〈陳純釜〉

廡			〈包山 53〉				〈睡虎地·日書甲種 21 背〉
廣	〈班簋〉						〈青川·木牘〉 〈廣衍矛〉
解	《合》(18387)	〈𤔲子盨〉 〈般子作寍團宮鼎〉	〈包山 211〉 〈包山 246〉	〈中山王嚳鼎〉			
觷		〈黽大宰簋〉 〈鄴令尹者旨觷盧〉	〈天星觀·卜筮〉				
則	〈𤰇尊〉 〈五年召伯虎簋〉		〈鄂君啟舟節〉	〈中山王嚳方壺〉			
簡			〈信陽 2.4〉				
割	〈無叀鼎〉		〈包山 122〉				
紛			〈包山·牘 1〉 〈包山·牘 1 反〉				

型				<楚帛書·丙篇 11.3>	<中山王䇦鼎> <妅䇅壺>			
罰		<大盂鼎>		<郭店·緇衣 27> <郭店·成之聞之 38>				
剌	《合》(8514正)	<史牆盤> <㝬簋>			<鴦羌鐘> <中山王䇦鼎>			
刑		<散氏盤>						<睡虎地·秦律十八種 138> <睡虎地·日書甲種 67>
朝		<利簋> <矢令方彝> <羌伯簋>			<塦侯因育敦>			

　　總之，義近形符互代的現象，其間包含的種類頗多，有意義相同者，如：頁－首；有意義相近者，如：刀－刃；有以整體取代部分者，如：骨－肉、骨－人、骨－身；有同屬某一類目者，如：牛－馬、鼠－豸、巾－衣、巾－市等。

在戰國五系文字中，尤以楚系文字的替代情形最爲繁雜，深究其因素，或爲楚域之人的認知所致，或爲書手個人的習慣所致，實難知曉。正因爲偏旁的不固定，更令人明瞭戰國時期「文字異形」的現象。

第七節　聲符互代的異化

聲符互代，何琳儀稱之爲「音符互作」〔註154〕，係指將既有的形聲字之聲符，以另一個聲符取代。一般而言，或以筆畫數目少者取代筆畫數目較多、較爲複雜之字，或是兩相替代的聲符具有聲母與聲子關係者亦可代換。基本上，二者之間必須具有聲韻相同或是相近的關係，方能發生聲符的替換。

根據現今所見的戰國文字資料，聲符互代的現象，可細分爲十八例，一爲才─戠例；二爲五─午例；三爲朝─苗例；四爲亼─金例；五爲可─奇例；六爲取─聚例；七爲父─甫例；八爲五─吾例；九爲凶─匈例；十爲田─甸例；十一爲人─身例；十二爲幾─冀例；十三爲屖─夷例；十四爲付─府─負─父例；十五爲壽─紂例；十六爲尌─豆─朱例；十七爲肥─非例；十八爲亡─瓜例。

一、才─戠互代的現象，如：「載」字。「載」字從車戠聲，寫作「載」，「戠」又可進一步析爲從戈才聲，包山竹簡「𫟅」與〈中山王𧤛方壺〉「車」省減偏旁「戈」，保留聲符「才」。包山竹簡的簡文爲「其上載」，睡虎地竹簡爲「以其乘車載女子」，〈鄂君啓車節〉銘文爲「毋載金革黽箭」，〈中山王𧤛方壺〉爲「因載所美」，〈匽侯載器〉爲「匽侯載」。「戠」字從戈才聲，上古音屬「精」紐「之」部，「才」字上古音屬「從」紐「之」部，二者發聲部位相同，精從旁紐，旁紐疊韻，作爲聲符使用時可替代。又如：「戴」字，「戴」字從肉才聲，寫作「𣢮」。銘文爲「爲戴四分口」。「才」、「戠」作爲聲符使用時可替代。

二、五─午互代的現象，如：「馭」字。金文作「馭」者，象手持馬鞭以駕御馬形，右側上半部本不從「午」。由於形體的變異，爲了明示該字的讀音，遂在本字上增添聲符「午」，如：曾侯乙墓竹簡（67）作「𩢲」；其次，古文字裡或見聲符替代現象，曾侯乙墓竹簡（31）「𩢲」增添「五」爲聲符，應是與「午」替代所致。曾侯乙墓竹簡的簡文依序爲「馭左尹之陵＝」、「所馭坪夜君之敏車」。「馭」、「五」、「午」三字上古音同屬「疑」紐「魚」部，雙聲疊韻，作爲聲符

〔註154〕《戰國文字通論》，頁210。

使用時可替代。「五」或「午」皆爲聲符，應是書手爲明示讀音，增添於「馭」
字上以爲識讀之用。

三、朝—苗互代的現象，如：「廟」字。「廟」字本從广朝聲，寫作「𢂑」，
或從宀朝聲，寫作「𡫏」，戰國時期從朝者或改爲從苗，寫作「 𢉖 」。郭店竹
簡〈唐虞之道〉簡文爲「親事祖廟」，〈性自命出〉爲「至頌廟」，〈中山王𧊒方
壺〉銘文爲「天子之廟」。「苗」字上古音屬「明」紐「宵」部，「朝」字上古音
屬「端」紐「宵」部，或屬「定」紐「宵」部，疊韻，作爲聲符使用時可替代。
從广朝聲之「廟」字，改爲從广苗聲，屬聲符代換。

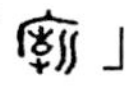

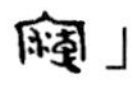

四、𠫔—金互代的現象，如：「陰」字。「陰」字於春秋時期從阜𠫔聲，寫
作「𨸏」，發展至戰國時期的晉、齊、燕三系文字改從金聲，寫作「𨺓」或
「𨸏金」，包山竹簡從邑𠫔聲，寫作「𨜮」。包山竹簡的簡文爲「陰人」，〈䣣羌
鐘〉銘文爲「平陰」，〈陰平劍〉爲「陰平」，《古璽彙編》（0013）印文爲「平陰
都司徒」。「𠫔」字上古音屬「影」紐「侵」部，「金」字上古音屬「見」紐「侵」
部，疊韻，作爲聲符使用時可替代。從阜𠫔聲之「陰」字，改爲從阜金聲之現
象，屬聲符代換。

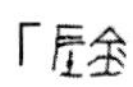

五、可—奇互代的現象，如：「奇」字。「奇」字從大從可，郭店竹簡〈老
子〉甲本（29）「𢧜」從戈奇聲，（31）「�」從戈可聲。郭店竹簡〈老子〉甲
本（29）至（32） 簡文爲「以正之國，以𢧜甬兵，以亡事取天下……人多智天，
哦物慈己……」，於今本《老子》第五十七章作「以正治國，以奇用兵，以無事
取天下……人多伎巧，奇物滋起……」。「奇」字上古音屬「群」紐「歌」部，「可」
字上古音屬「溪」紐「歌」部，二者發聲部位相同，群溪旁紐，旁紐疊韻，作
爲聲符使用時可替代。

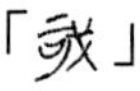

六、取—聚互代的現象，如：「鞁」字。《說文解字》未收錄「鞁」字，據
裘錫圭考釋，「鞁」係指「革制車馬器的顏色」。〔註155〕簡文依序爲「鞁敗……
鞁鞅」、「鞁貝，鞁鞅」。（59）與（80）皆從上下式結構，前者從革取聲，寫作
「𩊀」，後者從革聚聲，寫作「𩋦」。「取」字上古音屬「清」紐「侯」部，「聚」
字上古音屬「從」紐「侯」部，二者發聲部位相同，清從旁紐，旁紐疊韻，作

〔註155〕李家浩、裘錫圭：〈曾侯乙墓竹簡釋文與考釋〉，《曾侯乙墓》，頁510，北京，文
　　　　物出版社，1989年。

爲聲符使用時可替代。

七、父―甫互代的現象，如：「脯」字。楚系文字「⿱肉父」從肉父聲，秦系文字「脯」從肉甫聲。包山竹簡的簡文爲「冢脯二箕」，睡虎地竹簡爲「脯脩節肉」。《說文解字》「脯」字云：「乾肉也，從肉甫聲。」〔註156〕正與秦系文字相合。「甫」字上古音屬「幫」紐「魚」部，「父」字上古音屬「並」紐「魚」部，二者發聲部位相同，幫並旁紐，旁紐疊韻，作爲聲符使用時可替代。

八、五―吾互代的現象，如：「郚」字。包山竹簡（203）「⿰𡗶邑」的字形應屬正體，（206）「⿰𡗶邑」從邑從二個「五」聲，將原本所從的「吾」改爲「五」。簡文皆爲「郚公子春」。「五」、「吾」二字上古音同屬「疑」紐「魚」部，雙聲疊韻，作爲聲符使用時可替代。一般而言，以聲近偏旁替代者，多以筆畫少者取代筆畫多者，其目的係爲了書寫上的便利，於此將「吾」改爲二個重疊的「五」，反而增加筆畫數。此處所從之重疊「五」，應非單純爲了減少筆畫，而是另有因素。探究二種形體相混的因素，有二種可能。一爲古文字重複偏旁者不少，如：「敗」字寫作「⿰貝攵」〈南疆鉦〉，在形體的安排上，有左右勻稱的效果。「吾」字爲「五」與「口」構成，今以單一的「五」取代「吾」，寫作「⿱五工」，書寫時難免產生不協調感，爲了文字視覺的美感效果，遂將「五」重疊；一爲文字本身的類化，構成文字的偏旁或是部件，其中一個形體，受到另一個影響，使得該形體趨於相同或是相近，如：望山二號墓竹簡「翡」字或寫作「⿰羽羽」、或寫作「⿰羽羽」（2.13）。「郚」字右側從二個五，可能受到上半部「五」的影響，使得該字右側上下皆從「五」。

九、凶―匈互代的現象，如：「胸」字。望山竹簡（1.52）「⿱匈多」從肉匈聲，採取上下式結構，（1.37）「⿰肉凶」從肉凶聲，採取左右式結構。簡文依序爲「胸口疾」、「口其胸」。「匈」、「凶」二字上古音同屬「曉」紐「東」部，雙聲疊韻，作爲聲符使用時可替代。

十、田―甸互代的現象，如：「畋」字。曾侯乙墓竹簡從攵甸聲，寫作「⿰甸攵」，望山竹簡從攵田聲，寫作「⿰田攵」。曾侯乙墓竹簡與望山竹簡的簡文皆爲「畋車」，《古陶文彙編》（4.52）陶文爲「左宮畋」。「甸」與「田」通用的現象，如：《周禮·春官·序官》云：「甸祝」，鄭玄〈注〉云：「甸之言田也，田

狩之祝。」〔註 157〕《周禮・春官・小宗伯》云：「若大甸，則帥有司而饁獸于郊，遂頒禽。」鄭玄〈注〉云：「甸讀曰田」〔註 158〕，又「畋」與「田」通用的現象，如：《尚書・大禹謨》云：「往于田」〔註 159〕，《經典釋文》云：「田本或作畋」。〔註 160〕「田」、「畋」、「甸」三字上古音同屬「定」紐「眞」部，雙聲疊韻，作爲聲符使用時可替代。

十一、人－身互代的現象，如：「仁」字。楚簡或從心身聲，寫作「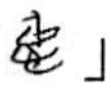」，或從心人聲，寫作「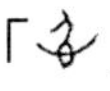」。〈緇衣〉簡文爲「上好仁則下之爲仁也爭先」，〈唐虞之道〉爲「仁而未義也」。「人」字上古音屬「日」紐「眞」部，「身」字上古音屬「心」紐「眞」部，疊韻，作爲聲符使用時可替代。

十二、幾－冀互代的現象，如：「驥」字。楚簡「驥」字從馬幾聲，寫作「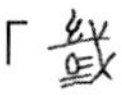」，《說文解字》未收錄。《說文解字》「驥」字云：「千里馬，從馬冀聲。」〔註 161〕〈窮達以時〉簡文爲「驥馰張山騹空於卲來」。從字義與簡文觀察，「驥」字應爲「驥」。「冀」、「幾」二字上古音同屬「見」紐「微」部，雙聲疊韻，作爲聲符使用時可替代。

十三、犀－夷互代的現象，如：「遲」字。西周金文皆從辵犀聲，發展至戰國時期，〈曾侯乙鐘〉「」從辵犀省聲，望山竹簡「」從辵夷聲。〈曾侯乙鐘〉銘文爲「遲則」，望山竹簡的簡文爲「遲瘥」。「犀」字上古音屬「心」紐「脂」部，「夷」字上古音屬「余」紐「脂」部，疊韻，作爲聲符使用時可替代。

十四、付－府－負－父互代的現象，如：「府」字。〈鄂君啓舟節〉「」從貝府聲，〈兆域圖銅版〉「」從广負聲，〈春成侯壺〉「」從貝付聲，〈右䕯肴象尊〉「」從广從貝父聲，除了楚系文字外，「貝」皆省減下半部的形體。〈鄂君啓舟節〉銘文爲「鄂君啓之府」，〈兆域圖銅版〉爲「其一藏府」，〈春成侯壺〉爲「春成侯中府」，〈右䕯肴象尊〉爲「右府尹」。「府」字上古音屬「幫」紐「侯」

〔註 157〕（漢）鄭玄注、（唐）賈公彥疏：《周禮注疏》，頁 265，臺北，藝文印書館，1993 年。

〔註 158〕《周禮注疏》，頁 292。

〔註 159〕（漢）孔安國傳、（唐）孔穎達等正義：《尚書正義》，頁 58，臺北，藝文印書館，1993 年。

〔註 160〕（唐）陸德明：《經典釋文》，頁 38，臺北，鼎文書局，1972 年。

〔註 161〕《說文解字注》，頁 467。

部,「負」字上古音屬「並」紐「之」部,「付」字上古音屬「幫」紐「侯」部,
「父」字上古音屬「並」紐「魚」部,四者發聲部位相同,幫並旁紐,作爲聲
符使用時可替代。

十五、壽—紂互代的現象,如:「鑄」字。「鑄」字據李孝定考證,云:「金
文鑄字多見,均爲會意字。……或又增壽爲聲符,……或又增金爲形符。……
上從兩手持到皿,〈大保鼎〉上從鬲,乃形訛,非從鬲也。持到皿者,中貯銷
金之液,兩手持而傾之范中也。下從皿,則范也。中從火,象所銷之金。」
又云:「從𦥑,從卪象倒皿,從土,隸定之,當作𡋛,孫說是也。字當是鑄
之古文。從土者,范之意也。范皆土製,故從土。象兩手捧皿傾金屬溶液於
范中之形。……增火者,象金屬溶液;從皿,象范,與從土同意。……從金
與從火同意,於形已複。從壽,則聲符也。」〔註162〕「鑄」字於甲骨文從𦥑
從卪從土從皿,發展至兩周時期,或沿襲此一形體者,如:〈作冊大方鼎〉
作「𬕦」,惟後者將「卪」訛寫爲「鬲」;或從金壽聲,如:〈余贎乘兒鐘〉
作「𨰵」。晉系「鑄」字作左金右寸,寫作「𨭖」,「寸」字據李學勤、李零
考釋,應爲「紂省聲」。〔註163〕「壽」字上古音屬「禪」紐「幽」部,「紂」
字上古音屬「定」紐「幽」部,疊韻,作爲聲符使用時可替代。

十六、尌—豆—朱互代的現象,如:「廚」字。「廚」字於楚系文字從肉豆
聲,寫作「𦝼」,於晉系文字或從肉朱聲,寫作「𦛢」,或從广朱聲,寫作「𢈔」。
〈集脰大子鼎〉銘文爲「集脰」,〈眉脥鼎〉爲「沬廚」,〈上樂床鼎〉爲「上樂
廚」。朱德熙指出「脰」字所從爲豆聲,與廚字的古音相同,其字形的取象著眼
於庖廚掌烹割之職能,該字又可訓爲「饌」,與「廚」字的關係密切,釋爲「廚」
字應無問題。〔註164〕「廚」字上古音屬「定」紐「侯」部,「豆」字上古音屬
「定」紐「侯」部,「朱」字上古音屬「端」紐「侯」部,廚、豆爲雙聲疊韻的
關係,廚、朱爲疊韻的關係,作爲聲符使用時可替代。

〔註162〕李孝定:《甲骨文字集釋》第十四,頁 4057,頁 4596,臺北,中央研究院歷史語
　　　　言研究所,1991 年。

〔註163〕李學勤、李零:〈平山三器與中山國史的若干問題〉,《考古學報》1979 年第 2 期,
　　　　頁 149～150。

〔註164〕朱德熙:〈戰國文字研究(六種)〉,《朱德熙古文字論集》,頁 41,北京,中華書
　　　　局,1995 年。

　　十七、肥一非互代的現象，如:「翡」字。楚簡「翡」字從羽肥聲，寫作「」，《說文解字》「翡」字從羽非聲。〔註165〕簡文爲「翡翆」。「非」字上古音屬「幫」紐「微」部，「肥」字上古音屬「並」紐「微」部，二者發聲部位相同，幫並旁紐，旁紐疊韻，作爲聲符使用時可替代。

　　十八、亡一瓜互代的現象，如:「狐」字。「狐」字於甲骨文從犬從亡，葉玉森云:「從犬從亡，疑即古文狐字。」羅振玉釋爲「狼」，陳夢家云:「狐或釋狼或釋狐，由於出土骨骼沒有狼，故暫定爲狐。」〔註166〕從考古的資料言，應釋爲「狐」字爲宜。發展至戰國時期從犬瓜聲，寫作「」。曾侯乙墓竹簡的簡文爲「狐白之裘」，〈二十九年相邦趙戈〉銘文爲「趙狐」。「狐」字上古音屬「匣」紐「魚」部，「亡」字上古音屬「明」紐「陽」部，「瓜」字上古音屬「見」紐「魚」部，「亡」、「瓜」爲陰陽對轉的關係，作爲聲符使用時可替代。

表 5-14

字例	殷商	西周	春秋	楚系	晉系	齊系	燕系	秦系
載				 〈�君啓車節〉 　〈包山·牘1〉	 〈中山王譻方壺〉		 〈匽侯載器〉	 〈睡虎地·法律答問175〉
蔵					〈二年窖鼎〉			
馭	 《合》（10405正）	 〈大盂鼎〉		 〈曾侯乙31〉				

〔註165〕《說文解字注》，頁140。

〔註166〕葉玉森:《殷虛書契前編考釋》，卷二，頁16，臺北，藝文印書館，1966年;《殷虛書契考釋》，卷中，頁3;陳夢家:《殷虛卜辭綜述》，頁555，北京，中華書局，1988年。

				 〈曾侯乙67〉				
廟		 〈吳方彝蓋〉  〈盠方彝〉		 〈郭店・唐虞之道 5〉  〈郭店・性自命出 20〉	 〈中山王嚳方壺〉			
陰			 〈㠱伯子妊父盨〉	 〈包山131〉	 〈驫羌鐘〉	 〈陰平劍〉	 《古璽彙編》（0013）	 〈睡虎地・日書甲種 42〉
奇				 〈郭店・老子甲本 29〉  〈郭店・老子甲本 31〉				 〈睡虎地・法律答問 161〉
鞁				 〈曾侯乙59〉  〈曾侯乙80〉				
脯				 〈包山257〉				 〈睡虎地・日書乙種 187〉
部				 〈包山203〉  〈包山206〉				

胸				 〈望山 1.37〉 〈望山 1.52〉			
畋				〈曾侯乙 70〉 〈望山 2.5〉		《古陶文 彙編》 （4.52）	
仁				〈郭店‧緇 衣 10〉 〈郭店‧ 唐虞之 道 8〉			
驥				〈郭店‧ 窮達以 時 10〉			
遲		〈元年師 旋簋〉		〈曾侯乙 鐘〉 〈望山 1.62〉			
府				〈�君啓 舟節〉	〈兆域圖 銅版〉 〈春成侯 壺〉	〈右廩辛 象尊〉	

鑄	《英》 （2567）	〈作冊大 方鼎〉 〈小臣守 簋〉	〈鑄公簠 蓋〉 〈余購逐 兒鐘〉		〈廿七年 大梁司 寇鼎〉			
廚			〈吳王孫 無土鼎〉	〈集脰大 子鼎〉	〈眉脒鼎〉 〈上樂庥 鼎〉			
翡				〈望山 2.13〉				
狐	《合》 （28317）			〈曾侯乙5〉	〈二十九 年相邦 趙戈〉			

　　總之，透過上列的討論，聲符互代的現象，以楚系文字最爲常見。戰國時期的楚人在文字的使用上，作爲聲符使用的偏旁，無論是雙聲疊韻、疊韻、或是旁紐，只要具有聲韻的關係即可替代。一般而言，在聲符替代的現象，爲聲子與聲母關係者，往往容易發生代換的情形，這是其間的聲韻關係密切所致。此外，爲了解決時間與空間等因素的影響，也會透過聲符的改換，使得某字得以繼續的使用。

　　又聲符互代者，大抵以筆畫數目少者取代筆畫數目多者，或是以聲母取代聲子，或以聲子取代聲母，其間的音韻關係，必須是音同或是音近。透過上文的討論，發現戰國文字替換聲符的現象甚多，這種現象的產生，當與書寫的習慣，或是各地的方音差異有關。換言之，在書寫文字時，多有趨簡避繁的心態，逐將筆畫數目多者以筆畫數目少者替代；或是臨文忘字，逐以一個聲音相同或相近的聲符，或是具有聲母與聲子關係之字，取代原有的形體；甚者，因爲各地方音的不同，而依據當地文字使用者之需求，造出不同聲符的形聲字。聲符替換後，在偏旁位置的經營上，有時會根據聲符的形體，將形符與聲符的位置

作一番調整。若聲符爲上下式結構者，爲了避免直接添加於形符上方所產生的
突兀，有時會將形符與聲符改爲左右式結構；相反地，若聲符爲左右式結構者，
有時會將形符與聲符改爲上下式結構。

第八節　小　結

　　文字異形的現象由來已久，殷商甲骨文中，時見偏旁位置不固定、改易偏
旁等情形，如：「牡」字作「牡」《合》（1142 正）或「牡」《合》（11151），「牝」
字作「牝」《合》（721 正）或「牝」《屯》（809），「牢」字作「牢」《合》（400）
或「牢」《合》（406），「天」字作「天」《合》（17985）或「天」《合》（22055）
等，此種現象並未在文字發展的過程消失，戰國時期由於地域的差異，文字的
異化愈爲嚴重，除了地域不同而產生的文字異形外，同一個地域也常見一字多
形，如：楚系的「體」字作「體」〈郭店・緇衣 8〉或「體」〈郭店・窮達以時
10〉或「體」〈上博・緇衣 5〉等。戰國文字的形符代換，與西周、春秋文字並
無差異，唯受到造字取象、語意改變、社會習俗等因素的影響，使得可供替代
的形符增加；此外，古今音的不同，以及各地方音的差異，也使得改易聲符的
情形大量出現，產生許多的形聲字。

　　因使用性質的差異，文字的形體會有不同的表現。大致而言，銅器多供宗
廟之用，在文字形體的表現上，較簡牘帛書、璽印、貨幣、陶器等莊嚴。銅器
上刻鑄的內容或屬某一事件，或爲歌功頌德，或爲記載容量，從前二者的銘文
觀察，其文字多爲鑄寫，字形大多莊重嚴整，而記載容量的銅器，其文字多爲
刻寫，筆畫簡率，偶有缺筆。此一現象亦反映在兵器中，凡是採取刻寫的文字，
偶有缺筆的情形，甚或因形體的過度省減，而難以辨識字形。其他非屬銘文的
文字，除了字形未若銘文嚴整外，書寫時往往受限於書寫空間的限制，與考量
使用的普及性，多會根據實用的性質，更動文字的部分形體，或將不符合當地
方音的聲符改換，或爲了節省書寫空間，將形體過於狹長或過寬的字形調整其
偏旁組合。

　　文字使用的目的，在於記錄與溝通，戰國時期文字並不統一，使得異化現
象層出不窮。爲了在有限空間中，書寫最多的文字，或是爲了符合竹簡的格式，
或是美觀的作用，遂產生偏旁位置的不固定。爲求形體的變化，或是一時間記

不得原本字形的形體，或因造字取象的不同，或因方音的差異，又出現義近、形近、聲近偏旁替代的現象。文字異化的現象，雖然十分複雜，在異化的過程裡，也有其遵循的規律，如：

1、為了配合書寫材料的形制或顧及視覺的美觀，凡是由兩個或是兩個以上偏旁組合而成的文字，可以自由調整其間的位置。

2、為了避免書寫空間的浪費，凡是由兩個或是兩個以上偏旁組合而成的文字，其形體倘若過於修長，為求在有限的書寫空間，抄寫最多的文字，而將上下式的結構改為左右式結構。

3、原本兩個無涉於形、音、義的文字，當它作為偏旁使用時，透過社會習俗、認知、語辭的使用習慣、取象的不同、語意的改變等因素，使兩個偏旁發生代換的現象。

4、作為形符或聲符使用者，有時以筆畫少者取代筆畫多者。

5、作為形符者，只要具有形體相近同的關係而兩相替代。

6、作為形符者，其間的意義相同或是同屬一類而進行偏旁的代換。

7、作為聲符者，只要具有聲母、聲子的關係而兩相替代。

8、為了使不同地域的使用者容易識讀而改換原本的聲符，以各地所認知的文字，作為新的聲符，藉以標示音讀。

9、為了使早期所造的形聲字得以繼續使用，以今音取代原有的聲符。

造成文字異化的因素，有以下幾點原因：

1、承襲前代文字的寫法。在甲骨文中，文字偏旁具有不固定性，或上下、或左右任意置放，這種現象往往保存於後代的文字，無論西周、春秋、戰國時期皆可見。其次，甲骨文中某些文字在不同的時期有不同的寫法，如：「月」字或寫作「☾」，或寫作「☽」，後人未能明辨「月」、「夕」的形體，僅據所見的前代文字抄寫，遂發生形近的替代。再者，西周金文中，一個字往往有二個或二個以上的寫法，這種不同寫法的形體，常因意義的近同或相關，可以同時並存，如：「過」字寫作「𨒦」，或寫作「🐾」，並不固定，此種現象往往保存於後代，後人於抄寫時因而將之並存。

2、受書寫空間的影響。從大批的簡牘帛書資料顯示，竹面書寫的空間有

限，爲了避免浪費空間，往往將兩個或兩個以上的偏旁，採取左右式結構的方式呈現；相對地，原本爲左右式結構的文字，倘若甲偏旁較爲寬，或是甲偏旁又爲兩個偏旁所組成，則將乙偏旁縮小或是直接改置於甲偏旁的上方或下方。

3、偏旁替代導致位置的不固定。古文字中某些作爲偏旁的部分，因形近、音近、義近等因素，產生代換的現象。代換的偏旁倘若爲狹長的個體，往往會與原本保留的部分，採取左右式的結構；相對地，倘若爲扁平的個體，往往會與原本保留的部分，採取上下式的結構。

4、受到書寫美觀的影響。倘若兩個偏旁爲狹長的個體，若採取上下式的結構，會使得文字形成長條狀；相對地，若將兩個以上的偏旁採取左右式的結構排列，亦會使得文字形成長條狀。爲了視覺的美觀，爲了平衡、勻稱等效果，勢必端視不同的形體，採取不同的組合。

5、追求書寫的便捷。爲求書寫的便利，把圖畫性質濃厚的文字改以線條表現，往往會將彎曲的筆畫改作直筆，減少書寫的困難度，相對地，亦可避免空間的浪費。此外，爲求書寫的速捷，把原本分隔的筆畫接連，也容易使得筆畫、形體不固定。

6、受到書寫行款的影響。對於文字構形不明瞭，再加上爲符合行款、方塊的觀念，將不可分割的文字割裂，使得一體成形的文字，成爲左右式或上下式的結構。

7、文字的增繁。任意在文字既有的形體上增添筆畫，使得原本不同的兩個形體相近似，倘若使用者不察，往往將之視爲可互相替代的偏旁。

8、受到語意改變的影響。文字爲記錄語言的工具，爲了明確、詳實的記錄，會隨著語意的改變而更換偏旁。

9、受到社會習俗、認知的影響。不同的社會，有其社會的共識，以「金－玉」通用例言，中國社會古今皆以黃金與玉爲珍寶，由於金、玉背後所代表的「珍寶」之意，使得二者發生一定的關聯，進而得以代換。

10、受到語辭使用習慣的影響。某些文字在構聯成詞時，往往有一定的習慣，遂將某些原本意義不同的文字繫聯，產生替代的現象。

11、事物分類不精確。對於事物的種類，在文字構形上若區別不夠精確，

也造成許多同屬於某一類目下的偏旁，發生代換的情形。這種情形可
能是當時社會的共同性，也可能是某一地域的認知所致。

12、地域方言的差異。戰國時期各地的方言不同，許多文字的來源也不同，
倘若由甲地傳到乙地，乙地的書寫者爲了符合當地人使用的習慣，除
了增添屬於該地的某個偏旁作爲聲符外，也會以更換聲符的方式處理。

13、古今音的不同。文字的傳承源遠流長，後人未必完全熟識前代的文字，
爲了解決識讀的問題，惟有將今音標示其間，把原有的聲符改換。

14、趨簡避繁。某些聲符的筆畫過於繁複，由於社會的進步，文字的大量
運用，繁複的筆畫不便於書寫，遂以筆畫少者取代筆畫多者。

第六章　形體結構訛變分析

第一節　前　言

　　文字發展的過程，除了基本的增繁與省減外，也存在著特殊的演變規律——訛變。關於「訛變」的定義與種類，學者有其不同的說法。如：湯餘惠云：

> 在古文字研究中，人們常常注意到有些字形的改變是輕微的，變來變去總離傳統的規矩不遠，但也有不然，整個字形或其中某一部分與傳統寫法相差懸殊。通常把前種情況稱之爲「演變」，而把後種情況稱之爲「訛誤」。……戰國文字的訛誤主要不外乎改變筆勢、省簡急就和形近誤書三種情況。〔註1〕

張桂光云：

> 訛變字實際上就是發生了訛誤變化的異體字。……訛變都從偶然的訛誤開始，但訛變形體除了極個別的僅祇曇花一現之外，大多數都反復出現多次，有的作爲與正體並行的異體存在，有的還取代了正體的位置，使原來的正體反而變爲異體甚至歸於消滅。……（古文

〔註1〕 湯餘惠：〈略論戰國文字形體研究中的幾個問題〉，《古文字研究》第十五輯，頁27，北京，中華書局，1986年。

字形體的分類研究）一、因簡省造成的訛變；二、因偏旁同化造成
的訛變；三、因漢字表音化趨勢影響造成的訛變；四、因割裂圖畫
式結構造成的訛變；五、因一個字内相鄰部件的筆畫相交形成與別
的偏旁相似的形象造成的訛變；六、因裝飾性質筆畫造成的訛變；
七、以文字形體附會變化了的字義造成的訛變；八、因時代寫刻條
件、習慣的影響造成的訛變。〔註2〕

陳煒湛、唐鈺明云：

所謂訛變，就是由一時之訛誤而積非成是。也就是説，在使用古文字
的過程中，由于誤解了字形與原義的關係而將某些部件誤寫爲與其意
義不同的其它部件，以致造成字形結構上的錯誤，這種錯誤以訛傳
訛、積習不改，最後得到公認而另成一字形。……古文字訛變的形式
多種多樣。有的因簡省造成，……有的因割裂圖形而造成，……有的
因裝飾性筆畫造成，……有的因形隨義變而造成。〔註3〕

董琨云：

字形在演變過程中發生訛誤，從而脱離了與字義的聯系，這樣的變
化叫做「訛化」（或「訛變」）。……訛化發生的具體原因和表現形式
是多種多樣的，主要有如下幾種：1、形體的簡化；2、筆畫的增繁
或裝飾性成分的添加；3、形體内部表義成分的「變質」；4、因部件
形狀的近似而訛混；5、不明或誤解字義。〔註4〕

王世征、宋金蘭云：

訛變是指在文字發展過程中意外產生的形體變易，使文字失掉了原
有的特徵，而產生新的特徵。訛變是一種習非成是的變化，屬於漢
字形體演變的一種特殊規律。導致字形訛變的原因比較複雜，大體
來説有以下幾方面：甲、因與某字形體相似而致訛變；乙、因字形

〔註2〕張桂光：〈古文字中的形體訛變〉，《古文字研究》第十五輯，頁153～174，北京，
中華書局，1986年。
〔註3〕陳煒湛、唐鈺明：《古文字學綱要》，頁31～32，廣州，中山大學出版社，1988年。
〔註4〕董琨：〈古文字形體的發展規律〉，《商周古文字讀本》，頁253～256，北京，語文
出版社，1989年。

的形象特徵模糊而致訛變；丙、因用字形附會後起的字義而致訛變；

丁、因字符之間義近或義通而致訛變。〔註5〕

從歷來學者對於「訛變」的定義觀察，「訛變」一詞又可稱為「訛誤」或是「訛化」，主要因形體的變異，而失去原本的特徵，並與其字義失去了聯繫，使得文字的形體結構發生訛誤。

　　文字追求精準表現時，會使其走向趨繁的途徑。當文字增繁時，不論添加的部分屬於飾筆，或是為求文字形構的完整所增添的筆畫，皆可能造成形體的變異。換言之，透過增繁的作用，有時會使得增繁後的形體，與他字的形體相近似，進而引起形體結構的訛誤。相對地，為求書寫上的便利，則會趨於省減一途。將圖畫性質的形體，改以線條所取代，會使得一些原本形體不相關的字形，產生相近甚或相同的形體，或與原本的形體產生過甚的差距，致使文字發生訛誤。由此可知，文字的增繁或是省減，會產生形近而訛的現象。愈早的文字，圖畫性愈濃，往往一體成形，不容許割裂，隨著時代的不同，受了行款與方塊字的觀念影響，或是為了在有限的資源下書寫最多的文字，遂將原本的文字形體分割成兩個或兩個以上的獨立部件，而採取左右式的結構安排，表面上文字結構十分協調，實際上卻因將不可分割的形體割裂，產生文字的訛誤。甚者，未能明瞭文字結構的本源，也可能誤將兩個或兩個以上無關的形體連接。換言之，形體的訛誤係在文字使用的過程，對於字形產生誤解，或是不明瞭文字的本源，在書寫時將某些偏旁或是部件，誤寫成不同的形體，使其失去原本的特徵，進而產生新的特徵。

　　學者們對於訛變的種類分析，多著重於增繁、省減、形體割裂等。至於義近偏旁間替換的現象，唐蘭指出凡是同部、或是義近的文字，甚或是由同一系統演變而來的文字，當它作為偏旁使用時，往往可以通轉、代換。〔註6〕在義近偏旁的代換下，倘若乙字為正體，甲字則屬異體，在文字使用時，甲、乙字可以並存，因此，偏旁的替換屬異化的範疇，不列入訛變中討論。造成文字訛變的因素甚多，以下分為形近而訛、誤分形體、誤合形體、筆畫延伸、其他原因等五項，分別舉例說明，論述如下：

〔註5〕王世征、宋金蘭：《古文字學指要》，頁30～31，北京，中國旅遊出版社，1997年。

〔註6〕唐蘭：《古文字學導論》，頁232～241，臺北，學海出版社，1986年。

第二節　形近而訛者

所謂形近而訛，係指甲字之部件或偏旁的形狀因增減或改易而與乙字的形體近似，遂改由乙字的形體，取代甲字原本的部件或偏旁，產生形體的訛誤。

包山竹簡「執」字作「」或「」，右側上半部的形體寫爲「」或「」，與「」相距甚遠，反而與「舟（）」的形體相近，文字訛誤嚴重，失去「執」字原本的字形。

「摯」字從手執聲，「執」字本作「」，左側的形體爲「」，睡虎地竹簡「」將之寫作「」。細審作「」的緣故，將「丮（）」左側的手形省減，並且將彎曲的筆畫拉直，寫作「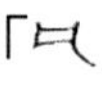」。

甲骨文「夙」字「象人在月下執事之形」〔註7〕，甲骨文與金文的形體相差無幾，睡虎地竹簡「」從月從凡，從「凡」者乃「丮」之訛寫，將「丮（）」左側的手形省減，並將彎曲的筆畫拉直，即與「凡（）」的形體相近。〔註8〕

「漾」字從水羕聲，「羕」字於兩周金文作：「」〈羕史尊〉、「」〈鄦子妝簠蓋〉、「」〈墜逆簋〉，下半部的形體，應爲「永（）」，將之與包山竹簡（12）「」的字形相較，後者除了將「羊」的中間豎畫省減外，下半部的形體亦訛寫作「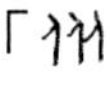」，與「眾」字寫作「」〈師旂鼎〉或「」〈師寰簋〉者相近，失去「永」的形體。〔註9〕

甲骨文「多」字從二，王國維云：「多，從二肉，會意。」〔註10〕發展至兩周文字，「」之「」或寫作「」，或寫作「」，與「夕」同形，訛寫成從「二夕」的「多」字。《說文解字》「多」字云：「從緟夕」〔註11〕，應是承襲兩周時期訛誤的形體。〔註12〕

〔註7〕李孝定：《甲骨文字集釋》第七，頁2284，臺北，中央研究院歷史語言研究所，1991年。

〔註8〕從偏旁「丮」者，亦見相同的現象，如：睡虎地竹簡〈封診式〉的「築」字，睡虎地竹簡〈日書甲種〉的「埶」、「熱」等字。

〔註9〕從偏旁「羕」者，亦見相同的現象，如：包山竹簡的「羕」、「鄴」、「䍧」等字。

〔註10〕于省吾：《甲骨文字詁林》第四冊，頁3324，北京，中華書局，1996年。

〔註11〕（漢）許愼撰、（清）段玉裁注：《說文解字注》，頁319，臺北，黎明文化事業股份有限公司，1991年。

〔註12〕從偏旁「多」者，亦見相同的現象，如：包山竹簡的「迻」、「瘮」、「�」、「栘」等

　　「衡」字「從角大、行聲」〔註13〕，「角」字於兩周金文作：「▲」〈史牆盤〉、「▲」〈曾侯乙鐘〉，將之與天星觀竹簡相較，後者作「衡」，將「角（▲）」的形體寫作「▲」，與「目」的字形相似，下半部寫作「矢」形，亦為「大（大）」的訛寫。造成文字訛誤的因素，一方面將「角」中的兩道「︿」拉直為「一」，寫成「▲」；另一方面又於「大」的中間豎畫增添「一」，寫作「矢」，產生文字的訛誤。

　　甲骨文「頁」字「象頭及身，百但象頭，首象頭及其上髮小異耳，此並髮頭身三者皆象之。」〔註14〕將之與楚簡帛文字相較，信陽竹簡（2.17）「▲」將頭髮之形省減；（2.4）「▲」將頭髮之形由「▲▲」訛寫為「从」，與「止」字相近，造成文字的訛誤。〔註15〕

　　〈蔡侯盤〉「昌」字從日從口，寫作「▲」，《古璽彙編》（0178）「▲」從口從甘，《古陶文彙編》（4.79）「▲」從日從甘。古文字習見於「口」中增添一道短橫畫，增繁後的形體則與「甘」相同，從「甘」形體者，或為「口」增添飾筆後的形體。「日」寫作「口」者，因形體相近，造成文字的訛誤。

　　「晉」字於甲骨文從日從臸，寫作「▲」《合》（19568），發展至兩周時期，或從日從臸，寫作「▲」，或從甘從臸，寫作「▲」，楚系文字「▲」所從之「日」多寫為「甘」，產生文字的訛誤。

　　「商」字於早期金文仍承襲甲骨文的字形，發展至後期則增添四個「星」形，或是兩個「星」形〔註16〕，「星」形可寫作「⊙」或「▲」，楚簡「▲」改為「口」，造成文字的訛誤。

　　甲骨文「祭」字象以手持肉之形，發展至兩周金文悉增添偏旁「示」，而基本構形從又從肉，寫作「▲」，或作從攴從肉，寫作「▲」。又楚文字之「肉」、「舟」形體相近，如：

字，〈詛楚文〉的「奢」字，睡虎地竹簡〈效律〉的「移」字。

〔註13〕《說文解字注》，頁188。

〔註14〕李孝定：《甲骨文字集釋》第九，頁2837，臺北，中央研究院歷史語言研究所，1991年。

〔註15〕從偏旁「百」者，亦見相同的現象，如：包山竹簡的「首」字。

〔註16〕何琳儀：《戰國古文字典——戰國文字聲系》，頁652，北京，中華書局，1998年。

　　舟：（圖）〈楚簋〉：（圖）〈鄂君啓舟節〉

　　朘：（圖）〈鑄客鼎〉：（圖）〈集朘大子鼎〉

透過文字形體的比較，包山竹簡（225）「（圖）」所從為「舟」。將「肉」寫作「舟」，產生形體的訛誤。

　　兩周時期的「邵」字形體幾無差異，寫作「（圖）」，惟於楚簡中或將所從之「刀」寫作「人」，如：包山竹簡（221）「（圖）」。又楚簡帛文字「刀」作「（圖）」、「（圖）」、「（圖）」，「人」作「（圖）」、「（圖）」、「（圖）」、「（圖）」、「（圖）」、「（圖）」、「（圖）」，二者的形體雖然有別，卻十分相近，遂以「人」取代「刀」的形體。

　　「怨」字從心卲聲，「卲」字於兩周金文作：「（圖）」〈頌簋〉，「卲」字所從「召」的上半部皆為「刀」。望山竹簡或從「尸」或從「刀」，（1.10）「（圖）」所從為「尸」，（1.13）「（圖）」所從為「刀」。又楚簡帛文字「刀」作「（圖）」、「（圖）」、「（圖）」，「尸」作「（圖）」、「（圖）」、「（圖）」、「（圖）」，遂以「尸」取代「刀」的形體。

　　金文「朝」字本從川，寫作「（圖）」或「（圖）」，發展至戰國時期，形體或與「舟（（圖））」近同，如：睡虎地竹簡「（圖）」。亦即將「川」中間之三個小圓點的第二個圓點拉長，寫作「一」，即形成〈朝歌右庫戈〉「（圖）」的字形，由於形體的變異，造成「川」與「舟」的形體相近，產生訛誤的現象。又《說文解字》「朝」字云：「旦也，從倝舟聲。」〔註17〕從「舟聲」之說，即是「川」字的訛寫所致。

　　〈九年衛鼎〉「陳」字從阜東聲〔註18〕，戰國時期作二種系統發展，〈廿九年高都令劍〉「（圖）」、〈陳侯午簋〉「（圖）」承襲〈九年衛鼎〉的字形，惟〈陳侯午簋〉增添「土」，〈陳逆簋〉「（圖）」從阜從東從土；楚系文字「（圖）」中間的部件近同於「尹」字，下半部因增添「土」，又將之與上半部的「東」連接，包山竹簡下半部所從應為「土」，惟於其左側增添一道短斜畫，使得形體作「壬」。

　　早期金文「童」字從辛從目從東，發展至後期則增添「土」，如：〈毛公鼎〉作「（圖）」，將之與楚簡帛文字相較，包山竹簡（276）「（圖）」下半部所從應為「土」，惟於左側增添一道短斜畫，使得形體作「壬」。〔註19〕

〔註17〕《說文解字注》，頁311。

〔註18〕《戰國古文字典——戰國文字聲系》，頁1132。

〔註19〕從偏旁「童」者，亦見相同的現象，如：曾侯乙墓竹簡的「鐘」、「僮」等字，天星

　　金文「則」字從鼎從刀，楚簡帛文字「影」從鼎從勿。從「刀」改從「勿」者，係在「刀」中間「／」的兩側，各增添一道「/」，寫作「多」，與「勿」的形體近同，造成文字的訛變。

　　「禱」字於望山竹簡「舞」採取上下式結構，於包山竹簡「禱」採取左右式結構，並將所從「口」改爲「田」。又楚簡「禱」字從「田」者，除包山竹簡（237）「禱」外，尚見於包山竹簡（205，243，246）三例。「禱」字所從之「壽」，下半部的形體，或寫爲「口」，或寫爲「甘」，或寫爲「田」，此一現象應是形體增繁所致。「禱」字所從之「口」，因楚系文字習見於「口」中增添短橫畫，又與「甘」的形體近同，書手未明字形，又於橫畫上增添短豎畫，形成「田」的形體，即「口」添加「一」，形成「甘」，「甘」添加「｜」，形成「田」。

　　「盬」字下半部從「皿」，兩周金文從「皿」之字，如：「盂」字作「盂」〈大盂鼎〉，「盥」字作「盥」〈寥生盨〉，「盉」字作「盉」〈𤾋匜〉、「盉」〈函皇父簋〉、「盉」〈函皇父盤〉，「鹽」字作「鹽，鹽」〈蔡侯𧊪缶〉。天星觀竹簡「鹽」所從「皿」的形體與〈大盂鼎〉、〈寥生盨〉所從之「皿」相近，應是由此形體改寫所致；包山竹簡（226）「鹽」是從天星觀竹簡的形體發展，於「巫」的形體上增添一道短橫畫，寫作「巫」；（215）「鹽」是在（226）「皿」的形體增添短橫畫「一」，寫作「巫」；（238）「鹽」從「甘」的字形，應是省減「巫」上下兩筆「一」與近似「口」的兩側之「ˊ　ˋ」所致，使得原本從「皿」之形訛誤爲「甘」。

　　「嘉」字於甲骨文從女從力，寫作「嘉」《合》（181），將之與兩周文字相較，二者形體相差甚遠；金文「嘉」字從壴加聲，寫作「嘉」，包山竹簡從禾加聲，寫作「嘉」。將兩周文字相較，「嘉」字本應從「壴」，發展至戰國時期的楚系文字，將「壴」的下半部形體省減，僅保留上半部的部件。從〈伯嘉父簋〉的形體言，「壴」的上半部非爲「禾」，徐中舒云：「（壴）象鼓形。上象崇牙，中象鼓身，下象建鼓之虞。」〔註20〕寫作「禾」的形體，係因「壴」產生

觀竹簡〈卜筮〉的「違」、「鐘」等字，望山一號墓竹簡的「禕」字，望山二號墓竹簡的「簹」字，包山竹簡的「種」、「瞳」、「瘇」、「縫」等字，郭店竹簡〈性自命出〉的「敦」字。

〔註20〕徐中舒：《甲骨文字典》，頁 514，成都，四川辭書出版社，1995 年。

訛誤，省寫作「☐」，甚或省寫爲「☐」，產生從禾加聲的形體。

「廟」字本從广朝聲或從宀朝聲，金文自有二個發展的系統，戰國時期從朝者或改爲從苗。「苗」字從艸從田，惟於〈孔子詩論〉從艸從日，寫作「☐」。「廟」字中間的部分，或寫爲「田」，或寫爲「日」，係因省減所致，亦即將「田」中間的豎畫省略，即書寫爲「日」。

甲骨文「黽」字作「☐」《合》(5947)，「象巨首、大腹、四足之黽形。」又「『黽』後足曲，無尾，與『龜』形有別。」[註21] 發展至兩周金文，寫作「☐」，四足之形省減爲二足，寫作「☐」，首腹之形亦訛寫爲「☐」，與「它」字的形體相近似，與原本的形體相去甚遠。[註22]

「廷」字「階前曲地也。從乚、土，乄聲。乚，曲本字。土，即地。」[註23] 於西周早期尚未增添「土」，寫作「☐」，中期以後多見從「土」者，寫作「☐」；發展至戰國時期，文字產生變異，秦系文字「廷」把「乄」中的「彡」省減，並與「土」相連，訛寫爲「壬」，又將「乚」訛寫爲「廴」，形符與聲符自此與「☐」或「☐」的形體大相逕廷，所從之「乄」聲，改作「壬」聲。

表 6－1

字例	殷商	西周	春秋	楚系	晉系	齊系	燕系	秦系
執	☐《合》(122) ☐《合》(185)	☐〈盂簋〉 ☐ ☐〈不娶簋〉 ☐〈多友鼎〉		☐〈包山 15〉 ☐〈包山 15 反〉				

〔註21〕《甲骨文字典》，頁 1441；于省吾：《甲骨文字詁林》第二冊，頁 1823，北京，中華書局，1996 年。

〔註22〕從偏旁「黽」者，亦見相同的現象，如：包山竹簡的「鼃」、「鼅」、「繩」等字，郭店竹簡〈窮達以時〉的「鼆」字，睡虎地竹簡〈日書甲種〉的「竈」字。

〔註23〕高鴻縉：〈頌器考〉，《師大學報》第四期，頁 74，臺北，臺灣省立師範大學，1959 年。

摯							𩎟〈睡虎地·日書甲種 17〉
夙	𩙿《合》（15356）	𩙿〈大盂鼎〉 𩙿〈毛公鼎〉 𩙿〈羌伯簋〉 𩙿〈師酉鼎〉	𩙿〈秦公鎛〉				𩙿〈睡虎地·日書甲種 79 背〉
築							築〈睡虎地·封診式 97〉
熱							熱〈睡虎地·日書甲種 66 背〉
蟄							蟄〈睡虎地·日書甲種 142 背〉
漾			漾〈曾姬無卹壺〉 漾〈包山 12〉				
羕		羕〈羕史尊〉	羕〈鄅子妝簠蓋〉	羕〈包山 40〉 羕〈包山 41〉				
鄴				鄴〈包山 169〉				

字							
儀				〈包山188〉				
多	《合》(25)	〈沈子它簋蓋〉 〈𪒠鐘〉	〈𣏗氏壺〉	〈包山278反〉				〈睡虎地·秦律十八種31〉
敚				〈包山168〉				
逐				〈包山173〉				
疼				〈包山187〉				
遝				〈包山204〉				
移				〈包山·牘1〉				
奢								〈詛楚文〉
移								〈睡虎地·效律34〉
衡		〈毛公鼎〉 〈番生簋蓋〉		〈天星觀·遣策〉				
頁	《合》(22217)	〈卯簋〉		〈信陽2.4〉				

			〈信陽 2.17〉			
首	《合》（6033反）	〈頌簋〉 〈大克鼎〉		〈包山 276〉		
昌			〈蔡侯盤〉	《古璽彙編》（0178）		《古陶文彙編》（4.79）
晉	《合》（19568）	〈晉人簋〉	〈晉公車害〉	〈趞簠鐘〉		
商	《合》（22260） 《合》（36540）	〈利簋〉 〈舸尊〉	〈秦公鎛〉 〈庚壺〉	〈曾侯乙鐘〉 〈雨臺山 21.2〉		
祭	《合》（1051正）	〈史喜鼎〉	〈郘王義楚觶〉	〈包山 225〉 〈包山 237〉		
邵		〈史牆盤〉		〈包山 221〉 〈包山 223〉		
怨				〈望山 1.10〉 〈望山 1.13〉		

朝		〈利簋〉　〈先獸鼎〉　〈矢令方彝〉			〈朝歌右庫戈〉　〈廿三年𣆪朝鼎〉			〈睡虎地・日書甲種159〉
陳		〈九年衛鼎〉	〈陳侯鬲〉	〈包山135〉	〈廿九年高都令劍〉	〈陞逆簋〉　〈陞侯午簋〉		
童		〈史牆盤〉　〈番生簋蓋〉　〈毛公鼎〉		〈包山39〉　〈包山276〉				
僮				〈曾侯乙75〉				
褈				〈曾侯乙127〉				
鐘				〈天星觀・卜筮〉				
達				〈天星觀・卜筮〉				
禋				〈望山1.20〉				

篅				篭 〈望山 2.13〉				
穜				穜 〈包山 112〉				
贖				贖 〈包山 180〉				
瘇				瘇 〈包山 177〉				
縺				縺 〈包山 277〉				
敹				敹 〈郭店· 性自命出 10〉				
則	則 〈冏尊〉 則 〈五年召 伯虎簋〉			則 〈楚帛書· 丙篇1.2〉				
禱				禱 〈望山 1.119〉 禱 〈包山 237〉 禱 〈秦家嘴 99.1〉				禱 〈睡虎地 ·日書甲 種101〉
鹽				鹽 〈天星觀 ·卜筮〉 鹽 〈包山 215〉				

嘉	《合》（181）	〈伯嘉嘉父簋〉	《侯馬盟書》（1.41） 《侯馬盟書》（36.3） 《侯馬盟書》（92.5） 《侯馬盟書》（152.3） 《侯馬盟書》（156.20） 《侯馬盟書》（194.4） 《侯馬盟書》（195.7） 《侯馬盟書》（200.8）	〈包山164〉			
			〈包山226〉 〈包山238〉				

廟		〈吳方彝蓋〉 〈盉方彝〉 〈虢季子白盤〉		〈郭店·唐虞之道 5〉 〈郭店·性自命出 20〉 〈上博·孔子詩論 5〉	〈中山王䶵方壺〉		
黽	《合》（5947） 《合》（17868）	〈師同鼎〉		〈鄂君啟車節〉			
鼀				〈包山 85〉			
鼄				〈包山 199〉			
繩				〈包山·牘 1〉			
蠅				〈郭店·窮達以時 7〉			
竈							〈睡虎地·日書甲種 72 背〉
廷		〈小盂鼎〉 〈走馬休盤〉	〈秦公簋〉				〈睡虎地·秦律十八種 97〉

		 〈頌鼎〉 〈毛公鼎〉						

　　總之，造成形近而訛的現象，應是由幾個因素所形成：一、文字形體的增減，由於增減後的形體與他字相近同，使得原有的特徵消失，轉而為新的特徵所取代；二、筆畫的變異，某些文字的形體結構，雖然直接承襲於前代而來，卻因書寫時將其中的一筆或數筆改異，使得既有的特徵為新的特徵所替代。

第三節　誤分形體者

　　所謂誤分形體，係指古文字中原本應該接連的某一筆畫，或是完整的形體，遭到割裂的現象。將原本整體的字形，分割成為兩個或兩個以上的獨立部件，造成文字的訛誤。

　　「龍」字為象形，形體不可分割，發展至春秋時期始見將形體割裂的趨勢，形成左右式結構的形體，包山竹簡「」的字形承襲〈邵黛鐘〉而來，屬於因割裂形體所造成的文字訛誤。〔註24〕

　　「寅」字本從「矢」形，〈陳逆簠〉作「」，上半部寫作「」，〈塦純釜〉作「」，上半部寫作「」，應是源於〈師㝅父鼎〉的「」，惟〈陳逆簠〉因割裂而與原形不同，下半部作「」，是受到文字類化的影響，寫作「」，使得文字訛誤過甚。又「寅」字寫作「」或「」，上半部的形體為「人」，睡虎地竹簡作「」，寫作「宀」者，與「宀」字相同，由於「矢頭」的訛寫，進一步將之與下半部的形體分割，寫作「」，文字的訛誤愈甚。

　　「敬」字從攴從茍，〈中山王嚳鼎〉「」除分割形體外，亦省減部件「口」；〈中山侯鉞〉「茍」的上半部形體近似「羊」，係增添二筆橫畫所致，由於筆畫的增添，產生文字的訛誤，亦使得左側上半部的形體與「羊」近似；郭店竹簡

〔註24〕從偏旁「龍」者，亦見相同的現象，如：天星觀竹簡〈遣策〉的「蠪」字，包山竹簡的「龏」、「寵」、「䪍」等字，楚帛書〈甲篇〉的「瀧」字，郭店竹簡〈老子〉乙本的「憩」字，郭店竹簡〈老子〉丙本的「縫」字，〈五年龏令思戈〉的「龏」字，〈二年寺工嚳戈〉的「聾」字，睡虎地竹簡〈日書甲種〉的「蠪」字。

〈緇衣〉「🔲」與〈匽侯載器〉「🔲」一方面分割形體，一方面又增添一道橫畫於形構中。〔註25〕

　　〈右戲仲曖父盙〉的「夏」字應最接近於原形，張世超等人分析其形體，云：「從日，從夒，其右旁之夒，與〈無夒卣〉『夒』字幾乎全同，爲側視人形，實即去尾之夒形，頭部作🔲（頁首）形，下🔲形乃🔲（趾形夊）之微訛。」〔註26〕從兩周文字觀察，其言可信。〈鄂君啓車節〉的「夏」字因形體割裂，將「女」置於「日」之下，與「頁」形成左右式結構，寫作「🔲」。包山竹簡或從頁從日從止，寫作「🔲」，或從頁從日從虫，寫作「🔲」。從「止」者，應是足趾之形；從「虫」者，應是手的形狀（「🔲」或「🔲」）變異所致。〈私庫嗇夫鑲金銀泡飾〉「🔲」從頁從日從又，所從之「又」由手的形狀（「🔲」或「🔲」）演變而來，因形體割裂，改置於「日」之下。

　　「祗」字的考釋，學者或有不同的意見。〈杜伯盨〉云：「杜伯作叔🔲尊盨」，王國維將「🔲」字釋爲「媾」。〔註27〕「🔲」字左側的形體，與「🔲」、「🔲」相同。「🔲」字據郭沫若考釋爲「祗」字，以爲「象兩缶相抵」或「象在兩缶之間有物以墊之」。〔註28〕又金文「庸」字作：「🔲」〈曶簋〉、「🔲」〈姧盉壺〉，與「🔲」字左側形體不同，可知將「🔲」釋作「媾」者爲非。西周金文「祗」字中間的豎畫一筆到底，並未縮減。春秋晚期的〈蔡侯紐鐘〉，將豎畫拉長，並於兩個部件中間增添「🔲」，據郭沫若所言，「🔲」應是由〈史牆盤〉的「🔲」發展而來；此外，〈蔡侯盤〉將中間豎畫縮減，致使形體割裂。戰國時期的〈者汈鐘〉作「🔲」，字形雖然與西周金文較爲相近，下半部的形體卻進一步省減，書寫成「🔲」，與上半部的「缶」形相去甚遠；〈中山王𰯼方壺〉「🔲」的字形應是承繼〈者汈鐘〉而來，惟因形體的割裂，使得下半部的形體與「而」字相近同。

〔註25〕從偏旁「敬」者，亦見相同的現象，如：〈中山王𰯼方壺〉的「憼」字。

〔註26〕張世超、孫凌安、金國泰、馬如森：《金文形義通解》，頁1409，日本京都，中文出版社，1995年。

〔註27〕王國維：〈鬼方昆夷玁狁考〉，《定本觀堂集林》，頁590，臺北，世界書局，1991年。

〔註28〕郭沫若：〈由壽縣蔡器論到蔡墓的年代〉，《考古學報》1956年第1期，頁2。

「樂」字於甲骨文「從絲附木上，琴瑟之象也。」〔註 29〕形體未曾分割，早期金文與甲骨文相同，本作「」，其後增添「」，寫作「」。上博簡〈民之父母〉「樂」字寫作「」，一方面省減「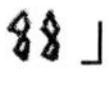」爲「」，一方面又將「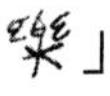」的形體割裂，把「」訛寫爲「糸」，由於文字的割裂，造成形體的訛誤，又將之改爲左右式的結構；天星觀竹簡寫作「」，下半部的形體，據楚系文字的書寫習慣，本應作「大」，惟將「大」上半部的「|」省略，將「樂」字分割爲上、下兩個形體，產生字形的訛誤。

「能」字本爲象形文字，爲首、口、二足具存之形，發展至戰國時期，多將形體分離，使得「口」形訛寫爲「肉」，「首」形訛寫爲「吕」；此外，「能」字明顯見其二足與身相連，〈中山王嚳鼎〉「」、睡虎地竹簡「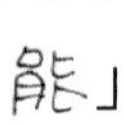」皆將之與身體分割，改爲左右式的結構，文字的訛誤愈爲明顯，《說文解字》「能」字云：「熊屬，足似鹿，從肉吕聲。」〔註 30〕從早期的字形言，許慎分析字形並不正確，造成其錯誤說法的原因，係受到戰國文字影響。由於「能」字形體的割裂，形成《說文解字》所謂的「從肉吕聲」的形聲字。〔註 31〕

「箬」字從艸若聲，寫作「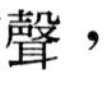」，「若」字於甲骨文作：「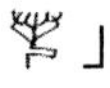」《合》（151 正），於兩周金文作：「」〈大克鼎〉、「」〈毛公鼎〉，皆象人兩手伸起將頭髮理順，發展至戰國時期，楚系文字將「若」字的筆畫分割，使得該字驟視下猶如兩個形體。〔註 32〕

甲骨文「飲」字作「」《合》（10405 反），「象人俯首吐舌，捧尊就飲之形。」〔註 33〕發展至兩周文字，「人俯首吐舌」的形體發生割裂現象，使得「俯首吐舌」狀訛寫爲「今」，「人」的形體訛寫爲「欠」，原本屬會意的「飲」

〔註 29〕羅振玉：《殷虛書契考釋》，卷中，頁 40，臺北，藝文印書館，1981 年。

〔註 30〕《說文解字注》，頁 484。

〔註 31〕從偏旁「能」者，亦見相同的現象，如：〈噩君啓舟節〉的「羆」字，〈詛楚文〉的「熊」字，睡虎地竹簡〈法律答問〉的「罷」字。

〔註 32〕從偏旁「若」者，亦見相同的現象，如：包山竹簡的「若」字，郭店竹簡〈緇衣〉的「匿」字，〈兆域圖銅版〉的「若」字，睡虎地竹簡〈語書〉的「匿」字，睡虎地竹簡〈法律答問〉的「若」字。

〔註 33〕董作賓：〈殷曆譜〉，《董作賓先生全集》乙編，頁 986，臺北，藝文印書館，1977 年。

字，變爲從「今」得聲之字，寫作「鈘」，故《說文解字》「飲」字云：「從欠酓聲」。〔註34〕從文字的結構性質分析，「飲」字已由會意轉變爲從今得聲的形聲字。〔註35〕

「刺」字於甲骨文「從朿從刀……，于省吾隸定作朿，謂即刺字之偏旁。」〔註36〕李孝定云：「與束形絕遠，知刺字古必不從束也。」〔註37〕金文大致承襲甲骨文的字形發展，〈獣簋〉「刺」字於「口」中增添一道短橫畫，由「𠙵」寫作「𠙵」，後人未能明察該字原本的形體，又將之任意的割裂，將「𠙵」寫作「㣺」，使得文字發生訛誤，如：〈鳳羌鐘〉作「𣏟」。

「臨」字「象人俯視眾物之形」〔註38〕，〈毛公鼎〉中俯視的人形，逐漸發生形體分割，戰國時期割裂爲臣與人的形體，寫作「𥄂」，「目」形寫作「臣」，文字的訛誤愈爲明顯。《說文解字》「臨」字云：「監也，從臥品聲。」〔註39〕從早期的字形言，許慎分析字形並不正確，造成釋形之誤，係受到戰國文字影響所致。

甲骨文「監」字「本象一人立於盆側，有自監其容之意，……其實非從臥從血也」〔註40〕，發展至金文，人與眼睛的形體遭到分割，戰國時期原本完整的形體，改爲左臣右人的結構，寫作「𥂗」，「目」形寫作「臣」，文字發生訛誤。《說文解字》「監」字云：「從臥，衉省聲。」〔註41〕亦受到訛變字形影響，造成釋形上的錯誤。〔註42〕

〔註34〕《說文解字注》，頁418。

〔註35〕從偏旁「酓」者，亦見相同的現象，如：〈楚王酓章鎛〉的「酓」字，《古陶文彙編》（3.686）的「酓」字。

〔註36〕屈萬里：《殷虛文字甲編考釋》，頁1315，臺北，中央研究院歷史語言研究所，1961年。

〔註37〕李孝定：《甲骨文字集釋》第六，頁2108，臺北，中央研究院歷史語言研究所，1991年。

〔註38〕陳初生，《金文常用字典》，頁799，西安，陝西人民出版社，1987年。

〔註39〕《說文解字注》，頁392。

〔註40〕唐蘭：《殷虛文字記》，頁100，臺北，學海出版社，1986年。

〔註41〕《說文解字注》，頁392。

〔註42〕從偏旁「監」者，亦見相同的現象，如：天星觀竹簡〈遣策〉的「鑑」字，信陽竹簡〈遣策〉的「濫」字，包山竹簡的「藍」字。

「喪」字於金文中桑樹的形體日漸訛變，下半部表示桑樹根部的形體，與「亡」相近，再加上筆畫、形體的分割，造成文字的訛誤，寫作「叒」，形成《說文解字》收錄「從哭從亡，亡亦聲」的「喪」字來源。

「箹」字從竹割聲，「割」字於兩周文字作：「剴」〈無叀鼎〉、「　」〈曾侯乙鐘〉、「　」〈包山122〉，將包山竹簡與〈曾侯乙鐘〉的「割」字相較，可見其演變的途徑，即先將左側上半部的形體分離，再增添兩道筆畫「ˊˋ」，遂與「羊」近同，產生形體的訛誤。〔註43〕

姚孝遂云：「甲骨文、金文『美』字均不從『羊』。其上為頭飾。羊大則肥美，乃據小篆形體附會之談。」〔註44〕從字形言，「美」字於兩周時期從羊從大，小篆的形體，實承襲兩周文字而來。又睡虎地竹簡「美」字或作「美」，或作「美」，前者的形體與兩周文字相同，後者將下半部「大」的形體割裂，由「大」寫作「火」，使得「大」的形體與「火」相同，造成文字的訛誤。

表6-2

字例	殷商	西周	春秋	楚系	晉系	齊系	燕系	秦系
龍	《合》（272反）《合》（506正）	〈作龍母尊〉	〈昶仲無龍匕〉〈樊夫人龍嬴鬲〉〈邵黛鐘〉	〈包山138〉				
龏	《合》（6816）〈龏子簋〉	〈峒尊〉〈頌鼎〉	〈秦公簋〉〈黿公華鐘〉	〈包山41〉	〈五年龏令思戈〉			〈睡虎地・日書甲種79背〉

〔註43〕從偏旁「害」者，亦見相同的現象，如：包山竹簡的「割」字。

〔註44〕于省吾：《甲骨文字詁林》第一冊，頁224，北京，中華書局，1996年

	〈大克鼎〉	〈王子午鼎〉				
蠱			〈天星觀·遣策〉			〈睡虎地·日書甲種50背〉
寵			〈包山135〉			
隴			〈包山174〉			
瀧			〈楚帛書·甲篇3.28〉			
態			〈郭店·老子乙本6〉			
纏			〈郭店·老子丙本7〉			
礱						〈二年寺工礱戈〉
寅	《合》（13443正）《合》（35957）	〈散氏方鼎〉〈靜簋〉〈師奎父鼎〉			〈陳逆簠〉〈墮純釜〉	〈睡虎地·日書甲種5〉

	 〈戊寅作父丁方鼎〉							
敬		 〈對罍〉  〈大克鼎〉	 〈吳王光鑑〉  〈蔡侯盤〉  〈余贎逐兒鐘〉	 〈郭店‧緇衣 20〉	 〈中山王嚳鼎〉  〈中山侯鉞〉		 〈匽侯載器〉	
慜					 〈中山王嚳方壺〉			
夏		 〈伯頣父鬲〉  〈伯夏父鼎〉	 〈右戲仲嚘父鬲〉	 〈鄂君啓車節〉  〈包山 115〉  〈包山 216〉	 〈私庫嗇夫鑲金銀泡飾〉		 《古璽彙編》（0015）	
祇		 〈史牆盤〉  〈六年召伯虎簋〉	 〈蔡侯紐鐘〉  〈蔡侯盤〉	 〈者汈鐘〉  〈郭店‧老子乙本 12〉	 〈中山王嚳方壺〉			
樂	 《合》（36900）  《合》（36905）	 〈樂作旅鼎〉  〈瘋鐘〉	 〈鼄公華鐘〉  〈徐王子旃鐘〉	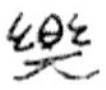 〈天星觀‧卜筮〉  〈郭店‧老子丙本 4〉				

字						
	〈召樂父匜〉	〈王孫遺者鐘〉	〈上博·民之父母2〉			
能	〈沈子它簋蓋〉 〈毛公鼎〉 〈番生簋蓋〉		〈望山1.38〉	〈哀成叔鼎〉 〈中山王𰯼鼎〉		〈睡虎地·秦律十八種111〉
罷			〈鄂君啓舟節〉			
熊						〈詛楚文〉
罷						〈睡虎地·法律答問133〉
箬		〈石鼓文·作原〉	〈上博·容成氏15〉			
若	《合》（151正）	〈大盂鼎〉 〈毛公鼎〉		〈包山155〉	〈兆域圖銅版〉	〈睡虎地·法律答問36〉
匿	〈匿罕〉	〈大盂鼎〉		〈郭店·緇衣34〉		〈睡虎地·語書6〉
飲	《合》（10405反）	〈善夫山鼎〉	〈余贎逐兒鐘〉	〈天星觀·卜筮〉	〈中山王𰯼方壺〉	〈睡虎地·封診式93〉

盒		〈伯戔觶〉		〈楚王酓章鎛〉		《古陶文彙編》（3.686）
剌	《合》（18514正）	〈戔簋〉〈㰱簋〉		〈天星觀·遣策〉	〈屬羌鐘〉	
臨		〈大盂鼎〉〈毛公鼎〉		〈包山53〉		〈睡虎地·爲吏之道37〉
監	《合》（27740）	〈頌鼎〉〈頌壺〉		〈包山164〉		〈睡虎地·法律答問151〉
鑑				〈天星觀·遣策〉		
濫				〈信陽2.9〉		
藍				〈包山7〉		
喪	《合》（27782）	〈旅鼎〉〈毛公鼎〉	〈洹子孟姜壺〉	〈郭店·語叢一98〉		〈睡虎地·日書甲種105〉
薊				〈信陽2.4〉		
割		〈無叀鼎〉	〈邾伯子妊父盨〉	〈曾侯乙鐘〉		

				 〈包山122〉				
美	 《合》（3100）	 〈美爵〉						 〈睡虎地·秦律十八種65〉  〈睡虎地·日書甲種32〉

總之，古文字中具圖畫性質者，書寫較爲不易，爲了改善此一缺點，惟有走向省改一途，在省減的過程裡，文字往往發生訛誤，或進而割裂形體；此外，受了行款、方塊字等觀念的影響，也容易將一體成形的文字割裂，形成左右式的結構。誤分形體的情形，有時會產生地域性的骨牌效應，如：從「能」之字，有時僅出現於某一地域系統，如：從「樂」之字，因而透過不同的形體，可作爲文字分域的一項標準。

第四節　誤合形體者

所謂誤合形體，係指古文字中原本不相連貫或無關係的某一筆畫、或是形體，遭到相接連的現象。將原本不相關的筆畫、或是形體連接，使其成爲一個形體，遂造成文字的訛誤。

兩周之「丘」字雖承襲甲骨文的形體發展，卻以線條取代原有的象形成分。將〈商丘叔簠〉與〈兆域圖銅版〉相較，後者寫作「」，上半部所從似「羊」，係誤將兩個形體相合，再增添一筆橫畫所致，即「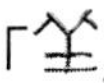」+「—」→「」，下半部所從爲「土」，左右兩側之短畫「丿乀」屬飾筆，由於誤將形體相合，產生文字的訛誤，使「丘」的形體與「羊」近似；〈鄦君啓舟節〉「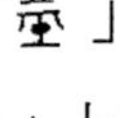」的形構與〈兆域圖銅版〉近同，於「丘」的下方，增添偏旁「土」，若將「土」上的部件與「丘」相連貫，二者完全一樣。

「受」字於甲骨文「從舟不省，……象授受之形。」〔註45〕中間爲舟，上

〔註45〕《殷虛書契考釋》，卷中，頁62。

下兩端爲手，自甲骨文至兩周文字變化不大，睡虎地竹簡「<ruby>像</ruby>」將上半部的手形由「<ruby>爫</ruby>」寫作「<ruby>日</ruby>」，與「舟（<ruby>日</ruby>）」的形體近同。「手」寫作「<ruby>日</ruby>」者，是將「受」字上半部的手形與舟的筆畫相連，即「<ruby>爫</ruby>」加上「<ruby>丩</ruby>」，形成「<ruby>多</ruby>」的形體，秦簡誤寫作「<ruby>像</ruby>」，將手形寫作「<ruby>日</ruby>」。

戰國時期以前的「叚」字作「<ruby>叚</ruby>」，左側形體所見的「＝」，皆未與「厂」連接，寫作「<ruby>叚</ruby>」，發展至戰國時期，誤將二者相連結，寫作「<ruby>叚</ruby>」、「<ruby>叚</ruby>」；又該字右側所從應爲「<ruby>彐</ruby>」，惟於〈曾伯陭壺〉「<ruby>叚</ruby>」中作「<ruby>丬</ruby>」，仔細觀察其形體，因「<ruby>彐</ruby>」與「厂」相連，遂省減一道筆畫，後人沿襲此一形體，以「<ruby>丬</ruby>」取代原有的「<ruby>彐</ruby>」，如：〈周王叚戈〉作「<ruby>叚</ruby>」；或誤將「<ruby>彐</ruby>」寫作「彐」，如：〈十七年平陰鼎蓋〉作「<ruby>叚</ruby>」，亦造成文字的訛誤。

從「爭」之「靜」字於兩周金文作：「<ruby>靜</ruby>」〈靜簋〉、「<ruby>靜</ruby>」〈毛公鼎〉、「<ruby>靜</ruby>」〈秦公簋〉，將「靜」字所從之「爭」，與睡虎地竹簡「<ruby>爭</ruby>」相較，上半部寫作「<ruby>日</ruby>」者，應爲「<ruby>爫</ruby>」的形體。從〈靜簋〉、〈毛公鼎〉「靜」字所從之「爭」觀察，當「手（<ruby>爫</ruby>）」的形體與「／」連接，即形成「<ruby>日</ruby>」。睡虎地竹簡「爭」字上半部作「<ruby>日</ruby>」，實因筆畫相連，產生形體的訛誤。

早期金文的「商」字仍承襲甲骨文的字形，發展至後期則增添四個「星」形，或是兩個「星」形，「星」形可寫作「⊙」，或寫作「<ruby>◐</ruby>」，〈曾侯乙鐘〉第二、三字例，依序寫作「<ruby>商</ruby>」、「<ruby>商</ruby>」，上半部所見的「○」應是「星」形，惟誤將形體相合，產生文字的訛誤。

「垣」字從土亘聲，從「亘」之「洹」字於兩周金文作：「<ruby>洹</ruby>」〈伯喜父簋〉、「<ruby>洹</ruby>」〈洹子孟姜壺〉，將之與〈漆垣戈〉之字相較，寫做「<ruby>垣</ruby>」者，實爲形體的訛誤。細審所從之「亘」，由「<ruby>𠃏</ruby>」或「<ruby>𠃌</ruby>」寫作「亘」，係將「<ruby>𠃌</ruby>」中間的筆畫相連，形成「日」的形體，又於「日」上下二側增添「一」，寫作「亘」的形體。

「臽」字於甲骨文「象陷人于坑坎之中」〔註46〕，將之與睡虎地竹簡的字形相較，寫作「<ruby>臽</ruby>」者，下半部的形體與「甘」相同。睡虎地竹簡「臽」字或作「<ruby>臽</ruby>」，或作「<ruby>臽</ruby>」，前者下半部的形體與〈訣鐘〉相同，後者則作「<ruby>甘</ruby>」，

〔註46〕于省吾：〈釋<ruby>逐</ruby>、<ruby>遝</ruby>、<ruby>遐</ruby>、<ruby>逃</ruby>、<ruby>凶</ruby>〉，《甲骨文字釋林》，頁272，臺北，大通書局，1981年。

寫作「日」者，係將「∪」中的「″﹨」接連，再將之拉直，由「＾」變成「一」，造成文字的訛誤。〔註47〕

　　「戟」字從戈尞聲，「尞」字於甲骨文作：「米」《合》（710）、「米」《合》（27499），於兩周金文作：「米」〈臺伯取簋〉；又「尞」字於兩周金文作：「米，米」〈作冊夨令簋〉、「米」〈番生簋蓋〉、「米」〈毛公鼎〉。甲骨文「尞」字「米象木柴交積之形，旁加小點象火燄上騰之狀，下或從火，會燔柴而祭之意。」王輝云：「尞字中間的日，並非日月之日，也非子日之日，而是呂形的譌變。」〔註48〕發展至兩周金文則增添偏旁「呂（呂）」，以為聲符的作用。包山竹簡「戟」字作「戟」，從戈尞聲，「尞」的形體應承襲自〈毛公鼎〉而來，惟楚系文字將「呂」訛寫為「日」。細審由「呂」寫作「日」者，係將二個「口」疊壓，使得其形體與「日」相近，後人未能明辨，因而造成聲符形體的訛誤。〔註59〕

表6－3

字例	殷商	西周	春秋	楚系	晉系	齊系	燕系	秦系
丘	《合》（108）		〈商丘叔簋〉	〈�君啓舟節〉	〈兆域圖銅版〉			
受	《合》（64）	〈夨尊〉	〈秦公簋〉					〈睡虎地·秦律十八種184〉〈睡虎地·日書乙種210〉

〔註47〕從偏旁「臼」者，亦見相同的現象，如：睡虎地竹簡〈日書乙種〉的「窨」字。

〔註48〕《甲骨文字典》，頁1110；王輝：〈殷人火祭說〉，《古文字研究論文集》，頁263，成都，四川人民出版社，1982年。

〔註59〕從偏旁「尞」者，亦見相同的現象，如：包山竹簡的「鄩」字，睡虎地竹簡〈秦律十八種〉的「潦」字。

叚		〈克鐘〉 〈禹鼎〉	〈曾伯陭壺〉		〈十七年平陰鼎蓋〉 〈周王叚戈〉			
爭								〈睡虎地·語書11〉
商	《合》（22260） 《合》（36540）	〈利簋〉 〈狍尊〉	〈秦公鎛〉 〈庚壺〉	〈曾侯乙鐘〉				
垣								〈漆垣戈〉
臽	《合》（15664）	〈麸鐘〉						〈睡虎地·日書乙種93〉 〈睡虎地·日書乙種97〉
窞								〈睡虎地·日書乙種33〉
戠				〈包山139〉				
鄭				〈包山179〉				

潦								 〈睡虎地·秦律十八種 2〉

總之，形體的割裂，容易造成文字的訛誤，相對地，原本不相關的形體或是筆畫，任意的疊加、連結，亦會使得文字發生訛變。誤合形體的文字，往往可以分析爲幾個偏旁或部件，這些組合成爲文字的分子，或具有相近同的筆畫，使其在書寫上，可以透過上下式結構的形式，達到筆畫的連接；有時則是透過位置的改變，使得原本不相連貫的形體接連，因而失去該字的特徵。

第五節　筆畫延伸者

所謂筆畫延伸，係指將原本文字中的點、畫延展，使其與原有的形體結構形成差異，進而發生訛誤的現象。

「台」字從吕從口，將文字相較，〈噩君啓車節〉作「」，下半部的形體作「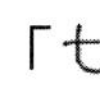」者，本亦從「」，將橫畫的筆畫拉長，即出現〈噩君啓車節〉的「台」字形體。

甲骨文「庶」字從石從火，于省吾云：「庶字是『從火石、石亦聲』的會意兼形聲字，也即煮之本字。……庶之本義乃以火燃石而煮，是根據古人實際生活而象意依聲以造字的。」〔註 50〕兩周文字仍承襲從石從火之形，惟於戰國時期或將「石」中的部件「口」，訛寫爲「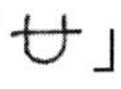」，或於「火」的豎畫上增添一道短横畫飾筆；睡虎地竹簡寫作「」，「口」形因筆畫延展，寫作「」，形成今日習見的字形。〔註 52〕

郭店竹簡、〈卅二年坪安君鼎〉、睡虎地竹簡「也」字作「」者，上側寫作「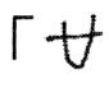」，係將筆畫延伸，使得「口」寫成「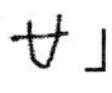」。

甲骨文「祝」字「從（與兄有別）從示，示爲神主，象人跪於神主前有所禱告之形。或不從示。」〔註 52〕楚帛書「祝」字作「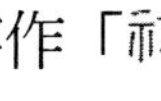」，右側偏旁上半部的部件寫作「」，本亦從「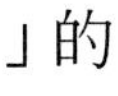」，惟將「」的「一」向左右兩側延伸，寫作「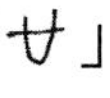」。

〔註 50〕于省吾：《甲骨文字釋本》，頁 434，臺北，大通書局，1981 年。

〔註 52〕從偏旁「石」者，亦見相同的現象，如：睡虎地竹簡〈秦律雜抄〉的「席」字。

〔註 52〕《甲骨文字典》，頁 24。

　　郭店竹簡「兄」字作「」，上側作「廿」者，係將筆畫延伸，使得「口」寫成「廿」。〔註53〕

　　關於「黃」字的考證，學者以為「『矢』、『寅』、『黃』諸形，既有聯繫，復有區別，要皆自矢形衍化而出。晚期卜辭則『矢』作，『寅』作、，『黃』作，區別甚嚴。金文『黃』字，乃形之譌變。」〔註54〕發展至兩周文字，形體日漸產生譌變，在「」形上增添「廿」；睡虎地竹簡作「」，上半部寫作「廿」者，係把「廿」的圓勻筆畫拉直，又將「廿」下面的筆畫，向左右兩側延伸，寫作「廿」。〔註55〕

表 6－4

字例	殷商	西周	春秋	楚系	晉系	齊系	燕系	秦系
台			 〈其台鐘〉	 〈鄂君啓車節〉				
庶	 《合》（4292） 《合》（6595）	 〈大盂鼎〉 〈毛公鼎〉	 〈沇兒鎛〉 〈竈公華鐘〉	 〈者汈鐘〉	 〈中山王䚦方壺〉			 〈睡虎地・法律答問125〉
席								 〈睡虎地・秦律雜抄4〉
也				 〈信陽1.7〉	 〈卅二年坪安君鼎〉			 〈睡虎地・為吏之道29〉

〔註53〕從偏旁「兄」者，亦見相同的現象，如：天星觀竹簡的「橑」字，〈厲羌鐘〉的「敓」字。

〔註54〕于省吾：《甲骨文字詁林》第三冊，頁2537，北京，中華書局，1996年。

〔註55〕從偏旁「黃」者，亦見相同的現象，如：青川五十號墓木牘的「廣」字。

			〈郭店·語叢三 20〉			
祝	《合》（787）《合》（924 正）《合》（2570）《合》（8093）	〈小盂鼎〉〈大祝禽方鼎〉〈長由盉〉	〈包山 217〉〈楚帛書·甲篇 6.5〉			
兄	《合》（2870）		〈曾子仲宣鼎〉〈䣄鎛〉	〈包山 138 反〉〈郭店·語叢一 70〉		
繁			〈天星觀·卜筮〉			
敚				〈䣄羌鐘〉		
黃	《合》（4302）《合》（4368）	〈剌鼎〉〈師奎父鼎〉				〈睡虎地·日書乙種 184〉
廣		〈班簋〉〈瘖鐘〉				〈青川·木牘〉〈廣衍矛〉

總之，從筆畫延伸的現象觀察，大部分為橫畫向左右二側延展，與兩側的豎畫交疊，形成類似「廿」的形體，或是將「口」上下兩側的橫畫延展，寫成「卄」的形體，無論採取何種的方式書寫，皆使得原本的「ㅂ」形特徵消失，轉而為新的形體所取代。此外，從秦系文字言，由篆文過渡到隸書的階段，為了將圓潤整齊的筆畫改為平直方正的筆畫，勢必得在既有的形體結構上，作一番的調整，有時會將原本的形體改易，形成新的特徵，進而造成文字的訛誤。

第六節　其他原因

字形訛誤的因素眾多，若無法以形近而訛、誤分形體、誤合形體、筆畫延伸等原因歸類者，悉入「其他」項目討論。

「老」字自甲骨文至兩周文字變異甚大，孫海波云：「⺊亦杖形，即𢼸老長畏所從之丨，其訛為ㄣ者，殆由形近而訛。（ㄣ與𠤎形相近）再變從止，……則又由ㄣ形緐縟，形愈變而本義愈湮。」〔註 56〕「杖形」本作「丨」，發展至金文則訛誤為「ㄓ」，作「ㄓ」者，係「手形」與「杖形」的組合變化所致；戰國時期的楚簡文字「𦒳」將杖形訛寫為「ㄨ」，〈中山王嚳鼎〉作「耂」，將杖形訛寫作「ㄨ」。

甲骨文「畏」字「象鬼持⺊，⺊即杖。」〔註 57〕早期的金文仍承襲甲骨文的字形，發展至戰國時期的楚簡帛文字，「⺊」的形體產生訛變，寫作「ㄨ」或「ㄨ」，〈成之聞之〉「畏（𢼸）」字上半部形體，不作「鬼頭」形象，改以「目」的形體取代，文字訛誤更甚。《說文解字》「畏」字云：「惡也，從由虎省，鬼頭而虎爪可畏也。」〔註 58〕從〈詛楚文〉的「畏（畏）」字觀察，「從由虎省」之說，係承襲戰國文字的形體，篆文誤把右側的形體割裂，訛寫作「由」，再加上「⺊」形誤為「虎爪」，遂有「虎省」之說，文字的訛誤愈加顯著。〔註 59〕

〔註 56〕《甲骨文字詁林》第一冊，頁 71。

〔註 57〕《甲骨文字詁林》第一冊，頁 361。

〔註 58〕《說文解字注》，頁 441。

〔註 59〕從偏旁「畏」者，亦見相同的現象，如：包山竹簡「愄」、「緦」、「隈」、「嵔」、「堁」等字。

「眾」字於甲骨文作「⿱日众」《合》（15），從日從三人，發展至金文改從目，從「目」者應爲從「日」之訛誤。「日」寫作「□」或「⊟」，與「目」作「◉」者，相距甚遠。金文之「目（◉）」，爲圖畫性質濃厚的字形，楚帛書「眾（⿱目众）」字之「目」，寫作「⊖」，將圖畫文字改以線條取代；〈中山王嚳鼎〉作「⿱目众」，將「目」寫作「⊕」，〈中山侯鈹〉作「⿱目众」，將「目」寫作「△」者，屬美術化的結果。

甲骨文「慶」字從麃從心，「慶」字中間爲心，下半部爲尾形，〈蔡侯紐鐘〉作「⿰慶心」、「⿰慶心」，將「心」訛寫爲「⊔」、「⊻」，〈六年鄭令戈〉作「⿱麃心」，將「心」寫作「□」，由「⊻」訛誤爲「⊎」；「麃」之尾形，本寫作「↑」，睡虎地竹簡「⿱麃心」作「⿻夊」，訛作「夊」。《說文解字》「慶」字云：「從心夊，從鹿省。吉禮以鹿皮爲摯，故從鹿省。」〔註60〕將之與甲骨文、兩周文字相較，從「夊」者，當是源於秦系文字，從「鹿省」，是「麃」之訛誤。

「智」字於殷代金文作「⿰矢口于」，從矢從口從于，西周金文作「⿱大口」，上半部從大從口從于，下半部從甘，從「大（⼤）」者，爲「矢（⼺）」的訛寫。將之與楚簡文字相較，〈老子〉甲本「⿱大甘」省減「口」；〈忠信之道〉「⿱大甘」將「甘」的形體訛寫爲「⊎」；〈語叢一〉（16）「⿱大甘」非僅省減「口」，更將「矢」訛寫爲「夫」；〈語叢一〉（63）「⿱夫甘」除了省減「口」，更將「矢」訛誤爲「夫（⼤）」，「于（⼲）」亦訛誤爲「才」。

「步」字於甲骨文與金文象足一前一後之形，包山竹簡（151）「⿱止日」從步從日，（167）「⿱步田」從步從田。又「步」字於《汗簡》作「⿱止⿱日止」〔註61〕，與包山竹簡（151）形體相近。「步」字中間的部分，或寫爲「田」，或寫爲「日」，此現象可從二方面解釋，若原本爲「日」而寫作「田」者，係書手致訛，由於受到上方的「｜」或是「丶」影響，書手未能明察，故產生訛字；若原本爲「田」而寫作「日」者，則爲簡省所致，亦即將「田」中間的豎畫省略，即書寫爲「日」。

「昔」字於甲骨文的形體多不固定，金文雖沿襲甲骨文而發展，「〜〜」多固定爲二道；〈中山王嚳鼎〉與天星觀竹簡將「日」改爲「田」，寫作「⿱〜田」或「⿱〜田」，係因字形訛誤所致。「日」或寫作「田」，係受到上方的「｜」或是「丶」影響，

〔註60〕《說文解字注》，頁 509。

〔註61〕（宋）郭忠恕：《汗簡》，頁 4，北京，中華書局，1983 年。

遂產生訛字。〔註62〕

　　兩周金文之字，學者將之釋爲「敲」〔註63〕，以爲「罩」字的初文。〈史牆盤〉「昊」與〈南宮乎鐘〉「昊」皆從日從大，〈毛公鼎〉「昊」從勹從矢，於「大」的豎畫上增添一道橫畫「—」，遂與「矢」的形體相同；從「勹」者或爲從「日」之誤。楚簡「罩」字作「𢆡」、「𢆢」、「𢆣」，上半部的形體，並未固定，或作「日」，與「目」的形體相同，或作「△」，與「白」的形體相同，或寫作「⊗」。將之與楚、晉二系文字相較，戰國文字皆爲形體的變異，上半部的「日」或「勹」寫爲「△」、「日」、「⊗」，下半部的「大」寫作「𢆡」或是「𢆢」，「罩」字發展至戰國時期，不復見文字本形。〔註64〕

　　「喬」字「從高，其上彎筆表示『高而曲』之意。……⌒指事符號。」〔註65〕將文字相較，上半部的形體，於春秋時期寫作「止」、「⌒」或是「↓」，作「止」者應爲「止」，作「↓」者爲「止」的訛誤；發展至戰國時期，〈中山王𩵋鼎〉「喬」上半部作「⌐」，〈楚王酓肯鼎〉「喬」上半部作「从」，爲「止」的訛寫，形成文字的訛誤。〔註66〕

　　金文「眞」字應從鼎匕聲，〈段簋〉「𩵋」的聲符爲顚倒之形，〈伯眞甗〉「𦥑」與〈眞盤〉「𦥑」所從爲貝；將之與曾侯乙墓竹簡相較，後者作「𡘊」，將聲符

〔註62〕從偏旁「昔」者，亦見相同的現象，如：包山竹簡的「貓」、「戠」、「𥷀」等字，上博簡〈孔子詩論〉的「鰼」字，上博簡〈子羔〉的「階」字，上博簡〈容成氏〉的「鰼」字，〈中山王𩵋方壺〉的「譻」、「措」等字。

〔註63〕洪家義：《金文選注繹》，頁447，南京，江蘇教育出版社，1988年；馬承源：《商周青銅器銘文選（三）》，頁156，頁315，北京，文物出版社，1988年。

〔註64〕從偏旁「罩」者，亦見相同的現象，如：〈曾侯乙鐘〉的「鐸」字，包山竹簡的「澤」、「憚」等字，郭店竹簡〈窮達以時〉的「敲」字，〈梁十九年亡智鼎〉的「𦥑」字，〈中山王𩵋鼎〉的「鐸」字，〈中山王𩵋方壺〉的「敲」字，〈陸𧼈簋蓋〉的「𦥑」字，《古璽彙編》（0362）的「澤」字，睡虎地竹簡〈日書甲種〉的「繹」、「擇」、「鐸」等字，睡虎地竹簡〈日書乙種〉的「釋」字。

〔註65〕《戰國古文字典——戰國文字聲系》，頁294。

〔註66〕從偏旁「喬」者，亦見相同的現象，如：包山竹簡的「憍」字，〈匿侯載器〉的「襦」字，睡虎地竹簡〈語書〉的「矯」字，睡虎地竹簡〈法律答問〉的「僑」字，睡虎地竹簡〈封診式〉的「橋」字，睡虎地竹簡〈爲吏之道〉的「驕」字，睡虎地竹簡〈日書甲種〉的「撟」字。

寫爲「⺊」，鼎的形體仍然保留，並承襲〈眞盤〉的形體，於下方增添「丌」。《說文解字》「眞」字云：「僊人變形而登天也，從匕目∟，∥，所以承載之。」〔註67〕「從匕目∟∥」的說法，係誤解文字的形體，產生釋形的錯誤。〔註68〕

「友」字或從二又，如：郭店竹簡〈語叢四〉作「𠂇」，或從二又從甘，如：〈毛公旅方鼎〉作「𦥑」，或從二又從自，如：郭店竹簡〈語叢三〉作「𦥷」。「友」字於郭店竹簡〈語叢三〉從「自」，細審此現象的發生，應是「甘」字上半部的橫畫「一」，於書寫時誤作「∧」，使得「甘」的形體訛誤爲「自」。

西周早期「奔」字作「𢍜」，上半部從夭，下半部從三止，發展至晚期，三止之形訛寫爲三屮，寫作「𢍌」，「奔」字形成從夭從三屮的形體。睡虎地竹簡「奔」更將「夭」形訛寫爲「土」，文字的訛誤益加顯著。又發展至戰國時期，「奔」字作「𢍜」咸從夭卉聲，原本的會意字因形體的訛誤，改爲形聲字。

表6－5

字例	殷商	西周	春秋	楚系	晉系	齊系	燕系	秦系
老	《合》（17055正）	〈㗬季良父壺〉		〈包山217〉	〈中山王𩵋鼎〉			〈睡虎地·秦律十八種184〉
畏	《合》（2832反甲）《合》（14173正）	〈大盂鼎〉〈毛公鼎〉		〈郭店·五行34〉〈郭店·成之聞之5〉				〈詛楚文〉
𤞤				〈包山55〉				
嵬				〈包山64〉				

〔註67〕《說文解字注》，頁388。

〔註68〕從偏旁「眞」者，亦見相同的現象，如：曾侯乙墓竹簡的「塡」字。

隈				〈包山145〉			
恨				〈包山176〉	《古璽彙編》（0069）		
緄				〈包山268〉			
眔	《合》（15）《合》（31972）	〈師旅鼎〉〈智鼎〉〈師袁簋〉		〈楚帛書・丙篇11.3〉	〈中山王嚳鼎〉〈中山侯鉞〉	《古陶文彙編》（3.369）	〈鄦王嚳戈〉 〈詛楚文〉
慶	《合》（24474）	〈五祀衛鼎〉〈六年召伯虎簋〉	〈陳公子仲慶簠〉〈蔡侯紐鐘〉		〈六年鄭令戈〉		〈睡虎地・日書乙種60〉
智	〈亞窶鄉宁鼎〉	〈毛公鼎〉		〈郭店・老子甲本1〉〈郭店・老子丙本1〉〈郭店・忠信之道1〉	〈中山王嚳方壺〉		

			〈郭店·成之聞之 17〉 〈郭店·語叢一 16〉 〈郭店·語叢一 63〉			
步	《合》（67 正）《合》（6883）〈子且辛步尊〉		〈包山 151〉 〈包山 167〉			
昔	《合》（137 反）《合》（301）《合》（1111 反）	〈冊尊〉 〈大克鼎〉	〈天星觀·遣策〉	〈中山王響鼎〉 〈妤蚤壺〉		
豯			〈包山 200〉			
戠			〈包山 243〉 〈包山 248〉			

簪				〈包山 277〉				
鮨				〈上博・孔子詩論 10〉				
陼				〈上博・子羔 11〉				
鰭				〈上博・容成氏 24〉				
曹					〈中山王𧓜方壺〉			
措					〈中山王𧓜方壺〉			
罩		〈史牆盤〉〈毛公鼎〉〈南宮乎鐘〉		〈天星觀・卜筮〉〈包山 120〉〈包山 218〉	〈中山王𧓜方壺〉			
鐸				〈曾侯乙鐘〉	〈中山王𧓜鼎〉			〈睡虎地・日書甲種 33 背〉
懌				〈包山 59〉				

澤				〈包山100〉		《古璽彙編》（0362）	
斁				〈郭店·窮達以時6〉			
奰		〈寬兒鼎〉〈吳王光鑑〉		〈梁十九年亡智鼎〉	〈墜貯簋蓋〉		
斁				〈中山王𧑷方壺〉			
繹						〈睡虎地·日書甲種13背〉	
擇						〈睡虎地·日書甲種64背〉	
𨔾						〈睡虎地·日書乙種104〉	
喬		〈無者俞鉦鍼〉〈邵黛鐘〉		〈楚王酓肯鼎〉	〈中山王𧑷鼎〉		

禱				禱〈匽侯載器〉				
憍				憍〈包山143〉				
矯								矯〈睡虎地·語書2〉
僑								僑〈睡虎地·法律答問55〉
橋								橋〈睡虎地·封診式37〉
撟								撟〈睡虎地·日書甲種60背〉
驕								驕〈睡虎地·爲吏之道25〉
眞		眞〈伯眞甗〉 眞〈眞盤〉 眞〈段簋〉		眞〈曾侯乙61〉				
塡				塡〈曾侯乙10〉				

友	 《合》 （3785）	 〈毛公旅 方鼎〉	 〈郭店・六 德 28〉 〈郭店・語 叢三 6〉 〈郭店・語 叢四 22〉			
奔		 〈大盂鼎〉 〈大克鼎〉		 〈中山王 𰯤鼎〉		 〈睡虎地 ・法律答 問 132〉

　　總之，深究其因素，或是承襲前代文字而來，或是某個地域系統的文字特色所致。大致而言，承襲前代文字的現象，會使得不同地域的文字，發生相同或是相近的訛誤；特定地域性的現象，有時會將某訛誤的字形，書寫作同一個形體，從楚系材料觀察，仍可發現雖同為一字，訛誤之處亦相同，但是表現出來的形體卻大不相同，由此可知，「文字異形」在戰國時期的嚴重性。

第七節　小　結

　　戰國文字的訛變，或承襲於西周、春秋時期，或始見於當代。從文字發展的情形觀察，某些文字於殷商、西周時期仍保有本形，發展至後期，或因筆畫的改易，使得文字形體產生變化，進而以新的特徵取代原有的形體，如：「奔」字本作「」〈大盂鼎〉，卻誤寫為「」〈大克鼎〉，「眾」字本作「」《合》（15），卻誤作「」〈師旅鼎〉等，訛誤的形體非僅未加以更正，反而取代了原本的字形，流傳至後代。此外，戰國文字中較為特殊的現象，係因誤合或是誤分形體所造成的訛變。象形、指事、會意字的形體往往不容任意的增減或割裂，隨著方塊字觀念的興起，為了配合方塊，遂將形體分割，再加上任意地在既有的形體上增繁、省減，使得某部分的形體發生訛變，進而誤作為聲符，因而產生新的形聲字。其次，某些秦系文字由篆文轉變為隸書的過程，有時會將原本一體成形的文字加以割裂，產生形體的訛變，如：「寅」字由「」〈戊寅

作父丁方鼎〉寫作「南」〈睡虎地・日書甲種 5〉，或是將從「口」者改爲「艹」，如：「庶」字由「匜」〈大盂鼎〉寫作「庶」〈睡虎地・法律答問 125〉，或將部件「廿」改爲「艹」，如：「黃」字本作「黃」《合》（4302）或「黃」《合》（4368），西周時寫作「黃」〈刺鼎〉，戰國時又誤作「黃」〈睡虎地・日書乙種 184〉等。

文字經過長期的演化，象形、指事或是會意字，逐漸演變爲形聲字，在使用的過程裡，其間的結構並非永久不變，常會受到諸多因素影響，導致標音偏旁發生訛寫變形，甚或將整個聲符省減，所以仍須透過前後期的文字比較，方能瞭解其間的省改爲何。

文字訛誤的現象千奇百怪，透過以上五個小節的分析與討論，文字形體發生訛變的現象，當有以下幾項因素：

1、筆畫的增繁，會使得原有的形體與他字相似，造成形體的訛誤。

2、形體的省減，可以減少書寫的時間，增加便利與快捷，倘若未能瞭解文字形構的意義，任意的省減筆畫或是偏旁，將產生形體的訛誤。

3、從先秦文字的構形言，象形文字圖畫性質濃厚，每一個筆畫皆有其用意，不得任意割裂或省減。隨著文字的發展，爲求書寫上的便利，遂以線條取代原本的形體，其後又爲了配合在方塊上的安置，遂割裂原有的形體，使其成爲幾個獨立的部件。文字從圖象走向線條的組合，其間的改變，常使得形體發生更改，再加上組合部件的分離，益發形成文字的訛誤。

4、在文字的發展與演變上，爲了書寫的便捷，爲了配合方塊的安排，文字常任意的割裂形體；相對的，亦將兩個或兩個以上原本無關的部件或筆畫接連。任意的接連筆畫或部件，亦造成文字發生訛誤的現象。

5、從篆書演變爲隸書的過程，有時會將圖畫性質濃厚的文字變形，由於形體的變異，引發文字的訛誤。

6、中國文字的發展源遠流長，早期的文字形體，或許還能保留造字之時的本形，隨著文字的長期使用，在不同的時代下，字形有時會更改，受到形近的部件、偏旁影響，使得文字發生訛誤。

第七章 形體結構類化分析

第一節 前 言

　　類化的發生，常會伴隨形體的增繁或是省減而引發。文字發展的過程中，圖畫性質濃厚的文字，往往因書寫不便，改以線條取代，使其走向規範化，爲了使文字的形體趨於固定，便於書寫與識別，「類化」因此產生。化繁爲簡的方式，時常造成形體不同的文字，產生相同或相近的形體，如：「鼎」字本作「㫑」，爲「鼎」的象形，後改以線條代替彎曲的形象，遂寫作「鼎」；又如：「貝」字本作「㝵」，爲「貝」的象形，從其偏旁者，如：「賞」字，則寫作「賞」，或寫作「賞」。「鼎」與「貝」的形體經過省減後，上半部皆類化爲同一個形體。

　　關於「類化」的定義，學者有不同的說法。如：王夢華云：

　　　　類化是漢字形體演變中的一種現象，是字形與字形之間相互影響的
　　　　一種運動和結果。在字形的相互影響中，某些字把它們在形體結構
　　　　上所共有的特點推及到別的字身上，使被影響的字在形體結構上也
　　　　具有這個特點，這就是類化。換句話說，一個字和另一些字原來的
　　　　形體結構是不同的，由於互相影響，使它們之間由原來的不同而變

爲一部分結構相同了，這種現象就是類化。〔註1〕

趙誠云：

> 根據漢字發展的大勢來看，愈是古老的系統，形體差別愈豐富，分類愈多，特殊而例外的現象愈複雜。與此相應，規範性就要弱得多。從某種意義上來講，這種現象對於語言是一種負擔。最好的解決方法之一就是以類相從，按照類的關係發展，特殊的書寫符號向形、音、義相近的某一類靠攏，逐步減少例外和特殊，簡言之可稱爲類化。……從文字形體發展的趨勢而言，以類相從者爲類化。〔註2〕

龍宇純云：

> 化同情形可以歸爲二類，其一指相近諸體變爲另一體的類化現象，其一指甲乙形近甲變爲乙的同化現象。……所謂同化現象通常皆罕見之形變爲習見之形，此不謂習見之形即絕無同化於他形之可能。……文字同化，並不以上述偏旁爲限，亦有兩字因形近而混同爲一者。〔註3〕

劉釗云：

> 類化又稱「同化」，是指文字在發展演變中，受語言環境，受同一文字系統內部其它文字的影響，同時受自身形體的影響，在構形和形體上相應地有所改變的現象，這種影響或來自文字所處的具體的語言環境，或來自同一系統內其它文字，或來自文字本身，這種現象反映了文字「趨同性」的規律，是文字規範化的表現。〔註4〕

林澐云：

> 文字形體的早期演變，固然受到每個文字基本符號單位原來是由什麼圖形簡化的制約。但是，隨著文字逐漸喪失圖形性，而在學習和

〔註1〕 王夢華：〈漢字形體演變中的類化問題〉，《東北師大學報》1982 年第 4 期，頁 70。

〔註2〕 趙誠：〈古文字發展過程中的內部調整〉，《古文字研究》第十輯，頁 355～356，北京，中華書局，1983 年。

〔註3〕 龍宇純：《中國文字學》，頁 267～275，臺北，臺灣學生書局，1987 年。

〔註4〕 劉釗：《古文字構形研究》，頁 155，長春，吉林大學博士論文，1991 年。

使用者的意識中僅成爲區別音義的單純符號，上述的制約性就越來越弱。起源於完全不同的圖形的諸字，只要在局部形體上有某方面雷同，往往便在字形演變上相互影響而採取類似的方式變化字形。這種現象可稱之爲「類化」。〔註5〕

大致而言，「類化」係指構成文字形體的偏旁或是部件，受到本身的偏旁、部件，或其他形近字的影響，使得該字的形體、偏旁或是部件，產生部分相同、相近的形貌。此外，劉釗又指出「受語言環境」的影響，也會產生文字的類化，從其列舉的字例言，悉以增添或改換偏旁的方式書寫，如：「流黃」寫作「硫磺」，「馬腦」寫作「瑪瑙」等。在文字原有的形體上，增添一個偏旁，應屬增繁的現象，改換一個與字義、字音無關的偏旁，則爲訛誤的表現，不當以「受語言環境」的類化解釋。

從上列學者的定義觀察，「同化」與「類化」相近。龍宇純將之歸併於「化同」之下，其言「類化」係指幾個相近的形體演變爲另一個形體的現象，「同化」係指甲、乙二字形體相近而甲字變爲乙字的現象；劉釗以爲「類化」即「同化」。龍宇純認爲「類化」與「同化」不可等同視之。將其主張與歷來學者的說法相較，僅是細分爲「類化」與「同化」二種現象。惟龍宇純所謂的「類化」，應屬狹義的類化，其他學者所謂的「類化」，則屬廣義的類化。

關於文字類化現象，唐蘭指出可將較冷僻或罕用的字，改成另一相似的字。〔註6〕從其所言，不外是由字形入手，將不常使用或筆畫繁複的字形，類化爲另一個形體。本論文亦由字形的角度分析，分爲自體類化、集體類化二項，分別舉例說明，條分縷析，論述如下：

第二節　自體類化

所謂自體類化，係指一個構成文字的偏旁或是部件，在發展的過程中，某一個形體受到另一個形體的影響，使得二者趨於相同或是相近的現象。

從偏旁「歺」之「死」字，「從𠂤，象人跽形。生人拜於朽骨之旁，死之誼

〔註5〕林澐：〈釋古璽中從「朿」的兩個字〉，《古文字研究》第十九輯，頁468，北京，中華書局，1992年。

〔註6〕唐蘭：《古文字學導論》，頁49，臺北，學海出版社，1986年。

昭然矣。」〔註7〕自甲骨文至兩周文字的形體未見太大改變，惟楚簡所見「」，爲「」的省減，部件「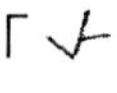」習見於楚簡帛文字，在「⊢」的左側增添一道「＼」，即寫作「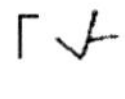」。望山竹簡（1.48）「」左邊「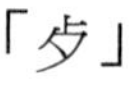」受到右邊「人」的影響，下半部因類化而改作「人」的形體。

從偏旁「衣」之「襄」字，於兩周時期本從衣，發展至戰國時期，大多省減「衣」，將〈鄂君啓車節〉「」與〈襄陰・圜錢〉「」之字相較，後者進一步省減上半部的部件。又〈襄陰・圜錢〉左側不從「土」，改以「又」代替，係受到右側偏旁影響，使得左側改從「又」。

從偏旁「永」之「羕」字，本從永羊聲，包山竹簡（40）「」將「羊」的中間豎畫省減，下半部的形體，本應爲「永（）」，寫作「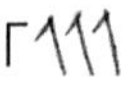」者，係將彎曲的筆畫拉直作「」，再加上受到自身筆畫的影響，寫作「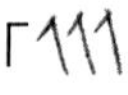」，與「永」字形體不同。〔註8〕

從偏旁「夂」之「殹」字，金文從「殳」，包山竹簡從「夂」，（116）「」部件「匚」受到「矢」的形體影響，上半部的橫畫「－」寫作「^」的形體。

從偏旁「肥」之「翡」字，簡文依序爲「翡翠」、「翡龜」。前者從䏍肥聲，寫作「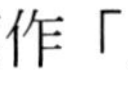」，後者從羽肥聲，寫作「」。《說文解字》「翡」字云：「從羽非聲」〔註9〕，與楚簡的形體不同。首例上半部所從的「羽」字左側爲「肉」，並非「习」，造成形體不同的因素，係受到下半部「肥」字左側的「肉」影響，使得「翡」字左側上下皆作「肉」。

從偏旁「癶」之「發」字，甲骨文不從「弓」，「象手持棍棒撥動，從二止表示動詞。」〔註10〕發展至兩周時期，多增添「弓」。將文字相較，包山竹簡（171）「」的形體與金文最爲接近，（128）「」與（148）「」皆省減「弓」而重複「」，深究字形變異的因素，係受到同側上方（）影響，省去「弓」而類化爲相同形體的「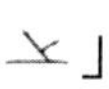」。

〔註7〕羅振玉：《殷虛書契考釋》，卷中，頁54，臺北，藝文印書館，1981年。

〔註8〕從偏旁「羕」者，亦見相同的現象，如：包山竹簡的「鄴」、「漾」、「傃」等字。

〔註9〕（漢）許愼撰、（清）段玉裁注：《說文解字注》，頁140，臺北，黎明文化事業股份有限公司，1991年。

〔註10〕此說法爲邱德修於2002年9月14日告知。

表 7－1

字例	殷商	西周	春秋	楚系	晉系	齊系	燕系	秦系
死	 《合》（17057）  《合》（17059）  《合》（21306乙）	 〈大盂鼎〉	 〈𪒠鎛〉	 〈望山1.48〉  〈望山1.176〉  〈包山 42〉				
襄		 〈穌甫人盤〉		 〈鄂君啓車節〉	 〈襄陰・圜錢〉			
羕		 〈羕史尊〉	 〈鄦子妝簠蓋〉	 〈包山 40〉  〈包山 41〉				
鄴				 〈包山169〉				
漾				 〈包山 12〉				
㨾				 〈包山188〉				
毆		   〈格伯簋〉		 〈包山105〉  〈包山116〉				

翡			〈望山 2.13〉				
發	《合》 （8006）	〈姑發臀 反劍〉	〈包山 128〉 〈包山 148〉 〈包山 171〉				

　　總之，自體類化的現象，大多發生於墨書的楚簡資料，深究原因，係受到組織結構中其他筆畫、部件或偏旁影響所致，使其出現二個或二個以上相近同的形體。

第三節　集體類化

　　所謂集體類化，係指許多原本不同來源的文字，在文字的演變過程裡，其形體日漸趨於一致，產生集體形近而類化的現象。

一、類化為「羊」的形體

　　在文字的發展過程中，由於形體的分割，致使部分文字的部件寫作「羊」、「〻」、「〻」、「〻」者，容易因為筆畫的增添，使得原本來源不同的文字，其某一部件發生集體形近的類化現象，寫作「羊」的形體。

　　「南」字於甲骨文「㓾字上從〻，象其飾，下作凵形，殆象瓦器而倒置之，口在下也。」〔註11〕又「下半部從㘿、㘿象倒置之瓦器，上部之〻象懸掛瓦器之繩索。……借為南方之稱。」〔註12〕金文承襲甲骨文的字形發展；楚系文字裡，「南」字中間的部件，多近同於「羊」的形體。將金文與楚系文字相較，

〔註11〕唐蘭：《殷虛文字記》，頁92，臺北，學海出版社，1986年。

〔註12〕徐中舒：《甲骨文字典》，頁684，成都，四川辭書出版社，1995年。

〈散氏盤〉的「南」字已出現初步分離的現象，楚系文字進一步將之割裂，寫作「羊」，並且於割裂處的上半部增添兩道短斜畫「ˊ　ˋ」，再加上類化作用，寫作「羊」，使得形體近同於「羊」，如：包山竹簡作「羊」。

「兩」字「象車衡縛雙軛形」〔註13〕，〈函皇父鼎〉的「兩（帀）」字已出現初步分離的現象，包山竹簡「帀」、〈兆域圖銅版〉「帀」與〈二兩十一朱金熊羊浮雕飾〉「帀」係在割裂後的「�」豎畫上，增添兩道橫畫「＝」，再加上類化作用，寫作「羊」，使得形體近同於「羊」。

金文「割」字皆從「刀」，寫作「剆」，包山竹簡所從為「刃」，寫作「剙」，又包山竹簡「割」字左側「害」的上半部形體近同於「羊」，將之與〈曾侯乙鐘〉相較，先將上半部的形體分離，由「角」寫作「∣」，再寫作「ㄚ」，並在「ㄚ」上半部增添兩道筆畫「ˊ　ˋ」，又受到類化作用的影響，寫作「羊」，使得「害」的部件與「羊」的形體近同。〔註14〕

「遍」字從辵鬲聲，「鬲」字於甲骨文作：「鬲」《合》（1975）、「鬲」《合》（28098）、「鬲」《合》（31030）、「鬲」《合》（34397），於兩周金文作：「鬲」〈大盂鼎〉、「鬲」〈作冊夨令簋〉、「鬲」〈鬲叔興父盨〉、「鬲」〈仲姬作鬲〉、「鬲」〈仲姞鬲〉、「鬲」〈魯侯鬲〉、「鬲」〈同姜鬲〉，「鬲」字為象形字，〈作冊夨令簋〉中「鬲」字的形體已經產生割裂的現象，再加上增添短橫畫，使其與「羊」的形體近似；從〈鬲叔興父盨〉至〈同姜鬲〉的字形，可看出「鬲」字下半部的形體，先與主體分離，而後在豎畫上增添一個小圓點，小圓點往往可以拉長為一道短橫畫，故又改為增添一道或兩道橫畫，在類化的作用下，使得下半部的形體與「羊」近同。包山竹簡「遍（遍）」字所從之「鬲」下半部的形體，即是由「鬲」演變為「鬲」，再作「鬲」、「鬲」、「鬲」、「鬲」，由於形體的割裂，加上飾筆的增添，以及類化的作用，遂與「羊」相近同。〔註15〕

〔註13〕何琳儀：《戰國古文字典——戰國文字聲系》，頁693，北京，中華書局，1998年。

〔註14〕從偏旁「害」者，亦見相同的現象，如：信陽竹簡〈遣策〉的「蠚」字。

〔註15〕從偏旁「鬲」者，亦見相同的現象，如：天星觀竹簡〈卜筮〉的「獻」字，包山竹簡的「鄙」、「偏」、「鑶」等字。

表 7－2

字例	殷商	西周	春秋	楚系	晉系	齊系	燕系	秦系
南	《合》（8748）	〈大盂鼎〉 〈散氏盤〉		〈包山90〉 〈包山96〉				
兩		〈斁瞂方鼎〉 〈函皇父鼎〉	〈洹子孟姜壺〉	〈包山111〉 〈包山115〉	〈兆域圖銅版〉	〈二兩十一朱金熊羊浮雕飾〉		
割		〈無叀鼎〉	〈曩伯子妊父盨〉	〈曾侯乙鐘〉 〈包山122〉				
劙				〈信陽2.4〉				
遏				〈包山56〉 〈包山192〉				
獻		〈作寶甗〉 〈子邦父甗〉 〈善夫山鼎〉		〈天星觀・卜筮〉				

鄘				〈包山110〉			
偪				〈包山193〉			
鐵				〈包山266〉			

二、類化爲「冃」的形體

在文字的發展過程中，由於筆畫的接連，或是筆畫的增添，致使部分文字的形體寫作「人」、「口」、「△」者，容易因爲筆畫的接連或添加，使得原本來源不同的文字，其某一部件發生集體形近的類化現象，寫作「冃」的形體。

「君」字從尹從口，「尹」字於甲骨文作：「ㄟ」《合》（3473）、「ㄟ」《合》（5452），從又持｜筆〔註16〕，於兩周文字作：「ㄟ」〈頌鼎〉，「冃」〈噩君啓舟節〉。「尹」字或可寫作「ㄟ」，發展到西周時期，將「ㄟ」豎畫縮減，寫作「ㄟ」，戰國時期將「ㄟ」的豎畫往左側書寫，因而寫作「冃」，由於將筆畫省減、接連，再加上類化作用的影響，文字本形遂不復見，形成「冃」的形體，而從「尹」之字，亦多承襲此一形體，造成「君」字寫作「同」。〔註17〕

金文「冒」字上半部爲「△」，非如楚系文字所從之「冃」，寫作「冃」者，應是將「△」中間的「一」向兩側延伸，再加上受到類化影響，形成與「冃」近似的形體，遂寫作「冒」。

西周金文「融」字左側爲城垣相對之形，從二虫從鬲，楚簡文字作「鬹」或「鬹」，將「鬲」下半部形體由「鬲（或）鬲」改寫作「鬲」，將下半部省減爲「十」。「鬲」中間部件本作「○」，寫作「冃」者，係受到楚系文字的類化

〔註16〕王國維：〈釋史〉，《定本觀堂集林》，頁267，臺北，藝文印書館，1991年。

〔註17〕從偏旁「尹」者，亦見相同的現象，如：信陽竹簡〈遣策〉的「帠」字，天星觀竹簡〈卜筮〉的「圂」字，〈噩君啓舟節〉的「尹」字，包山竹簡的「筥」字，楚帛書〈乙篇〉的「群」字，郭店竹簡〈唐虞之道〉的「虐」字，〈中山王嚳鼎〉的「群」字，〈八年相邦劍〉的「尹」字，〈十四年陳侯午敦〉的「群」字，〈鄆王譽戈〉的「尹」字。

影響，造成形體上的差異。

表 7－3

字例	殷商	西周	春秋	楚系	晉系	齊系	燕系	秦系
君	 《合》（24132）	 〈矢令方彝〉  〈史頌鼎〉  〈散氏盤〉		 〈噩君啓舟節〉	 〈哀成叔鼎〉	 《古璽彙編》（0327）	 〈繖宓君扁壺〉	
帬				 〈信陽 2.15〉				
(囗+君)				 〈天星觀・卜筮〉				
尹	 《合》（3473）  《合》（5452）	 〈頌鼎〉		 〈噩君啓舟節〉	 〈八年相邦劍〉		 〈郾王詈戈〉	
笋				 〈包山 180〉				
群			 〈子璋鐘〉	 〈楚帛書・乙篇 9.25〉	 〈中山王䜌鼎〉	 〈十四年墜侯午敦〉		
(广+君)				 〈郭店・唐虞之道 27〉				

冒	 〈九年衛鼎〉	 〈包山277〉				
融	 〈瘋鐘〉	 〈邾公釛鐘〉	 〈包山217〉 〈包山237〉			

三、類化爲「」的形體

在文字的發展過程中，由於飾筆的增添，致使某些部件寫作「」、「」、「」者，容易因爲筆畫的添加，使得原本來源不同的文字，其某一部件發生集體形近的類化現象，寫作「」的形體。

「廌」字本爲圖畫性質的文字，上半部爲角與眼睛，下半部爲身體，似某種動物的象形，徐中舒以爲「當屬牛類」。〔註18〕將甲骨文與包山竹簡的「廌」相較，後者將下半部作「」，寫作「」，係將圖畫文字彎曲的筆畫，改以線條取代，並於「」的兩側增添飾筆，遂寫作「」，再加上類化作用的影響，與其他諸字產生相近同的形體。

〈毛公鼎〉「寡」字從宀從頁，寫作「」，楚系文字「」省減偏旁「宀」，並於該字兩側增添短斜畫飾筆「〃」。郭店竹簡「寡」字下半部寫作「」，將「」左側的短畫延長、彎曲，並於兩側增添短斜畫飾筆「〃」，遂寫作「」。

「備」字從人葡聲，「葡」字於甲骨文作：「」《合》（320），「其字本象箙形，中或盛一矢、二矢、三矢，後乃由從一矢之，變而爲，於初形已漸失。」〔註19〕將文字相較，「葡」的形體，在〈元年師旋簋〉裡，於「矢」形上增添兩道斜畫，寫作「」。郭店竹簡「」所從之「葡」的上半部寫作「」，應是由「」發展而來；「」所見的「＝」，本爲「盛矢之器形」，將左右兩側的豎畫省略，並將「＝」與「矢」的形體緊密接連，遂寫作「」。〈中山王𧫬鼎〉「」在「葡」的下方增添「」，並且增添「〃」飾筆於「」左右。

〔註18〕《甲骨文字典》，頁 1077。

〔註19〕《殷虛書契考釋》，卷中，頁 45。

郭店竹簡下半部與〈中山王𮏾鼎〉近同，於「ㄔ」的兩側增添飾筆，寫作「ㄆ」，受到類化作用的影響，致使該字與其他諸字產生相近同的形體。〔註20〕

「毄」字從攴翏聲，「翏」字於兩周金文作：「翏，翏，翏」〈此鼎〉、「翏，翏」〈翏生盨〉，信陽竹簡「毄」於下半部右側增添兩道短斜畫「〃」，以爲補白與平衡的效果。由於受到文字類化作用的影響，信陽竹簡「毄」字的部件作「ㄆ」，與其他諸字產生相近同的形體。〔註21〕

表 7－4

字例	殷商	西周	春秋	楚系	晉系	齊系	燕系	秦系
廌	《合》(5658反) 《合》(28421)			〈包山265〉				
寡		〈毛公鼎〉		〈郭店・魯穆公問子思4〉				
備	〈敔簋〉 〈元年師旋簋〉	〈洹子孟姜壺〉		〈郭店・老子乙本1〉	〈中山王𮏾鼎〉			
繡				〈包山・簽〉				
毄				〈信陽1.1〉				
鄝				〈包山105〉				

〔註20〕從偏旁「葡」者，亦見相同的現象，如：包山竹簡的「繡」字。

〔註21〕從偏旁「翏」者，亦見相同的現象，如：包山竹簡的「鄝」字。

四、類化爲「﹀」的形體

在文字的發展過程中，由於形體的變動，或是筆畫的增添，致使某些部件寫作「廿」、「﹢」者，雖然源於不同的文字，卻因集體形近的類化作用，使其部件寫作「﹀」的形體。

「者」字上半部本爲「屮」，邱德修以爲從甲骨文「燎（米）」字變化而來，下半部之「口」，當指穴居之穴。〔註 22〕從文字的構形言，其言可從。「者」字上半部的形體，發展至後期寫作「﹀」或「﹀」。將兩周文字相較，〈匜君壺〉裡已初步發生變異，寫作「屮」，若將其間的點畫去除，則與〈中山王𡉚鼎〉「屮」相近同；其次，若將此形體省減若干點畫，並於其間增添一道短斜畫，則形成包山竹簡（227）「﹀」的形體。據此可知，楚系「者」字上半部所見作「﹀」，係受到文字省減與類化所致。〔註 23〕

「革」字象獸皮開展之形，「廿」或「廿」應爲獸首，包山竹簡（271）「革」上半部作「﹀」，應爲「廿」或「廿」省減所致，再加上類化作用，使得該字上半部的形體與其他原本不同的文字，類化爲相近同的形體。〔註 24〕

「殤」字從歺昜聲，寫作「殤」或「殤」，楚簡「歺」字所見「攴」者，爲「卢」的省減；上半部的部件寫作「﹀」，是在「﹢」的左側增添一道斜畫「﹨」所致，受到文字的類化影響，遂寫作「﹀」，與其他原本不同的文字，產生相近同的形體。〔註 25〕

金文「稷」字左側爲一隻張大的眼睛，眼睛上方的「卅」爲睫毛。將金文與包山竹簡文字相較，後者作「稷」，將睫毛之形省減一個筆畫，並在文字類化的影響下，使得該字上半部的形體與其他原本不同的文字，類化爲相近同的形體「﹀」。

〔註 22〕此說法爲邱德修於 2002 年 3 月 8 日在臺灣師範大學「中國文字綜合研究」中提出。

〔註 23〕從偏旁「者」者，亦見相同的現象，如：信陽竹簡〈遣策〉的「糈」字，包山竹簡的「都」、「暑」、「鞁」、「箸」、「煮」、「楮」、「緒」等字，楚帛書〈甲篇〉的「堵」字，《古璽彙編》（0343）的「渚」字，〈八年新城大令戈〉的「褚」字。

〔註 24〕從偏旁「革」者，亦見相同的現象，如：包山竹簡的「胄」、「鞇」、「鞅」、「鞝」等字。

〔註 25〕從偏旁「歺」者，亦見相同的現象，如：天星觀竹簡〈卜筮〉的「殂」、「殜」、「殍」等字，包山竹簡的「死」、「甕」等字，秦家嘴九十九號墓竹簡的「殃」字。

表 7－5

字例	殷商	西周	春秋	楚系	晉系	齊系	燕系	秦系
者		〈諸女甗〉 〈伯者父簋〉 〈羌伯簋〉	〈子璋鐘〉 〈王孫遺者鐘〉 〈無者俞鉦鋮〉 〈邔君壺〉	〈包山 227〉	〈中山王䚮鼎〉			
粨				〈信陽 2.24〉				
都		〈㦰鐘〉	〈綸鎛〉	〈包山 102〉				
暑				〈包山 185〉				
鞀				〈包山 260〉				
箸				〈包山 1〉				
煮				〈包山 147〉				
楮				〈包山 149〉				
緒				〈包山 263〉				

堵				𡎝〈楚帛書·甲篇2.31〉				
渚				𣲍《古璽彙編》（0343）				
褚				𧝌〈八年新城大令戈〉				
革	𦶠〈康鼎〉			𦶢〈𨟻君啓車節〉 𦶣〈包山264〉 𦶤〈包山271〉				
冑	𦶥《周原》（H11：174） 𦶦〈小盂鼎〉			𦶧〈包山270〉 𦶨〈包山·牘1〉				
鞁				𦶩〈包山268〉				
鞅				𦶪〈包山268〉				
鞹				𦶫〈包山273〉				

殤				〈包山222〉 〈包山225〉				〈睡虎地‧日書甲種50背〉
姑				〈天星觀‧卜筮〉				
殜				〈天星觀‧卜筮〉				
殊				〈天星觀‧卜筮〉				
死	《合》（17057）《合》（17059）《合》（21306乙）	〈大盂鼎〉	〈輪鎛〉	〈包山42〉 〈包山125〉				
甍				〈包山91〉				
殉				〈秦家嘴99.11〉				
穋		〈庚嬴卣〉 〈大簋〉		〈包山145〉				

五、類化爲「目」的形體

在文字的發展過程中，圖畫性質濃厚的文字，多不便於書寫，遂以線條代替彎曲的形體，由於形體的省減或改易，致使某些偏旁或部件寫作「👁」、「🗨」、「👄」、「亞」者，雖然源於不同的文字，卻因集體形近的類化作用，使其偏旁或部件寫作「目」的形體。

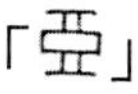

「蔑」字「從眉從戈，眉亦聲。」〔註26〕「目」寫作「👁」，其上的「州」爲睫毛；楚系文字「蔑」將眼睛之形寫作「目」，「州」改作「𠓨」，將圖畫文字改以線條取代；秦系文字「蔑」將「州」寫作「𠆢」，並且與「目」分離，與原本的構形完全不同，失去原有的特徵。

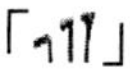

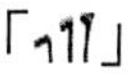

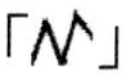

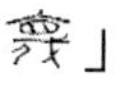

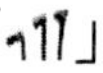

「瞏」字寫作「瞏」，上半部爲眼睛之形，發展至後期，以線條取代，將「👁」寫作「目」，再加上受到類化作用的影響，與其他不同字形的文字具有相近同的形體。〔註27〕

「貝」字於早期金文仍沿襲甲骨文的形體發展，〈從鼎〉「貝」裡象形的「貝」字初步被線條取代，在〈六年召伯虎簋〉「貝」則完全以橫畫與豎畫取代彎曲的筆畫。戰國文字的形體寫作「貝」，受到省減與類化的影響，寫作「目」，使得「貝」字上半部的形體與「目」近同。〔註28〕

〔註26〕于省吾：《甲骨文字詁林》第三冊，頁2445，北京，中華書局，1996年。

〔註27〕從部件或偏旁「目」者，亦見相同的現象，如：曾侯乙墓竹簡的「繯」、「嬛」、「橦」、「僮」等字，雨臺山二十一號墓竹簡的「濁」字，信陽竹簡〈遣策〉的「梘」、「鐶」等字，天星觀竹簡的「鐘」、「箱」等字，望山一號墓竹簡的「繝」、「環」、「箮」、「橦」等字，望山二號墓竹簡的「總」字，〈�君啓車節〉的「德」字，〈鄂君啓舟節〉的「湘」字，包山竹簡的「見」、「惠」、「穖」、「覩」、「睽」、「觀」、「懬」、「鋧」、「瘤」、「燭」、「還」、「童」、「種」、「瞳」、「瘇」、「繯」等字，楚帛書〈甲篇〉的「相」字，郭店竹簡〈老子〉甲本的「遺」字，郭店竹簡〈性自命出〉的「敦」字，磚瓦廠三七０號墓竹簡的「梘」字，仰天湖竹簡的「僪」字，〈中山王嚳鼎〉的「梘」、「觀」等字，〈中山王嚳方壺〉的「相」字，《古璽彙編》（0352）的「鄮」字，《古陶文彙編》（3.369）的「眾」、（3.242）的「見」等字，〈鄅侯載豆〉的「相」字，〈詛楚文〉的「眾」字，〈丞相觸戈〉的「觸」字，〈王五年上郡疾戈〉的「覬」字，睡虎地竹簡〈秦律十八種〉的「見」、「相」等字，睡虎地竹簡〈日書甲種〉的「還」、「環」、「獨」等字。

〔註28〕從偏旁「貝」者，亦見相同的現象，如：〈曾侯乙鐘〉的「賓」字，曾侯乙墓竹簡的「贅」、「賸」、「贏」、「貯」等字，信陽竹簡〈竹書〉的「贈」字，天星觀竹簡〈遣

「復」字或從辵复聲，或從彳复聲，「复」字於甲骨文作：「𡕥」《合》（43），關於「复」字的考釋，李孝定云：「契文作𡕥。從亞，疑象器形；下從夊，無義，當以亞為聲符。」〔註29〕徐中舒云：「從夊從亞，亞象穴居之兩側有台階上出之形，夊象足趾，台階所以供出入，夊在其上，則會往返出入之意。」〔註30〕李孝定以為「亞」為器形，應無疑義，若為聲符所在，實不知所據為何，故宜從徐中舒之解釋。早期金文大抵承襲甲骨文的字形發展，惟於「亞」上增添短橫畫，如：〈散氏盤〉作「𧙕」；楚系文字「𧙕」將之寫作近似「目」的形體，「器形」之「口」，增添「＝」，改作「目」，加上類化的作用，與「目」、「貝」、「鼎」諸字的部件相近同。《說文解字》「復」字云：「行故道也。從夊，富省聲。」〔註31〕釋形之言，應受到楚系文字的影響而產生誤釋。〔註32〕

「鼎」字於殷商甲骨、金文與西周早期金文為圖畫性質濃厚的文字，〈函皇

策〉的「賅」字，望山一號墓竹簡的「桿」字，包山竹簡的「得」、「敗」、「賸」、「貢」、「贛」、「賜」、「貯」、「賠」、「貴」等字，郭店竹簡〈老子〉甲本的「貨」、「贄」等字，郭店竹簡〈緇衣〉的「貧」、「購」等字，郭店竹簡〈成之聞之〉的「賤」字，德山夕陽坡二號墓竹簡的「販」字，〈中山王𰻞鼎〉的「得」、「賙」、「賜」等字，〈中山王𰻞方壺〉的「賞」、「賀」等字，〈兆域圖銅版〉的「賮」字，〈小木條DK：84〉的「寶」字，〈監罟囿臣石〉的「賢」字，〈陞瑋方壺〉的「得」字，〈陞販簋蓋〉的「販」字，《古陶文彙編》（3.186）的「䏠」、（3.283）的「㹅」、（3.318）的「賁」、（3.330）的「貯」、（3.449）的「購」、（3.458）的「䏠」、（3.679）的「貽」等字，〈右賡育象尊〉的「賡」字，《古陶文彙編》（4.2）的「戴」、（4.75）的「得」等字，睡虎地竹簡〈秦律十八種〉的「得」、「敗」、「贏」、「賞」、「負」、「贖」、「買」、「賤」、「積」等字，睡虎地竹簡〈效律〉的「賈」、「餿」等字，睡虎地竹簡〈秦律雜抄〉的「費」、「賦」、「貲」等字，睡虎地竹簡〈法律答問〉的「責」、「貣」、「賸」、「質」、「貿」、「購」、「賣」等字，睡虎地竹簡〈為吏之道〉的「賢」、「賴」、「貳」、「貰」、「贅」、「貧」、「貴」等字，睡虎地竹簡〈日書甲種〉的「貨」、「賣」、「貴」、「饡」等字，睡虎地竹簡〈日書乙種〉的「資」、「賀」、「賜」等字，放馬灘一號墓簡牘〈日書乙種〉的「財」字。

〔註29〕 李孝定：《甲骨文字集釋》第五，頁 1899 ，臺北，中央研究院歷史語言研究所，1991 年。

〔註30〕 《甲骨文字典》，頁 621。

〔註31〕 《說文解字注》，頁 235。

〔註32〕 從偏旁「复」者，亦見相同的現象，如：包山竹簡的「腹」、「榎」、「鄭」、「腹」等字，睡虎地竹簡〈日書甲種〉的「腹」字。

父鼎〉將繁雜與彎曲的筆畫，改以線條取代，將「⿰」或「⿰」寫作「⿰」，「鼎」的形象逐漸消失，下半部雖可看出鼎足之形，上半部則因省改而寫作「⿰」，與「目」、「貝」等字的形體近同。〔註33〕

　　金文「胃」字尚未見增添短斜畫「〃」，僅於其上增添短斜畫「′」，楚系文字的「〃」，應承襲金文而來。〈少虞劍〉「胃（⿰）」字上半部作「⿱」，將之與〈九年衛鼎〉「膚（⿰）」字所從之「胃」相較，應為該字的別體。楚系文字之「肉」、「月」作為偏旁使用時，形體十分近同，在「胃」字上增添短斜畫「〃」，一方面可作為裝飾的筆畫，另一方面也具有區別字形的作用。將文字形體相較，楚簡帛之「胃（⿰，⿰）」字在書寫時或沿襲金文的形體而略有省改，或與其他楚簡帛文字，在文字發展的過程裡，因類化的作用，將「⿱」或「⿱」與「⿰」視為等同，書寫為「⿰」。〔註34〕

　　甲骨文「嗇」字「從禾或從來，象向屋之上有禾來之形」〔註35〕，或云：「從來從向，或從秝從向，象藏禾麥於向之形。」〔註36〕早期金文的形體承襲甲骨文而來，寫作「⿰」或是「⿰」，發展至戰國時期，則將「⿱」的形體改為「⿰」，以平直的線條取代彎曲的形體，如：〈䛂盉壺〉作「⿰」。

〔註33〕從偏旁「鼎」者，亦見相同的現象，如：曾侯乙墓竹簡的「眞」、「圓」、「塡」等字，信陽竹簡〈竹書〉的「則」字，包山竹簡的「惻」字，〈驫羌鐘〉的「則」字，〈中山王䥽鼎〉的「隕」字，〈中山王䥽方壺〉的「勛」字，〈半齋鼎〉的「齋」字，〈虙虎・平襠方足平首布〉的「虙」字，〈九年將軍戈〉的「虙」字，〈卅六年私官鼎〉的「瘨」字，〈詛楚文〉的「眞」字，睡虎地竹簡〈秦律十八種〉的「員」字，睡虎地竹簡〈法律答問〉的「眞」字，睡虎地竹簡〈爲律之道〉的「則」字，睡虎地竹簡〈日書乙種〉的「庽」字。

〔註34〕從偏旁「胃」者，亦見相同的現象，如：天星觀竹簡〈卜筮〉的「牆」、「䗦」等字，郭店竹簡〈唐虞之道〉的「膚」字。

〔註35〕吳其昌：《殷虛書契解詁》，頁321，臺北，文史哲出版社，1971年。

〔註36〕《甲骨文字典》，頁611。

表 7－6

字例	殷商	西周	春秋	楚系	晉系	齊系	燕系	秦系
蔑	《合》（686）《合》（970）	〈保卣〉〈免卣〉		〈王蔑鼎〉				〈詛楚文〉
睘		〈毛公鼎〉		〈望山2.50〉	〈桼睘一釿·圜錢〉			〈睡虎地·日書甲種30背〉
見	《合》（6786）《合》（20413）	〈見作甗〉〈㲃鐘〉		〈包山15〉		《古陶文彙編》（3.242）		〈睡虎地·秦律十八種97〉
梘				〈信陽2.3〉				
覩				〈包山19〉				
𧡊				〈包山164〉				
觀				〈包山249〉				
𧢲				〈包山259〉				
銀				〈包山276〉				

覝				〈磚瓦廠 3〉			
粯					〈中山王 嚳鼎〉		
覾					〈中山王 嚳鼎〉		
繯				〈曾侯乙 123〉			
嬛				〈曾侯乙 174〉			
鐶				〈信陽 2.10〉			
環	〈毛公鼎〉			〈望山 1.54〉			〈睡虎地 ・日書甲 種 77〉
還				〈包山 10〉			〈睡虎地 ・日書甲 種 57 背〉
鄹				《古璽彙 編》 （0352）			
儇				〈曾侯乙 177〉			
襘				〈曾侯乙 127〉			

鐘			鐘〈天星觀·卜筮〉				
禋			禋〈望山1.20〉				
箽			箽〈望山2.13〉				
童	童〈史牆盤〉童〈番生簋蓋〉童〈毛公鼎〉		童〈包山39〉童〈包山276〉				
穜			穜〈包山112〉				
瘇			瘇〈包山177〉				
贈			贈〈包山180〉				
縫			縫〈包山272〉				
達			達〈郭店·老子甲本23〉				
敱			敱〈郭店·性自命出10〉				

濁				〈雨臺山1〉			
繩				〈望山 2.48〉			
癘				〈包山 129〉			
燭				〈包山 163〉			
倜				〈仰天湖 9〉			
獨							〈睡虎地·日書甲種58背〉
觸							〈丞相觸戈〉
莦				〈天星觀·卜筮〉			
湘				〈鄂君啓舟節〉			
相	《合》（18410）	〈相侯簋〉〈作冊折尊〉	〈庚壺〉	〈楚帛書·甲篇7.35〉	〈中山王嚳方壺〉	〈鄭侯載豆〉	〈睡虎地·秦律十八種21〉
想							〈王五年上郡疾戈〉

悳		 〈季嬴霝德盤〉		 〈者沪鐘〉  〈包山232〉				
繐				 〈望山2.6〉				
㥀				 〈噩君啓車節〉				
穖		 〈庚嬴卣〉  〈大簋〉		 〈包山145〉				
眔	 《合》（15）  《合》（31972）	 〈師旂鼎〉  〈師寰簋〉		 〈楚帛書·丙篇11.3〉		 《古陶文彙編》（3.369）		 〈詛楚文〉
貝	 《合》（8490正）  《合》（19442）  《合》（29694）  〈小子罤鼎〉	 〈匽侯旨鼎〉  〈窓鼎〉  〈從鼎〉  〈六年召伯虎簋〉		 〈曾侯乙80〉	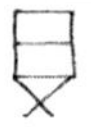 〈貝地·平襠方足平首布〉			 〈睡虎地·爲吏之道18〉
賓		 〈公貿鼎〉	 〈王孫遺者鐘〉	 〈曾侯乙鐘〉				

貿				〈曾侯乙16〉		
膌				〈曾侯乙137〉		〈睡虎地・法律答問170〉
贏				〈曾侯乙157〉		〈睡虎地・秦律十八種173〉
盼				〈曾侯乙178〉		
賠				〈信楊1.45〉		
賕				〈天星觀・遣策〉		
棏				〈望山1.7〉		
敗	《合》（17318）	〈五年師旋簋〉〈南疆鉦〉		〈包山23〉			〈睡虎地・秦律十八種164〉
得	《合》（133正）《合》（439）	〈毌得觚〉〈得觚〉〈師旅鼎〉〈大克鼎〉		〈包山102〉	〈中山王豐鼎〉	〈陞璋方壺〉	《古陶文彙編》（4.75）〈睡虎地・秦律十八種62〉

貧			〈蔡侯紐鐘〉	〈包山116〉			〈睡虎地‧法律答問32〉
賹				〈包山118〉			
貯	〈沈子它簋蓋〉			〈包山122〉		《古陶文彙編》（3.330）	
賜	〈虢季子白盤〉	〈庚壺〉		〈包山141〉	〈中山王譽鼎〉		〈睡虎地‧日書乙種195〉
贛				〈包山175〉			
貴				〈包山265〉			〈睡虎地‧日書甲種15背〉
賓				〈包山‧牘一反下〉	〈兆域圖銅版〉		〈右廩有象尊〉
貨				〈郭店‧老子甲本12〉			〈睡虎地‧日書甲種38〉
寶				〈郭店‧老子甲本36〉			
責	〈兮甲盤〉	〈秦公簋〉		〈郭店‧太一生水9〉			〈睡虎地‧法律答問159〉

購				〈郭店・緇衣13〉		
貧				〈郭店・緇衣44〉		〈睡虎地・爲吏之道1〉
賤				〈郭店・成之聞之17〉		〈睡虎地・秦律十八種121〉
賉				〈德山夕陽坡〉	〈墜賉簋蓋〉	
賙				〈中山王𧤚鼎〉		
賞	〈曶鼎〉			〈驫羌鐘〉 〈中山王𧤚方壺〉		〈睡虎地・秦律十八種76〉
賀				〈中山王𧤚方壺〉		〈睡虎地・日書乙種95〉
賢	〈賢簋〉			〈監罟囿臣石〉		〈睡虎地・爲吏之道5〉
寶				〈小木條DK：84〉		
賕					《古陶文彙編》（3.186）	

縶						縶《古陶文彙編》（3.283）		
貲						貲《古陶文彙編》（3.318）		
購						購《古陶文彙編》（3.449）		
䞐						䞐《古陶文彙編》（3.458）		
貽						貽《古陶文彙編》（3.679）		
戴							戴《古陶文彙編》（4.2）	
負								負〈睡虎地・秦律十八種80〉
買			買〈吳買鼎〉					買〈睡虎地・秦律十八種86〉
積								積〈睡虎地・秦律十八種174〉

饞								饞〈睡虎地・效律24〉
賈								賈〈睡虎地・效律58〉
費								費〈睡虎地・秦律雜抄22〉
賦	賦〈毛公鼎〉							賦〈睡虎地・秦律雜抄22〉
齎								齎〈睡虎地・秦律十八種177〉
貨								貨〈睡虎地・秦律雜抄25〉
贖								贖〈睡虎地・法律答問113〉
購								購〈睡虎地・法律答問140〉
質								質〈睡虎地・法律答問148〉
貿	貿〈公貿鼎〉							貿〈睡虎地・法律答問202〉

賮							賮〈睡虎地・法律答問203〉
賃							賃〈睡虎地・爲吏之道9〉
貰							貰〈睡虎地・爲吏之道13〉
貳		貳〈五年召伯虎簋〉					貳〈睡虎地・爲吏之道14〉
贅							贅〈睡虎地・爲吏之道19〉
賴							賴〈睡虎地・爲吏之道15〉
賁							賁〈睡虎地・日書甲種56背〉
饊							饊〈睡虎地・日書甲種81背〉
資							資〈睡虎地・日書乙種18〉

財						財〈放馬灘·日書乙種240〉
復	復〈曶方鼎〉 復〈鬲比盨〉 復〈散氏盤〉		復〈楚帛書·丙篇6.3〉			復〈睡虎地·效律25〉
椱			椱〈包山10〉			
腹	腹《合》（5373） 腹《合》（31759）		腹〈包山236〉			腹〈睡虎地·日書甲種159背〉
榎			榎〈包山·牘1〉			
鼎	鼎《合》（171） 鼎《合》（1363） 鼎〈鼎鼎〉	鼎〈伯旅鼎〉 鼎〈作旅鼎〉 鼎〈圅皇父鼎〉	鼎〈蔡侯鼎〉	鼎〈楚王酓肯釶鼎〉	鼎〈哀成叔鼎〉	鼎〈中斿鼎〉
塤			塤〈曾侯乙10〉			
眞		眞〈伯眞甗〉	眞〈曾侯乙61〉			眞〈睡虎地·法律答問49〉

	〈眞盤〉 〈段簋〉		〈曾侯乙 203〉				
圓			〈曾侯乙 203〉				
則	〈牁尊〉 〈敢方鼎〉 〈盠駒尊〉 〈五年召 伯虎簋〉		〈曾侯乙 鐘〉 〈信陽1.1〉	〈屬羌鐘〉			〈詛楚文〉 〈睡虎地 ·為吏之 道38〉
側			〈包山 207〉				
員	《合》 （10978）	〈員作父 壬尊〉					〈睡虎地 ·秦律十 八種 123〉
隕				〈中山王 𰯼鼎〉			
勛				〈中山王 𰯼方壺〉			
齋	〈原方趞 鼎〉			〈半齋鼎〉			
賡				〈賡庀·平 襠方足平 首布〉	〈九年將 軍戈〉		

瘨							〈卅六年私官鼎〉
寘							〈詛楚文〉
廒							〈睡虎地·日書乙種188〉
胃		〈少廣劍〉	〈信陽1.28〉 〈包山90〉				
犢			〈天星觀·卜筮〉				
牆			〈天星觀·卜筮〉				
膚		〈九年衛鼎〉	〈郭店·唐虞之道11〉				
齒	《合》（811反） 《合》（20648）	〈沈子它簋蓋〉 〈史牆盤〉			〈舒龏壺〉		

六、類化爲「子」的形體

在篆書演變爲隸書的過程中，除了將篆文勻圓整齊的筆畫轉變爲平直方正的筆畫外，往往會化異爲同，使得原本不同來源的文字，因爲集體形近的類化作用影響，使其偏旁或部件出現相同的形體。

　　「享」字本作「血」，吳大澂云：「象宗廟之形」〔註37〕，自甲骨文至兩周文字形體變化不大，惟秦系之睡虎地竹簡寫作「享」。秦系「享」字下半部作「子」，係將「介」與「口」分割，並在類化的過程，將「口」寫作「子」，遂與其他不同來源的文字，具有相同的形體。

　　「孰」字發展至戰國時期，寫作「孰」者，下半部作「子」，為「子」的形體。將「口」寫作「子」，與其他不同來源的文字，具有相同的形體。

　　「敦」字從血從羊，發展至戰國時期，或增添偏旁「攵」，如：睡虎地竹簡作「敦」，下半部作「子」，為「子」的形體。將「羊」寫成「子」，係受到類化作用的影響，使其由篆書演變為隸書的過程中，與其他不同來源的文字，具有相同的形體。

　　「郭」字本作「郭」，姚孝遂、蕭丁云：「象城郭之形」〔註38〕，發展至戰國時期，或增添偏旁「邑」，如：睡虎地竹簡作「郭」，下半部作「子」，為「子」的形體。將「呂」寫成「子」，係受到類化作用的影響，使其在篆書演變為隸書的過程中，與其他不同來源的文字，具有相同的形體。

表7－7

字例	殷商	西周	春秋	楚系	晉系	齊系	燕系	秦系
享	血《合》（961）		〈輪鎛〉					享〈睡虎地・秦律十八種5〉
孰	孰《合》（15819）		〈配兒鉤鑃〉					孰〈睡虎地・秦律十八種35〉
敦	敦《合》（139反）		〈齊侯敦〉					敦〈睡虎地・語書9〉

〔註37〕　吳大澂：《説文古籀補》，第五，頁29，臺北，藝文印書館，1968年。

〔註38〕　姚孝遂、蕭丁：《小屯南地甲骨考釋》，頁138，北京，中華書局，1985年。

郭	《合》（13514正甲）	〈毛公鼎〉	〈國差𦉢〉				〈睡虎地・爲吏之道8〉

　　總之，早期的漢字多見象形文字，這種據象造字的方式，在文字使用頻繁的社會，往往不便於書寫，遂採取省減的方式表現，由於形體的省減，致使部分形體相近者，類化成爲某一個相近或相同的形體。此外，透過筆畫的增添，也使得來源不同的文字，化異爲同，產生相近同的形體。基本上，避繁趨簡的方式，爲文字使用者所接受，相對地，在類化的過程裡，透過這種方式產生的相近同的形體，也廣泛地出現在各文字系統中，而且形成骨牌效應般地一路展開，造成許多原本不同字形的文字產生相近同的部件或偏旁。

第四節　小　結

　　從上面二節的討論與分析，可以發現在古文字的發展過程中，某一個文字發生變異時，凡以該字爲偏旁者，往往亦隨之變化，這種情形正印證邱德修所言之「漢字變化的連鎖反應」現象的存在〔註39〕，如：

　　　1、凡某字一旦因省減而導致形體變化後，原本以此字作爲偏旁的文字，多隨之產生變化，如：從「鼎」、「貝」之字等。

　　　2、古文字的連鎖反應，常見某字發生變化時，其他系統的同一文字，也產生同一變化，如：從「鼎」、從「貝」、從「目」之字等。

　　自體類化的現象，主要見於楚簡帛文字，深究發生的因素，應可分爲二方面解釋。從文字本身的結構言，係受到其他的筆畫、部件、偏旁影響，因而出現二個以上相近同的形體。從書寫者的心理言，係受到知覺反應的影響。心理學者認爲「知覺」的特色在於具有選擇性，倘若同時接受兩個刺激時，人們往往只會注意其一，而完全忽略另一個刺激，從「刺激→感覺的記錄和保留→知覺的分析→反應」的過程中，並非所有的刺激皆能如實的反應〔註40〕，以人類的生理言，當書手在抄寫某一個文字時，由於大腦與視覺神經的傳輸出現誤差，

〔註39〕邱德修：〈春秋〈子軷編鐘銘〉考釋〉，《第十屆中國文字學全國學術研討會論文集》，
　　　　頁67，臺中，逢甲大學中國文學系所、中華民國文字學會，1999年。

〔註40〕劉英茂：〈知覺〉，《普通心理學》，頁73～74，基隆，大洋出版社，1979年。

會使腦部下達錯誤的指令，這個指令的下達，常使得某一字的某一部件出現誤寫或是重複的狀況。

集體類化的現象，可以區分為時代性與地域性二種。以從「目」、從「貝」、從「鼎」等字為例，由於圖畫性質的文字，比較不利於書寫，遂將既有的形體以線條取代，使得不少文字經由簡化，產生相近同的部件。相對地，在不同的地域裡，不同的書手與社會自有其習慣，受此因素影響，使得某些文字的類化只出現於某一地域中。以楚系之「南」、「獻」等字為例，由於形體的割裂以及筆畫增添的雙重作用，使其部件書寫作近似「羊」的形體；此外，以秦系文字為例，由篆書演變為隸書的過程，也會將幾個不同形體的文字，改以某一個形體代替。透過這種類化的現象，可以作為判斷戰國時期不同地域文字的重要依據。

關於類化的因素，由上列二節的討論，約略可以分為以下五點結論：

1、形體的省改。為了書寫的方便，書手將圖畫文字曲折的筆畫加以改易，省改後的形體與某些字的形體相近，在類化作用下，出現相近同的形體，如：從「貝」、從「目」、從「鼎」等字。

2、筆畫的增繁或是飾筆的增添。倘若將所增添的部分變更，非僅失去原本的用意，也造成文字的變異，再加上任意將完整的形體割裂為幾個獨立的個體，常使得原有的特徵消失，或是日漸的模糊，容易造成某字與其他文字具有相近同的形體，如：「兩」字。

3、文字的訛誤。在文字發展的過程，形體的改變，容易造成本身的特徵日漸模糊，於積非成是與類化的作用下，使得某字與其他文字具有相近同的形體，如：「羕」、「眾」等字。

4、部件的分離。漢字為一筆一畫組織而成，以象形文字為例，它是據象造字，圖畫意味十分濃厚，不容許任意的減損或割裂。然而在書寫的過程，受到書手個人的習慣，或是方塊觀念的影響，將某些文字的筆畫省改、割裂，再加上類化的影響下，容易使得某字與其他文字具有相近同的形體，如：「南」、「割」、「鄗」等字。

5、受文字隸變的影響。當文字由篆書演變為隸書的過程，某些時常作為偏旁使用的文字，倘若其原本的形體繁複又不利書寫，往往會把幾個形體相近的文字，改換一個筆畫簡單或是便於書寫的形體，如：「享」、「敦」、「郭」等字。

第八章　形體結構合文分析

第一節　前　言

　　文字的書寫，在未形成規範化之前，並未規定一個字必須寫在一個固定的方塊裡。書手為了縮短書寫的時間與空間，遂將兩個或兩個以上的文字壓縮，成為一個方塊字。這種現象由來已久，遠自殷商甲骨文中即有之，如：「十一月」作「⿱」《合》（382）；「三千」作「⿻」《合》（1168）；「下乙」作「⿱」《合》（22044）；「十五」作「⿰」《合》（40840）等。甲骨文所見的合書，從字數上言，或見二字或是三字的合書；從形式上言，不管是上下相合，或是左右相合，或是先上下相合再與第三字相合等，皆尚未增添任何符號「＝」或「－」。

　　合書的方式，發展至兩周時期，其間的變化更大。從增添符號言，或於該合書文字的右下方或下方增添「＝」、「－」符號，或僅二字合書而未增添符號；從書寫的方式言，或僅將二字壓縮成一個方塊字，未省減其間的筆畫，或借用二字間的共同筆畫，或借用二字間相近同的部件，或省減二字間的共同偏旁，或是於合書時省減一個獨立的單字。這種合書的方式，從發展的歷史觀察，於戰國時期達到巔峰，其後受到秦代統一文字的影響，逐漸的消失。

　　關於「合書」一詞，歷來學者多有定義，如：楊五銘云：

> 把兩個以上的字合寫在一塊，作為一個構形單位而有兩個以上的音
> 節的。這種書寫形式我們叫它作「合文」。〔註1〕

將二個或是二個以上的文字，壓縮成為一個方塊字的書寫方式，又可稱為「合文」，此一說法的優點，係未將「合書」的文字侷限於詞彙，因此為多數學者所接受。〔註2〕又如：湯餘惠云：

> 合文是把前後相連的兩個或幾個字合寫在一起，但事實上並非隨便
> 哪幾個字都可以合書。構成合文的，不僅要前後相連，而且必須是
> 語言中的固定詞語，如數量詞、地名、職官、複姓之類。〔註3〕

主張「合文是把前後相連的兩個或幾個字合寫在一起」的說法，與楊五銘等學者之言相同，至於合書的幾個字必須是「語言中的固定詞語」，則將非固定詞語或是詞彙摒除，使得合書的內容受到限制，無法反映真實的現象。

　　總之，「合書」即為「合文」，係將兩個或兩個以上的文字壓縮成一個方塊字的結構形式，表面上看似一個字，在音節上仍須讀為兩個或兩個以上的音節，在意思上也包含了兩個或兩個以上的意思。

　　從戰國時期的材料觀察，合文的內容，大致可分為以下幾類：一、稱謂詞：凡是所指的對象與人相關者，如：職官名、人名、姓氏、機構等；二、數字：為純粹的計量數詞；三、數量詞：凡是由數詞與量詞所組成的詞組，即為數量詞〔註4〕，在數量詞的表現上，可以數目字加上表示事物的數量單位，如：一隻、一枚、一條等；四、「之╳」習用語；五、時間序數詞：凡是用以表示事物次序之詞，即為序數詞〔註5〕，在序數詞的表現上，可以年、月、日直接用數目字表

〔註1〕楊五銘：〈兩周金文數字合文初探〉，《古文字研究》第五輯，頁 139，北京，中華書局，1981 年。

〔註2〕林素清：《戰國文字研究》，頁 129，臺北，國立臺灣大學中國文學研究所博士論文，1984 年；陳煒湛：《甲骨文簡論》，頁 63，上海，上海古籍出版社，1987 年；曹錦炎：〈甲骨文合文研究〉，《古文字研究》第十九輯，頁 445，北京，中華書局，1992 年；范毓周：〈甲骨文中的合文字〉，《國文天地》1992 年第 7 卷第 12 期，頁 68。

〔註3〕湯餘惠：〈略論戰國文字形體研究中的幾個問題〉，《古文字研究》第十五輯，頁 23，北京，中華書局，1986 年。

〔註4〕馬文熙、張歸璧：《古漢語知識詳解辭典》，頁 739，北京，中華書局，1996 年。

〔註5〕《古漢語知識詳解辭典》，頁 665。

示，如一月，一日等；六、祭品名稱；七、動物名稱；八、品物名稱；九、地望；十、其他，凡是無法歸屬於前面九類者，悉入「其他」項。又合文的方式，在戰國時期達到巔峰，其間的書寫方式多有特色。關於合文現象，分爲不省筆合文、共用筆畫省筆合文、共用偏旁省筆合文、借用部件省筆合文、刪減偏旁省筆合文、包孕合書省筆合文等六項，分別舉例說明，論述如下：

第二節　不省筆合文

所謂不省筆合文，係指將兩個或兩個以上的文字，壓縮成爲一個方塊字時，對於被壓縮的任何文字的筆畫皆不省減。合書後的形體，可以不增添任何的合文符號，亦可於該字的右下方，增添合文符號「＝」或「－」。

一、未增添合文符號者

（一）稱謂詞合文

「西況（　）」合文見於晉系文字，「西」字於兩周金文作：「　」〈散氏盤〉、「　」〈楚王酓章鎛〉。上半部爲「西」字，下半部之字從水從兒，即《說文解字》收錄之「況」字。「西況」一詞，郭沫若釋爲「四況」，作爲量名使用 [註6]，中國社會科學院考古研究所釋爲「西況」。 [註7] 從書寫的間距觀察，「西」、「況」二字只佔一個方塊，應視爲合文。銘文爲「長信侯瞀覴」。「西況」一詞應爲人名。

「私官（　）」合文見於晉系文字 [註8]，「私」字於兩周文字作：「　」《古璽彙編》（0438），「官」字於兩周金文作：「　」〈師㝨父鼎〉、「　」〈兆域圖銅版〉。上半部爲「私」字，下半部爲「官」字。從書寫的間距觀察，「私」、「官」二字只佔一個方塊，應視爲合文。銘文爲「中瞀容半」。「私官」一詞又見於傳世文獻，如：《漢書‧張湯傳》云：「大官私官並供其第」，服虔曰：「私官，皇后之官也。」 [註9] 「私官」係職官名。

〔註6〕郭沫若：〈釋臀〉，《金文叢考》，頁228，北京，人民出版社，1954年。

〔註7〕中國社會科學院考古研究所編：《殷周金文集成釋文》，第二卷，頁202，香港，香港中文大學中國文化研究所，2001年。

〔註8〕朱德熙：〈戰國銅器銘文中的食官〉，《朱德熙古文字論集》，頁83～88，北京，中華書局，1995年。

〔註9〕（漢）班固撰、（唐）顏師古注、（清）王先謙補注：《漢書補注》，頁1227，臺北，

「私庫（）」合文見於晉系文字，「庫」字於兩周金文作：「」〈朝歌右庫戈〉。上半部爲「私」字，下半部爲「庫」字。銘文爲「十四世，𨘏、嗇夫煮正、工遼」。「私庫」一詞，應爲中山國製造器物的機構。

「下庫（）」合文見於晉系文字，「下」字於兩周金文作：「」〈番生簋蓋〉、「」〈哀成叔鼎〉。上半部爲「下」字，下半部爲「庫」字。銘文爲「八年，茲氏令吳庶、𢈔帀長武」。晉系兵器習見「╳庫」，如：「上黨武庫」〈上黨武庫戈〉、「鄭左庫」〈鄭左庫戈〉、「鄭右庫」〈鄭右庫戈〉等，「下庫」亦與之相同，屬於府庫名稱。〔註 10〕

「甘丹（）」合文見於晉系文字，「甘」字於兩周金文作：「」〈邯鄲上戈〉，「丹」字於兩周金文作：「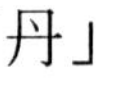」〈庚嬴卣〉。上半部爲「甘」字，下半部爲「丹」字。銘文爲「廿三年，襄𢼸令𠬝牛名、司寇厤維、右庫帀萁𣭈、冶向造。」晉系兵器習見在「╳庫工帀」之後加上人名，如：「右庫帀陽函」〈五年鄭令矛〉、「右庫帀𠂤高」〈五年鄭令戈〉、「邦左庫帀趙瘁」〈二年春平侯鈹〉、「左庫帀全慶」〈六年鄭令戈〉、「右庫帀若固」〈六年安陽令矛〉等，將之與〈廿三年司寇矛〉相較，「右庫帀萁𣭈」亦與之相同。「甘」字上古音屬「見」紐「談」部，「邯」字上古音屬「匣」紐「談」部，疊韻。又「丹」、「鄲」二字上古音同屬「端」紐「元」部，雙聲疊韻。「邯鄲」一詞習見於傳世文獻，如：《左傳・定公十年》云：「衛侯伐邯鄲午於寒氏」，楊伯峻〈注〉云：「午爲晉邯鄲大夫」。〔註 11〕又《史記・秦始皇本紀》云：「以秦昭王四十八年正月生於邯鄲，及生名爲政，姓趙氏。」〔註 12〕「邯鄲」本爲地名，與「邯鄲𣭈」之「邯鄲」不同，後者係屬姓氏。

「公區（）」合文見於齊系文字〔註 13〕，「公」字於兩周金文作：「」〈大盂鼎〉，「區」字於兩周文字作：「」〈包山 3〉、「」〈子禾子釜〉。外部

藝文印書館，1996 年。

〔註 10〕「下庫」合文以不省筆方式書寫者，除了不增添合文符號的形式外，尚見〈三年䜌令合唐劍〉於合書形體的右側下方增添合文符號「＝」，寫作「𢈔＝」。

〔註 11〕楊伯峻：《春秋左傳注》，頁 1579，高雄，復文圖書出版社，1991 年。

〔註 12〕（漢）司馬遷撰、（劉宋）裴駰集解、（唐）司馬貞索隱、（唐）張守節正義、（日本）瀧川龜太郎考證：《史記會注考證》，頁 105，臺北，宏業書局有限公司，1992 年。

〔註 13〕顧廷龍：《古匋文孴錄》，第二，頁 46，臺北，文華出版社，1970 年。

爲「區」字，內部爲「公」字，「區」字的寫法，爲齊系文字特有的形體，「公」字「△」中所見的小圓點「・」，屬飾筆性質。陶文爲「旮蔞圜匋口盦」。齊系陶文習見記載陶工的籍貫與名字，如：《古陶文彙編》「旮蔞圜匋者譆」（3.272）、「旮蔞圜匋者或」（3.280）、「中蔞圜里司馬咸敢」（3.286）、「中蔞圜里匋漸」（3.287）、「東蔞圜里公孫黸」（3.296）等。「公區」與「譆」、「司馬咸敢」、「漸」皆屬陶工的名字。

表8−1

字例	殷商	西周	春秋	楚系	晉系	齊系	燕系	秦系
西況					〈娍誷侯鼎〉			
私官					〈中厶官鼎〉			
私庫					〈私庫嗇夫車售〉			
下庫					〈八年茲氏令吳庶戈〉 〈三年孌令合唐劍〉			
甘丹					〈廿三年司寇矛〉			
公區						《古陶文彙編》（3.279）		

（二）數字合文

「一十（〒）」合文見於晉系文字，「一」字於兩周金文作：「一」〈散氏盤〉，「十」字於兩周金文作：「♦」〈智鼎〉、「♦」〈散氏盤〉、「♦」〈噩君啟舟節〉。上半部為「一」字，下半部為「十」字。古文字裡實心小圓點，可以寫作空心小圓點，二者無別。銘文為「重百干刀之重」。晉系文字尚未見於十的倍數與其餘數之間的數目，以「又」字連接。〔註14〕

「十一（丄，卜）」合文見於晉系文字，「十一」二字合文的形體，有不同的寫法，一為上半部為「十」字，下半部為「一」字，二者緊密結合，壓縮於一個方塊裡，如：〈十一年盉〉；一為將「一」字寫於「十」字的左側或右側，如：〈甘丹・直刀〉。從文句觀察，皆為「十一」。貨幣上的數字，應為該貨幣的面額。

「十二（坐）」合文見於晉系文字，「二」字於兩周金文作：「二」〈沈子它簋蓋〉。上半部為「十」字，下半部為「二」字。古文字裡實心小圓點，可以寫作空心小圓點，二者無別，實心的「♦」，亦可以寫作「◊」。銘文皆為「十二」。晉系文字尚未見於十的倍數與其餘數之間的數目，以「又」字連接。

「十四（ ，夂）」合文分見於晉、燕二系文字，「四」字於兩周金文作：「三」〈毛公鼎〉、「囮」〈徐王子旃鐘〉。上半部為「十」字，下半部為「四」字。〈西都・尖足平首布〉幣文為「十四」，〈明・弧背燕刀〉為「右十四」。「十四」應指該貨幣的面額。

「十六（大）」合文見於晉系文字，「六」字於兩周金文作：「介」〈智鼎〉。上半部為「十」字，下半部為「六」字。幣文為「十六」。「十六」應指該貨幣的面額。

「十七（丄）」合文見於燕系文字，「七」字於兩周金文作：「十」〈小盂鼎〉。上半部為「十」字，下半部為「七」字。陶文為「十七」。陶器文字在記錄數目字的表現上，尚未見於十的倍數與其餘數之間的數目，以「又」字連接。

「十八（）（）」合文見於晉系文字，「八」字於兩周金文作：「八」〈靜簋〉。中間為「十」字，插置於「八」字的中央。幣文為「十八」。「十八」應指該貨幣的面額。

〔註14〕「一十」合文以不省筆方式書寫者，除了不增添合文符號的形式外，尚見仰天湖竹簡於合書形體的右側下方增添合文符號「＝」，寫作「干＝」。

　　「二十（廿）（ 屮，屮 ）」合文分見於楚、晉、齊、燕、秦五系文字，自甲骨文至兩周文字其間的差別，係由簡單的兩豎畫，發展爲在豎畫上增添小圓點，進而將小圓點延伸爲短畫，寫作「廿」；〈大陰半·尖足平首布〉「二十」合文，將代表「二」的字形「＝」，直接書寫在代表「十」的字形「｜」上，形成特殊的合文方式。從文句觀察，郭店竹簡爲「聖人廿而冒」，〈東周左𠂤壺〉爲「廿九年十二月」，〈大陰半·尖足平首布〉爲「二十」，〈墜璋罐〉爲「廿二」，〈明·弧背燕刀〉依序爲「右廿」、「左廿」，睡虎地竹簡爲「七月七星廿八日」。一般而言，楚簡帛資料裡，凡是十的倍數與其餘數之間的數目，多以「又」字相連；晉系文字則無一定的規律，增添「又」字者十分少見；齊、燕、秦三系文字，一律未以「又」字連接，直接在十的倍數之後加上餘數。貨幣文字在記錄數目字的表現上，尚未見於十的倍數與其餘數之間的數目，以「又」字連接。貨幣文字的現象，係受到空間影響所致，由於空間有限，無法書寫過多的文字，只要使用者知曉該貨幣的幣值即可，故將「又」字省略。〔註15〕

　　「二十二（ 屮 ）」合文見於燕系文字，上半部爲「廿」字，下半部爲「二」字。幣文爲「右廿二」。「廿二」應指該貨幣的面額。

　　「三十（卅）（ 屮 ）」合文分見於楚、晉、齊、燕、秦五系文字，自甲骨文至兩周文字其間的差別，爲合文符號「＝」的增添與否，以及由簡單的三豎畫，發展爲在豎畫上增添小圓點，進而將小圓點延伸爲短畫，寫作「卅」。從文句觀察，郭店竹簡爲「卅而有家」，〈兆域圖銅版〉爲「卅步」，〈▽耳杯〉爲「卅八」，《燕下都》爲「卅」，睡虎地竹簡爲「值卅六錢」。戰國五系文字尚未見於三十與其餘數之間的數目，以「又」字連接。〔註16〕

　　「三十一（ 山 ）」合文見於晉系文字，將「一」的字形「一」，直接書寫在「三十」的字形「///」下方，二者緊密結合，壓縮於一個方塊中。幣文爲「三十一」。「三十一」應指該貨幣的面額。

〔註15〕「二十（廿）」合文以不省筆方式書寫者，除了不增添合文符號的形式外，尚見〈曾姬無卹壺〉、〈坪安君鼎〉於合書形體的右側下方增添合文符號「＝」，寫作「廿＝」。

〔註16〕「三十（卅）」合文以不省筆方式書寫者，除了不增添合文符號的形式外，尚見包山竹簡、〈筓鼎〉於合書形體的右側下方增添合文符號「＝」，寫作「卅＝」，〈十三年壺〉於合書形體的右側下方增添合文符號「一」，寫作「卅一」。

　　「四十（卌）（，）」合文分見於晉、燕、秦三系文字，「四十（卌）」合文自甲骨文至兩周文字，形體發生重大的變化，由并連四枚豎直的「｜」形體，發展出二種不同的字形，一為將并連四枚豎直的「｜」形體分割，改為兩個并連兩枚豎直的「｜」形體，以表示四十之數，如：〈兆域圖銅版〉；一為將「四」的字形「亖」，直接書寫在「十」的字形「｜」上，形成特殊的合文方式，如：〈平陶・平襠方足平首布〉。從文句觀察，〈兆域圖銅版〉為「丘平者卌尺」，〈平陶・平襠方足平首布〉為「四十」，〈重金扁壺〉為「百卌八重金鉢受一斛六升」，睡虎地竹簡為「值卌六錢」。「卌」為「四十」之數目字。〔註17〕

　　「四十二（）」合文見於燕系文字，上半部為「四」字，中間為「十」字，下半部為「二」字，三者緊密結合，壓縮於一個方塊中。幣文為「右罕二」。「四十二」應指該貨幣的面額。

　　「四八（四十八）（）」合文見於晉系文字，以四個豎畫代表「四十」，並將之置於「八」形體的中間，以為「四八（四十八）」合文。幣文為「四八」。「四十八」應指該貨幣的面額。

　　「五十（，）」合文分見於楚、晉二系文字，「五」字於兩周金文作：「」〈頌鼎〉。甲骨文所見「五十」合文作「」《合》（312），上半部為「十」，下半部為「五」；兩周文字裡，上半部為「五」，下半部為「十」，在形體位置安排上，發生倒置的變化。簡文為「☐𡊥勻☐☐」，銘文為「夫人堂方百𡊥尺」。晉系文字尚未見於十的倍數與其餘數之間的數目，以「又」字連接。〔註18〕

　　「五十五（，）」合文見於晉系文字，上下兩端為「五」字，中間為「十」字，三字以合書方式書寫時，將之緊密結合，壓縮在一個方塊裡。幣文皆為「五十五」。「五十五」應指該貨幣的面額。

　　「五十八（）」合文見於晉系文字，上半部為「五」字，中間為「十」

〔註17〕「四十（卌）」合文以不省筆方式書寫者，除了不增添合文符號的形式外，尚見包山竹簡、〈十年右使壺〉於合書形體的右側下方增添合文符號「＝」，寫作「四十（卌）＝」。

〔註18〕「五十」合文以不省筆方式書寫者，除了不增添合文符號的形式外，尚見郭店竹簡〈唐虞之道〉、〈十年燈座〉於合書形體的右側下方增添合文符號「＝」，寫作「𡊥＝」。

字，下半部爲「八」字，「五」、「十」二字緊密結合，並將結合後的「十」字，置於「八」字的中間。幣文爲「五十八」。「五十八」應指該貨幣的面額。

「六十（**兲**，**亇**）」合文分見於晉、燕二系文字，甲骨文所見「六十」合文作「**朿**」《合》（10307），上半部爲「十」，下半部爲「六」；兩周文字裡，上半部爲「六」，下半部爲「十」，在形體位置安排上，發生倒置的變化。幣文皆爲「卒」。「六十」應指該貨幣的面額。〔註19〕

「七十（**干**）」合文見於秦系文字，甲骨文所見「七十」合文作「**十**」《合》（6057），上半部爲「十」，下半部爲「七」；兩周文字裡，上半部爲「七」，下半部爲「十」，在形體位置安排上，發生倒置的變化。簡文爲「稟衣者，……其小者多卆七錢」。〈秦律十八種〉係記載領取衣物時所應繳交的金錢。〔註20〕

「八十（**㐰**，**仌**）」合文分見於楚、晉二系文字，甲骨文所見「八十」合文作「**朳**」《合》（36481），上半部爲「十」，下半部爲「八」；兩周文字裡，上半部爲「八」，下半部爲「十」，在形體位置安排上，發生倒置的變化。簡文爲「☐卆臣又三㔶」，銘文爲「兩堂間卆尺」。「八十」爲數目字。〔註21〕

「三千（**羊**）」合文見於燕系文字，「三」字於兩周金文作：「**三**」〈散氏盤〉，「千」字於兩周金文作：「**千**」〈大盂鼎〉。「三」字置於「千」字的豎畫上。銘文爲「三千」。「三千」爲數目字。

表 8－2

字例	殷商	西周	春秋	楚系	晉系	齊系	燕系	秦系
一十				**干**〈仰天湖32〉	**中**〈十年銅盒〉			

〔註19〕「六十」合文以不省筆方式書寫者，除了不增添合文符號的形式外，尚見曾侯乙墓竹簡、〈右徒車嗇夫鼎〉於合書形體的右側下方增添合文符號「＝」，寫作「卆＝」。

〔註20〕「七十」合文以不省筆方式書寫者，除了不增添合文符號的形式外，尚見郭店竹簡〈窮達以時〉、〈八年匜〉於合書形體的右側下方增添合文符號「＝」，寫作「卆＝」。

〔註21〕「八十」合文以不省筆方式書寫者，除了不增添合文符號的形式外，尚見曾侯乙墓竹簡、包山竹簡、〈十一年壺〉於合書形體的下方或右側下方增添合文符號「＝」，寫作「仐＝」。

十一				〈十一年 盃〉 〈甘丹· 直刀〉 〈離石· 圓足平 首布〉			
十二				〈十二年 盃〉 〈十二年 扁壺〉			
十四				〈西都· 尖足平 首布〉		〈明· 弧背 燕刀〉	
十六				〈邪·尖足 平首布〉			
十七						《古陶 文彙編》 （4.15）	
十八				〈西都· 尖足平 首布〉			
二十 （廿）	《合》 （974反） 《合》 （5574）	〈大盂鼎〉 〈㝬鐘〉		〈郭店· 唐虞之 道25〉	〈東周左 自壺〉	〈壑璋鑪〉	〈明· 弧背 燕刀〉	〈睡虎地 ·日書乙 種95〉

丩《合》（35368）〢《合》（39423）			廿〈曾姬無卹壺〉	ㅩ〈大陰半·尖足平首布〉廿〈坪安君鼎〉			
二十二						丹〈明·弧背燕刀〉	
三十（卅）	山《合》（40699）	𝕎〈智鼎〉𝕎〈毛公鼎〉		廿〈郭店·唐虞之道26〉世〈包山107〉	卅〈兆域圖銅版〉卅〈筭鼎〉世〈十三年壺〉	丫〈▽耳杯〉	从《燕下都》
三十一					山〈甘丹·直刀〉		
四十（卌）	山《合》（672正）	𝕎〈智鼎〉		𭃭〈包山269〉	卌〈兆域圖銅版〉丰〈平陶·平襠方足平首布〉卌〈十年右使壺〉		卌〈重金扁壺〉
四十二							丞〈明·弧背燕刀〉

四十八				〈茲氏半·尖足平首布〉		
五十	《合》（312）	〈大盂鼎〉／〈虢季子白盤〉		〈新蔡·零444〉／〈郭店·唐虞之道26〉	〈兆域圖銅版〉／〈一十年燈座〉	
五十五					〈茲氏半·尖足平首布〉／〈離石·圓足平首布〉	
五十八					〈離石·圓足平首布〉	
六十	《合》（10307）／《合》（17888）			〈曾侯乙140〉	〈離石·圓足平首布〉／〈右徙車嗇夫鼎〉	〈明·折背刀〉
七十	《合》（6057）			〈郭店·窮達以時5〉	〈八年匜〉	〈睡虎地·秦律十八種95〉
八十	《合》（36481）	〈小盂鼎〉／〈裘衛盉〉		〈新蔡·甲三90〉	〈兆域圖銅版〉	

		〈曾侯乙141〉 〈包山140反〉	〈十一年壺〉	
三千	《合》（1168）	〈小盂鼎〉		〈雁節〉

（三）數量詞合文

「一夫（禾）」合文見於楚系文字，「一」字於兩周金文作：「一」〈大盂鼎〉，「夫」字於兩周金文作：「夫」〈大盂鼎〉、「夫」〈曾姬無卹壺〉。包山竹簡上半部為「一」字，下半部為「夫」。簡文為「刻戮之少僮鹽族邺夫，疾夫」。成年男子通稱為「夫」，如：《孟子・梁惠王》云：「內無怨女，外無曠夫。」〔註22〕故「一夫」應指「夫一人」或「夫一名」之義。

「一邑（邘）」合文見於楚系文字，「邑」字於兩周金文作：「邑」〈散氏盤〉、「邑」〈鬍鎛〉。上半部為「一」字，下半部為「邑」字。《包山楚墓》及學者多未將之視為合文；張守中與陳煒湛雖然將之歸屬於合文〔註23〕，卻未加以說明；王仲翊從簡文的間距判斷，「一」、「邑」二字與竹簡上其他文字相較，確實緊密相連。〔註24〕從書寫的間距觀察，「一」、「邑」二字只佔一個方塊，與其他竹簡上的文字相較，確實更為緊密相連，故應視為合文。簡文為「陵迅尹塙以楊虎斂關金於邾敓暎伝之新易邑，靈地邑，碼邑，鄼邑，房邑，惉者邑，新惉邑」。《說文解字》「邑」字云：「國也」〔註25〕，「一邑」之「邑」字於此不當作為「國」解釋；又《周禮・地官・小司徒》云：「四井為邑」，〈注〉云：「四井

〔註22〕（漢）趙岐注、（宋）孫奭疏：《孟子注疏》，頁36，臺北，藝文印書館，1993年。

〔註23〕張守中：《包山楚簡文字編》，頁231，北京，文物出版社，1996年；陳煒湛：〈包山楚簡研究（7篇）〉，《容庚先生百年誕辰紀念文集》，頁576，廣州，廣東人民出版社，1998年。

〔註24〕王仲翊：《包山楚簡文字研究》，頁137，高雄，國立中山大學中國文學系碩士論文，1996年。

〔註25〕（漢）許慎撰、（清）段玉裁注：《說文解字注》，頁285，臺北，黎明文化事業股份有限公司，1991年。

爲邑，方二里。」〔註26〕其用法與楚簡相近同，「邑」字於此可作爲計算面積的單位，或是地方區域的單位。

「一賽（▦）」合文見於楚系文字，「賽」字於兩周文字作：「▦」〈包山106〉。上半部爲「一」字，下半部爲「賽」字。簡文爲「與其罗，女▦賽，涅罗賽，涿罗賽，斦罗賽」。「╳╳一賽」接續在「╳╳一邑」之後，其性質應該相近。據劉信芳考證，「賽」應是「作爲行政區劃的一定水域……實指有隄防控扼的溰潴之類。」〔註27〕今從劉信芳之言。

「四人（▦）」合文見於晉系文字，「四」字於兩周金文作：「▦」〈毛公鼎〉、「▦」〈徐王子旃鐘〉，「人」字於兩周金文作：「▦」〈大盂鼎〉。上半部爲「四」字，下半部爲「人」字。銘文爲「令戍代、冶與、下庫帀孟、關師哭」。「四人」爲計算人的單位。

「三分（▦）」合文見於晉系文字〔註28〕，「三」字於兩周金文作：「▦」〈散氏盤〉、「▦」〈梁上官鼎〉，「分」字於兩周金文作：「▦，▦」〈龜公翌鐘〉。上半部爲「三」字，下半部爲「分」字。銘文爲「上樂廚容夯」。「三分」爲計算重量或容量的單位。

「四分（▦）」合文見於晉系文字〔註29〕，上半部爲「四」字，下半部爲「分」字。銘文爲「夯」。「四分」爲計算重量或容量的單位。〔註30〕

「一石（▦）」合文見於晉系文字，「石」字於兩周金文作：「▦」〈斜盉壺〉。上半部爲「一」字，下半部爲「石」字。銘文爲「重石三百㠯＝五刀豪」。「一石」爲計算重量的單位。

「五石（▦）」合文見於晉系文字，「五」字於兩周金文作：「▦」〈頌鼎〉。上半部爲「五」字，下半部爲「石」字。銘文爲「重吾半九刀」。「五石」爲計

〔註26〕（漢）鄭玄注、（唐）賈公彥疏：《周禮注疏》，頁 170，臺北，藝文印書館，1993年。

〔註27〕劉信芳：〈包山楚簡司法術語考釋〉，《簡帛研究》第二輯，頁 29～30，北京，法律出版社，1996 年。

〔註28〕〈釋骨〉，《金文叢考》，頁 227。

〔註29〕〈釋骨〉，《金文叢考》，頁 228。

〔註30〕「四分」合文以不省筆方式書寫者，除了不增添合文符號的形式外，尚見〈坪安君鼎〉於合書形體的右側下方增添合文符號「＝」，寫作「夯＝」。

算重量的單位。

　　「十七年（𡘇）」合文見於燕系文字，「十」字於兩周金文作：「●」〈曶鼎〉、「●」〈噩君啓舟節〉，「七」字於兩周金文作：「十」〈小盂鼎〉，「年」字於兩周金文作：「❦」〈廿七年鈚〉、「❦」〈東周左𠂤壺〉、「❦」〈廿年距末〉。上半部爲「十」字，中間爲「七」字，下半部爲「年」字。「年」字下半部寫作「土」，爲燕系特有的文字形體。陶文爲「羣十月左匋君」。「十七年」爲計算年份的單位。

表 8－3

字例	殷商	西周	春秋	楚系	晉系	齊系	燕系	秦系
一夫				〈包山 3〉				
一邑				〈包山 149〉				
一賽				〈包山 149〉				
四人					〈司馬成公權〉			
三分					〈上樂床鼎〉			
四分					〈二年窵鼎〉 〈坪安君鼎〉			
一石					〈十年燈座〉			

					五石		尽 〈十二年扁壺〉	
十七年								夫 《古陶文彙編》（4.16）

（四）「之╳」習用語合文

「之人（夵）」合文見於楚系文字，「之」字於兩周金文作：「ꖸ」〈毛公鼎〉，「人」字於兩周金文作：「ꔇ」〈大盂鼎〉。包山竹簡上半部為「之」字，下半部為「人」。簡文為「葴泟君夵」。「之人」一詞以析書方式書寫者，多見於（176），如：「陞冐之人」、「陞君之人」、「邵媛之人」等，從「葴泟君夵」所見「之人」書寫的間距言，「之」字與「人」字只佔一塊方格的位置，與其他所見諸例相較確實更為緊密，理應視為合文現象。

表 8－4

字例	殷商	西周	春秋	楚系	晉系	齊系	燕系	秦系
之人				夵 〈包山176〉				

（五）時間序數詞合文

「八日（呇）」合文見於楚系文字，「八」字於兩周金文作：「ꖉ」〈函皇父簋〉，「日」字於兩周金文作：「ꗍ」〈鄂君啓舟節〉。上半部為「八」字，下半部為「日」字。從文句觀察，為「呇＝合」。出土文物中記載「八日」的資料十分多，如：甲骨文之「八日庚子」《合》（584 甲反）、「八日甲寅」《合》（896 正）、「八日」《合》（7153 正）等，與楚帛書的用法相同。

「一月（ꗒ）」合文見於楚系文字，「一」字於兩周金文作：「ꕕ」〈散氏盤〉，「月」字於兩周金文作：「ꔔ」〈散氏盤〉、「ꕟ」〈公朱左𠂤鼎〉。甲骨文所見「一月」合文，在偏旁位置的安排上十分不固定，「一」字或置於「月」字的下方，寫作「ꕙ」《合》（22476），或置於「月」字的上方，寫作「ꕠ」《合》（3849）；發展至兩周時期，則一律將「一」字置於「月」字之上。從文句觀察，

爲「肎、二月、三月」。出土文物中記載「一月」的資料十分多，如：甲骨文之「今一月雨」《合》（12495 正）、「貞：今一月帝令雨」《合》（14132 正）、「壬午，余卜：餘一月有事」《合》（21664）等，與楚帛書的用法相同。

「七月（）」合文見於楚系文字，「七」字於兩周金文作：「十」〈小盂鼎〉。上半部爲「七」字，下半部爲「月」字。簡文爲「肻至冬棠脊＝尚☐」。出土文物中記載「七月」的資料十分多，如：〈伯克壺〉云：「唯十又六年，七月既生霸乙卯」、〈辰在寅簋〉云：「唯七月既生霸，辰在寅」等，與楚簡的用法相同。

「八月（）」合文見於楚系文字，甲骨文所見「八月」合文，在偏旁位置的安排上十分不固定，「八」字或置於「月」字的上方，寫作「」《合》（1014），或置於「月」字的左側，寫作「」《合》（3346），亦可將「月」字插置於「八」字的中間，寫作「」《合》（1041）；發展至兩周時期，則一律將「八」字置於「月」字之上。簡文爲「肏」。出土文物中記載「八月」的資料十分多，如：〈旂鼎〉云：「唯八月初吉」、〈戜叔朕鼎〉云：「唯八月初吉庚申」、〈散伯車父鼎〉云：「唯王四年八月初吉」等，其用法與楚簡相同。〔註 31〕

「九月（）」合文見於楚系文字，「九」字於兩周金文作：「」〈大盂鼎〉。上半部爲「九」字，下半部爲「月」字。甲骨文「九月」合文，在偏旁位置的安排上，「九」字或置於「月」字的左側；發展至戰國時期，則將「九」字置於「月」字之上。簡文爲「胣」。出土文物中記載「九月」的資料十分多，如：〈周乎卣〉云：「唯九月既生霸乙丑」、〈㦰方鼎〉云：「唯九月既望乙丑」等，其用法與楚簡相同。〔註 32〕

「十月（）」合文見於楚系文字，「十」字於兩周金文作：「」〈曶鼎〉、「」〈鄂君啓舟節〉。甲骨文所見「十月」合文，在偏旁位置的安排上十分不固定，「十」字或置於「月」字的左側，寫作「」《合》（33918），或置於「月」字的右側，寫作「」《合》（39925）；發展至兩周時期，則一律將「十」字置

〔註 31〕「八月」合文以不省筆方式書寫者，除了不增添合文符號的形式外，尚見曾侯乙墓竹簡於合書形體的右側下方增添合文符號「＝」，寫作「肏＝」。

〔註 32〕「九月」合文以不省筆方式書寫者，除了不增添合文符號的形式外，尚見九店五十六號墓竹簡於合書形體的右側下方增添合文符號「＝」，寫作「胣＝」。

於「月」字之上。簡文爲「青」。出土文物中記載「十月」的資料十分多，如：
甲骨文之「辛巳卜，我貞：我有事，十月。」《合》（21663）、〈小臣鼎〉云：「唯
十月」等，其用法與楚簡相同。〔註33〕

表 8－5

字例	殷商	西周	春秋	楚系	晉系	齊系	燕系	秦系
八日				〈楚帛書·乙篇 3.1〉				
一月	《合》（3849） 《合》（21867正） 《合》（22476）			〈楚帛書·乙篇 3.24〉				
七月	《英》（2241）			〈新蔡·甲三 107〉				
八月	《合》（1014） 《合》（1041） 《合》（3346）			〈九店 56.96〉 〈曾侯乙 1 正〉				

〔註33〕 「十月」合文以不省筆方式書寫者，除了不增添合文符號的形式外，尚見包山竹
簡於合書形體的右側下方增添合文符號「＝」，寫作「青＝」。

九月	（圖）《合》（10976正）			（圖）〈新蔡・乙四106〉 （圖）〈九店56.96〉					
十月	（圖）《合》（33918） （圖）《合》（39925）			（圖）〈九店56.94〉 （圖）〈包山16反〉					

（六）祭品名稱合文

「戠牛（圖，圖，圖）」合文見於楚系文字，「戠」字於兩周文字作：「圖」〈矧尊〉、「圖」〈豆閉簋〉、「圖」〈免簋〉、「圖」〈包山18〉，「牛」字於兩周文字作：「圖」〈鄂君啓舟節〉。上半部爲「戠」字，下半部爲「牛」字。包山竹簡的簡文依序爲「於新父鄴公子豪戠牛酉飤」、「罷禱於邵王戠牛」，秦家嘴十三號墓竹簡爲「至新父眾畏戠牛酉飤」。《說文解字》「戠」字云：「闕。從戈從音。」〔註34〕其義缺載。據李孝定考證，「戠」字於甲骨卜辭多言「戠牛」、「戠眔」，似均言毛色〔註35〕；又商承祚云：「《說文》：『埴，黏土也。』〈禹貢〉：『厥土赤埴墳』，《釋文》：『埴鄭伯戠』，是埴、戠同聲假借，《釋名・釋地》：『土黃而細密曰埴』，是『戠』乃黃色也。則卜辭之戠牛（《前》1.21.40），與此之『戠眔』皆指色黃言，與物羊同爲毛色意同也。」〔註36〕依據二位學者之論，「戠牛」之「戠」應當指其毛色，「戠牛」即具有某種毛色的牛隻。〔註37〕

「備玉（圖）」合文見於楚系文字，「備」字於兩周文字作：「圖」〈㦰簋〉、「圖」〈元年師旋簋〉、「圖」〈中山王豐鼎〉、「圖」〈郭店・老子乙本1〉，「玉」

〔註34〕《說文解字注》，頁368。

〔註35〕李孝定：《甲骨文字集釋》第十二，頁3787，臺北，中央研究院歷史語言研究所，1991年。

〔註36〕于省吾編：《甲骨文字詁林》第三冊，頁2349，北京，中華書局，1996年。

〔註37〕「戠牛」合文以不省筆方式書寫者，除了不增添合文符號的形式外，尚見天星觀竹簡〈卜筮〉於合書形體的右側下方增添合文符號「＝」，寫作「圖＝」。

字於兩周金文作:「王」〈番生簋〉。上半部爲「備」字,下半部爲「玉」字。
簡文爲「八月邎孯於巫」。「備玉」一詞應爲祭品名稱。「備」字上古音屬「並」
紐「職」部,「佩」字上古音屬「並」紐「之」部,雙聲,之職對轉。「備玉」
可通假爲「佩玉」,與《禮記・玉藻》云:「凡帶必有佩玉」〔註38〕的「佩玉」
相近,惟前者作爲祭品之用。

表8-6

字例	殷商	西周	春秋	楚系	晉系	齊系	燕系	秦系
戠牛				〈包山202〉 〈包山205〉 〈秦家嘴13.4〉 〈天星觀・卜筮〉				
備玉				〈天星觀・卜筮〉				

(七)動物名稱合文

「鹿馬(鵦)」合文見於楚系文字,「鹿」字於兩周文字作:「毚,鼞」〈命
簋〉、「犇,茮」〈貉子卣〉、「兆」〈包山179〉,「馬」字於兩周金文作:「羍」
〈作冊大方鼎〉、「ᇤ」〈噩君啓車節〉。左側爲「馬」字,右側爲「鹿」字。簡
文爲「驄麈」。「鹿馬」一詞應爲某種馬匹的名稱。由於天星觀竹簡尚未全部發
表,僅能由部分文句窺探一二,無法確切指出究竟爲何種馬匹。何琳儀將之釋

〔註38〕 (漢)鄭玄注、(唐)孔穎達等正義:《禮記正義》,頁 564,臺北,藝文印書館,
1993 年。

爲「驢馬」，並引《廣雅》之言〔註39〕，或可備爲一說。〔註40〕

表 8－7

字例	殷商	西周	春秋	楚系	晉系	齊系	燕系	秦系
鹿馬				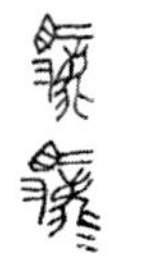 〈天星觀 ·遣策〉				

（八）品物名稱合文

「外車（�印）」合文見於楚系文字，「外」字於兩周金文作：「𠨖」〈靜簋〉、「𠨖」〈子禾子釜〉，「車」字於兩周金文作：「車」〈師同鼎〉。上半部爲「外」字，下半部爲「車」字。簡文爲「一乘�印」。曾侯乙墓竹簡尚見從𨸏外聲的「阩車」，爲兵車的一種，天星觀竹簡所載的「外車」，可能與之相近，亦爲兵車之一。由於天星觀竹簡尚未全部發表，僅能由部分文句窺探一二，無法確切明瞭是否與曾侯乙墓竹簡的「阩車」相同。〔註41〕

「小具（𨗈）」合文見於晉系文字，「小」字於兩周金文作：「小」〈散氏盤〉，「具」字於兩周金文作：「𨿠」〈曶鼎〉、「𨿠」〈函皇父簋〉、「𨿠」〈秦公鐘〉。上半部爲「小」字，下半部爲「具」字，「具」字的形體與〈秦公鐘〉相同。銘文爲「𢼸公上𡊅䲙貨」。「小具」一詞應爲品物名稱，從鼎上的銘文所載，蓋指此「鼎」而言。

〔註39〕 何琳儀：《戰國古文字典——戰國文字聲系》，頁 1484，北京，中華書局，1998 年。

〔註40〕 「鹿馬」合文以不省筆方式書寫者，除了不增添合文符號的形式外，尚見天星觀竹簡〈遣策〉於合書形體的右側下方增添合文符號「＝」，寫作「驢＝」。

〔註41〕 「外車」合文以不省筆方式書寫者，除了不增添合文符號的形式外，尚見天星觀竹簡〈遣策〉於合書形體的右側下方增添合文符號「＝」，寫作「�印＝」。

表8-8

字例	殷商	西周	春秋	楚系	晉系	齊系	燕系	秦系
外車				𤰇 𤰇= 〈天星觀・遣策〉				
小具					𧴪 〈𢼸公上𡎸鼎〉			

（九）地望合文

「弋易（𧱊）」合文見於楚系文字，「弋」字於兩周金文作：「十」〈五年召伯虎簋〉，「易」字於兩周金文作：「易」〈正易鼎〉。「弋易」一詞於《古璽彙編》中未釋，吳振武將之釋為「弋易」合文。〔註42〕左側為「弋」字，右側為「易」字。印文為「弋邦栗」。「弋易」應指地望。「易」、「陽」二字上古音同屬「余」紐「陽」部，雙聲疊韻。「弋易」可通假為「弋陽」。「弋陽」一詞又見於傳世文獻，如：《漢書・地理志》云：「（汝南郡）弋陽」〔註43〕，《史記・楚世家》云：「（文王）二十二年，伐黃。」〈正義〉云：「《括地志》云：『黃國故城，漢弋陽縣也。秦時黃都，嬴姓，在光州定城縣四十里也。』」〔註44〕「弋易」於戰國時期屬楚國所有。

「左邑（𨞦）」合文見於晉系文字，「左」字於兩周金文作：「斤」〈虢季子白盤〉，「邑」字於兩周金文作：「邑」〈散氏盤〉、「邑」〈鱳鎛〉。左側為「左」字，右側為「邑」字。印文為「邘紓=嗇夫」。「左邑」應指地望。〔註45〕「左邑」一詞又見於傳世文獻，如：《漢書・武帝本紀》云：「至左邑桐鄉」。顏師古〈注〉云：「左邑，河東之縣也。」王先謙〈補注〉云：「左邑，今絳州聞喜縣

〔註42〕吳振武：《古璽文編校訂》，頁655，長春，吉林大學博士論文，1984年。

〔註43〕《漢書補注》，頁709。

〔註44〕《史記會注考證》，頁633。

〔註45〕葉其峰：〈戰國官璽的國別及有關問題〉，《故宮博物院院刊》1981年第3期，頁89。

治。」〔註46〕「左邑」在今日山西省聞喜縣。〔註47〕

「行易（⟨行易合文⟩）」合文見於晉系文字，「行」字於兩周金文作：「⟨行字⟩」〈虢季子白盤〉。中間爲「易」字，插置於「行」字的中央，二者緊密結合，壓縮於一個方塊中。銘文爲「王茲事南徹令瞿卯、左庫帀＝鼍＝部」。「行易」應爲地望。「易」字上古音屬「余」紐「陽」部，「唐」字上古音屬「定」紐「陽」部，二者發聲部位相同，余定旁紐，疊韻。「行易」可通假爲「行唐」。〔註48〕「行唐」一詞又見於傳世文獻，如：《史記・趙世家》云：「八年，城南行唐。」〈集解〉云：「徐廣曰：『在常山，屬冀州，爲南行唐築城。』」〈正義〉云：「《括地志》云：『行唐縣，今直隸正定府行唐縣北。』」〔註49〕「行唐」在今日河北省行唐縣北方。〔註50〕

表 8－9

字例	殷商	西周	春秋	楚系	晉系	齊系	燕系	秦系
弋易				⟨弋易字⟩ 《古璽彙編》 （0276）				
左邑					⟨左邑字⟩ 《古璽彙編》 （0109） ⟨左邑字⟩ 《古璽彙編》 （0046）			

〔註46〕《漢書補注》，頁 94。

〔註47〕「左邑」合文以不省筆方式書寫者，除了不增添合文符號的形式外，尚見《古璽彙編》（0046）於合書形體的右側下方增添合文符號「＝」，寫作「邸＝」。

〔註48〕裘錫圭：〈戰國貨幣考（十二篇）〉，《古文字論集》，頁 433～434，北京，中華書局，1992 年。

〔註49〕《史記會注考證》，頁 686。

〔註50〕「行易」合文以不省筆方式書寫者，除了不增添合文符號的形式外，尚見〈王立事鈹〉於合書形體的右側下方增添合文符號「＝」，寫作「⟨行易⟩＝」。

行易				衛〈王立事劍〉衛〈王立事鈹〉			

二、增添合文符號「＝」者

（一）稱謂詞合文

「君子（🔲）」合文見於楚系文字，「君」字於兩周金文作：「🔲」〈史頌鼎〉、「🔲」〈哀成叔鼎〉，「子」字於兩周金文作：「🔲」〈史牆盤〉。上半部爲「君」字，下半部爲「子」字，並於該字右下方增添合文符號「＝」。簡文爲「樛木，福斯在羣＝」。「君子」一詞指有才德的人。〔註51〕

「上人（🔲）」合文見於楚系文字，「上」字於兩周金文作：「🔲」〈中山王𦒳方壺〉，「人」字於兩周金文作：「🔲」〈大盂鼎〉。上半部爲「上」字，下半部爲「人」字，並於該字右下方增添合文符號「＝」。簡文爲「夫＝相復以忠，則民懂承學」。「上人」一詞，用法與《禮記・緇衣》：「上人疑則百姓惑，下難知則君長勞。」〔註52〕所見的「上人」相近，指居上位之人。

「小人（🔲，🔲）」合文見於楚系文字，「小」字於兩周金文作：「🔲」〈靜簋〉、「🔲」〈散氏盤〉，「少」字於兩金文作：「🔲」〈蔡侯紐鐘〉、「🔲」〈兆域圖銅版〉。包山竹簡（121）與（140）上半部的字形不同，下半部皆爲「人」字。將金文與楚系文字相較，（121）上半部爲「少」字，（140）爲「小」字。又「小」字上古音屬「心」紐「宵」部，「少」字上古音屬「書」紐「宵」部，疊韻。簡文依序爲「尖＝不信糠馬，尖＝信卡下蔡𨸞里人雇女返」、「尖＝各政於尖＝之地」。包山竹簡「小人」一詞，爲文書簡中被審訊者的自稱。〔註53〕

「見日（🔲）」合文見於楚系文字，「見」字於兩周金文作：「🔲」〈沈子

〔註51〕「君子」合文以不省筆方式書寫者，除了增添合文符號「＝」的形式外，尚見上博簡〈緇衣〉於合書形體的右側下方增添合文符號「─」，寫作「羣─」。

〔註52〕《禮記正義》，頁930。

〔註53〕「小人」合文以不省筆方式書寫者，除了增添合文符號「＝」的形式外，尚見郭店竹簡〈尊德義〉於合書形體的右側下方增添合文符號「─」，寫作「尖─」。

它簋蓋〉、「」〈盞鐘〉、「」〈噩君啓舟節〉,「日」字於兩周金文作:「」〈噩君啓舟節〉。上半部爲「見」字,下半部爲「日」字,並於該字右下方增添合文符號「＝」。簡文爲「敢告於邑＝」。「見日」一詞以析書方式書寫者,如:「僕五師宵倌之司敗若,敢告見日」(15)。賈繼東指出先秦時期的社會,普遍存在拜日的情結,崇拜太陽的心態,尤以楚人爲甚,楚人把太陽視作天的主宰,並以太陽比喻爲人世間的君王,推測「見日」一詞,應借指爲當時的楚王。〔註54〕裘錫圭據郭店竹簡〈老子〉「見」字的形體,以爲應作「視」字解釋。〔註55〕作「視」字言,「視日」當有「視同或比擬爲太陽」的意思,亦可備一說。從簡文的內容觀察,「見日」應是被審訊者對於審訊官的尊稱,而審訊的最高單位應即爲楚王,「見日」係對於楚王的尊稱。

「叚子()」合文見於楚系文字,「叚」字於兩周金文作:「」〈叚父辛爵〉。上半部爲「叚」字,下半部爲「子」字,並於該字右下方增添合文符號「＝」。銘文爲「叚＝之官環」。「叚」、「賢」二字上古音同屬「匣」紐「眞」部,雙聲疊韻。「叚子」一詞即爲「賢子」,應作爲人名使用。

「夫人()」合文見於楚系文字,「夫」字於兩周金文作:「」〈曾姬無卹壺〉。左側爲「人」字,右側爲「夫」字,並於該字右下方增添合文符號「＝」。簡文爲「文伕＝」。「夫人」一詞,用法與《詩經・鄘風・君子偕老》:「刺衛夫人也。」〔註56〕所見的「夫人」相同,皆爲尊稱他人的妻子。

「司工()」合文見於晉系文字〔註57〕,「司」字於兩周金文作:「」〈毛公鼎〉、「」〈奸盜壺〉,「工」字於兩周金文作:「工」〈虢季子白盤〉。上半部爲「司」字,下半部爲「工」字,並於該字右下方增添合文符號「＝」。印文爲「魏芒左垕＝」。「司工」一詞,何琳儀以爲當讀作「司空」。〔註58〕「工」

〔註54〕賈繼東:〈包山楚墓簡文「見日」淺釋〉,《江漢考古》1995年第4期,頁54～55。

〔註55〕裘錫圭:〈以郭店〈老子〉簡爲例談談古文字的考釋〉,《郭店〈老子〉——東西方學者的對話》,頁29,北京,學苑出版社,2002年。

〔註56〕(漢)毛亨傳、(漢)鄭玄箋、(唐)孔穎達等正義:《毛詩正義》,頁110,臺北,藝文印書館,1993年。

〔註57〕吳振武:〈古璽合文考(十八篇)〉,《古文字研究》第十七輯,頁280,北京,中華書局,1989年。

〔註58〕《戰國古文字典——戰國文字聲系》,頁1478。

字上古音屬「見」紐「東」部,「空」字上古音屬「溪」紐「東」部,二者發聲
部位相同,見溪旁紐,疊韻。《古璽彙編》(0089)「司空」一詞,爲職官名,其
用法與《尚書‧梓材》云:「司徒、司馬、司空、亞旅」〔註59〕,所見的「司空」
相同,均屬職官名稱。

「司寇(🔲,🔲)」合文見於晉系文字,「寇」字於兩周金文作:「🔲」
〈曶鼎〉、「🔲」〈嗣寇良父壺〉、「🔲」〈虞嗣寇壺〉、「🔲」〈廿七年大梁司寇
鼎〉。「司寇」合文大部分採取上下式結構,上半部爲「司」字,下半部爲「寇」
字,並於該字右下方增添合文符號「=」;《古璽彙編》(0077)採取左右式結
構,左側爲「寇」字,右側爲「司」字,並將合文符號增添於「司」字右下
方。印文依序爲「會陰🔲=」、「襄陰🔲=」。《古璽彙編》(0067)等「司寇」
一詞,爲職官名。

「少府(🔲)」合文見於晉系文字〔註60〕,「府」字於兩周金文作:「🔲」
〈鄂君啓舟節〉、「🔲」〈兆域圖銅版〉。〈鄂君啓舟節〉從貝府聲,〈長陵盉〉從
宀負聲。「府」字上古音屬「幫」紐「侯」部,「負」字上古音屬「並」紐「之」
部,二者發聲部位相同,幫並旁紐,作爲聲符使用時可替代。「🔲」上半部爲
「少」字,下半部爲「府」字,並於該字右下方增添合文符號「=」。銘文爲「🔲
=」。「少府」一詞又見於傳世文獻,惟「府」字寫作「府」,如:《史記‧秦始
皇本紀》云:「少府章邯」,〈集解〉云:「《漢書‧百官表》曰:『少府,秦官。』
應劭曰:『掌山澤陂地之稅,名曰禁錢,以給私養,自別爲藏,少者小也,故稱
少府。』」〔註61〕〈長陵盉〉屬三晉系統的韓器,文獻所謂「秦官」之說,應可
擴大爲戰國時期晉系的韓國職官名。

「余子(🔲)」合文見於晉系文字〔註62〕,「余」字於兩周金文作:「🔲」
〈哀成叔鼎〉。左側爲「余」字,右側爲「子」字,並於該字右下方增添合文符
號「=」。印文爲「邨舒=嗇夫」。「余子」一詞又見於傳世文獻,如:《左傳‧

〔註59〕 (漢)孔安國傳、(唐)孔穎達等正義:《尚書正義》,頁 211,臺北,藝文印書館,
1993 年。

〔註60〕 馬承源:〈商鞅方升和戰國量制〉,《文物》1972 年第 6 期,頁 19。

〔註61〕 《史記會注考證》,頁 123。

〔註62〕 〈戰國官璽的國別及有關問題〉,《故宮博物院院刊》1981 年第 3 期,頁 89。

昭公四年》云：「余子長矣，能奉雉而從我矣。」〔註63〕「余子」即白話文之「我的兒子」，與《古璽彙編》「余子」的用法不同。「余」、「餘」二字上古音同屬「余」紐「魚」部，雙聲疊韻。「餘子」一詞又見於傳世文獻，如：《呂氏春秋・報更》云：「張儀，魏氏餘子也。」高誘〈注〉云：「大夫庶子爲餘，受氏爲長。」〔註64〕「余子」一詞即爲「餘子」，係指大夫的庶子。

「庶子（ ）」合文見於晉系文字，「石」字於兩周金文作：「 」〈奵盉壺〉。上半部爲「石」字，下半部爲「子」字，並於該字右下方增添合文符號「＝」。「石子」一詞未見於傳世文獻，李學勤以爲應釋爲「庶子」。〔註65〕銘文爲「厇＝」。「石」字上古音屬「禪」紐「鐸」部，「庶」字上古音屬「書」紐「鐸」部，二者發聲部位相同，禪書旁紐，旁紐疊韻。「庶子」一詞又見於傳世文獻，如：《史記・周本紀》云：「西周武公之共太子死，有五庶子，毋適立。」〔註66〕「庶子」一詞指妾生的兒子。

「小子（ ， ）」合文分見於楚、秦二系文字，楚系上半部爲「少」字，秦系上半部爲「小」字，下半部皆爲「子」字，並於該字右下方增添合文符號「＝」。「小」、「少」二字爲疊韻關係。簡文爲「☒口半＝夜☒」，玉版銘文爲「有秦曾孫半＝駰」。「小子」一詞，又見於傳世文獻，如：《周禮・夏官・小子》云：「小子，掌祭祀，羞羊肆、羊殽、肉豆。」〔註67〕此作爲職官名，與〈秦惠文王禱詞華山玉版〉的「小子」不同。又見於出土文物，如：〈毛公鼎〉云：「嗣余小子弗及」，作爲個人的自稱，正與秦系材料所見「駰」之自稱相同。

〔註63〕《春秋左傳注》，頁 1257。

〔註64〕（周）呂不韋撰、（漢）高誘注：《呂氏春秋》，頁 382，臺北，藝文印書館，1974年。

〔註65〕西北市文物保護考古所：〈西安北郊尤家莊二十號戰國墓發掘簡報〉，《文物》2004年第 1 期，頁 16。

〔註66〕《史記會注考證》，頁 78。

〔註67〕《周禮注疏》，頁 457。

表 8－10

字例	殷商	西周	春秋	楚系	晉系	齊系	燕系	秦系
君子				〈上博・孔子詩論 12〉 〈上博・緇衣 3〉				
上人				〈上博・中弓 22〉				
小人				〈包山 121〉 〈包山 140〉 〈郭店・尊德義 25〉 〈郭店・尊德義 32〉				
見日				〈包山 132〉				
盄子				〈盄子環權〉				
夫人				〈新蔡・甲三 213〉				
司工					《古璽彙編》（0089）			

司寇					《古璽彙編》（0067）《古璽彙編》（0077）			
少府					〈長陵盉〉			
余子					《古璽彙編》（0109）			
庶子					〈龍陽燈〉			
小子		〈毛公鼎〉		〈新蔡·零39〉				〈秦惠文王禱詞華山玉版〉

（二）數量詞合文

「一車（）」合文見於楚系文字，「一」字於兩周金文作：「」〈散氏盤〉，「車」字於兩周金文作：「」〈師同鼎〉。上半部爲「一」字，下半部爲「車」字，並於該字右下方增添合文符號「＝」。銘文爲「如馬、如牛、如犆，屯十以當車＝；如檐徒，屯廿檐以當車＝」。「一車」係指計算承載貨物的單位。

「一舿（）」合文見於楚系文字〔註 68〕，「舿」字於兩周金文作：「」〈鄂君啓舟節〉。上半部爲「一」字，下半部爲「舿」字，並於該字右下方增添合文符號「＝」。銘文爲「屯三舟爲舿＝」。「一舿」係指計算承載貨物的單位。

「六分（）」合文見於晉系文字，「六」字於兩周金文作：「」〈曶鼎〉，「分」字於兩周金文作：「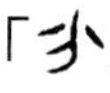」〈鼄公牼鐘〉。上半部爲「六」字，下半部爲「分」字，並於該字右方增添合文符號「＝」。銘文爲「穷＝」。「六分」爲計算重量或容量的單位。

〔註 68〕于省吾：〈「鄂君啓節」考釋〉，《考古》1963 年第 8 期，頁 443。

表 8－11

字例	殷商	西周	春秋	楚系	晉系	齊系	燕系	秦系
一車				〈鄂君啓車節〉				
一舿				〈鄂君啓舟節〉				
六分					〈滎陽上官皿〉			

（三）「之╳」習用語合文

「之月（ ）」合文見於楚系文字，「之」字於兩周金文作：「 」〈毛公鼎〉，「月」字於兩周金文作：「 」〈散氏盤〉、「 」〈公朱左𠂤鼎〉。上半部為「之」字，下半部為「月」字，並於該字右下方增添合文符號「＝」。簡文為「冬𡧈膏＝」。楚簡中「╳╳之月」的習用語，有時以合文形式書寫，有時則為析書，如：包山竹簡的「夏屎之月」（126），並無一定的常例。

「之日（ ）」合文見於楚系文字，「日」字於兩周金文作：「 」〈鄂君啓舟節〉。上半部為「之」字，下半部為「日」字，並於該字右下方增添合文符號「＝」。簡文為「旨＝」。楚簡「之日」一詞，係為「╳╳之日」的習用語，其用法與《周易・繫辭上》云：「當期之日」〔註69〕，所見的「之日」近同，即「是日」。楚簡所見「╳╳之日」的習用語，有時以合文形式書寫，有時則為析書，如：包山竹簡的「乙亥之日」（19），並無一定的常例。

「之夕（ ）」合文見於楚系文字，「夕」字於兩周金文作：「 」〈大盂鼎〉。上半部為「之」字，下半部為「夕」字，並於該字右下方增添合文符號「＝」。簡文為「戊申夗＝」。「之夕」一詞，為「╳╳之夕」的習用語，應指該日的黃昏。

「之首（ ， ）」合文見於楚系文字，包山竹簡（269）與（牘1）下半

〔註69〕 （魏）王弼注、（晉）韓康伯注、（唐）孔穎達等正義：《周易正義》，頁153，臺北，藝文印書館，1993年。

部的字形不同，上半部皆為「之」字。「首」字於兩周金文作：「□」〈頌鼎〉、「□」〈虢季子白盤〉，「頁」字於兩周金文作：「□」〈卯簋蓋〉。將金文與楚系文字相較，（269）下半部為「首」字，（牘1）為「頁」字。當「之」、「首」二字以合書方式書寫時，並於該字右下方增添合文符號「＝」。簡文依序為「絑□一百□□＝□□□＝」、「絑□百□□＝□□□＝」，二者十分近同，（牘1）「□」字下半部從「頁」，滕壬生與張守中皆將（牘1）釋為「之頁」合文。〔註70〕從「首」與從「頁」之字於兩周金文作：

顯：□〈康鼎〉；□，□〈大克鼎〉

頡：□〈公臣簋〉；□〈大克鼎〉

又《說文解字》「頁」字云：「頭也，從百從儿。」「首」字云：「古文百也。」〔註71〕二者的本義皆為「頭」，「首」字的形體為頭上長有頭髮之形，大體上與「頁」字相似，二者作為偏旁時，因義同而替代。透過簡文、古文字等資料觀察，字形寫作「之頁」者本應作「之首」，故採取《包山楚墓》之說，將之視為「首」字。〔註72〕

表 8－12

字例	殷商	西周	春秋	楚系	晉系	齊系	燕系	秦系
之月				□〈包山2〉				
之日				□〈包山5〉				
之夕				□〈新蔡・甲三126〉				

〔註70〕 滕壬生：《楚系簡帛文字編》，頁1112，武漢，湖北教育出版社，1995年；《包山楚簡文字編》，頁234。

〔註71〕 《說文解字注》，頁420，頁427。

〔註72〕 劉彬徽、彭浩、胡雅麗、劉祖信：〈包山二號楚墓簡牘釋文與考釋〉，《包山楚墓》，頁371，北京，文物出版社，1991年。

之首				〈包山269〉 〈包山・牘1〉				

（四）時間序數詞合文

「一日（）」合文見於楚系文字，「一」字於兩周金文作：「」〈散氏盤〉，「日」字於兩周金文作：「」〈噩君啓舟節〉。上半部爲「一」字，下半部爲「日」字，並於該字右下方增添合文符號「＝」。簡文爲「百＝以善立，所學皆終；百＝以不善，所學皆惡」。傳世文獻中記載「一日」的資料十分多，如：《詩經・王風・采葛》云：「一日不見，如三月兮」〔註73〕，與〈中弓〉的用法相同。

「七日（）」合文見於楚系文字，「七」字於兩周金文作：「」〈小盂鼎〉。上半部爲「七」字，下半部爲「日」字，並於該字右下方增添合文符號「＝」。從文句觀察，爲「旨＝谷」。出土文物中記載「七日」的資料十分多，如：甲骨文之「七日」《合》（13377）、「七日壬申雷」《合》（13417）等，與楚帛書的用法相同。

「亯月（）」合文見於楚系文字，「亯」字於兩周金文作：「」〈大盂鼎〉、「」〈夌季良父壺〉、「」〈龢鐘〉、「」〈楚王酓章鎛〉。上半部爲「亯」字，下半部爲「月」字，並於該字右下方增添合文符號「＝」。簡文爲「亯＝乙卯亯＝」。「亯月」一詞尚未見於傳世文獻，戰國時期楚國採用序數以及特殊的名詞紀月，除了出土的〈鄴客問量〉以及九店、包山等竹簡外，睡虎地竹簡〈日書甲種〉亦見相關的記錄，如：

表 8-13

楚簡	冬柰		屈柰	遠柰	刑尿	夏柰	亯月	夏柰		八月	九月	十月	夷月	獻馬
秦簡	冬夕	中夕	屈夕	援夕	刑夷	夏尿	紡月	夏夕	七月	八月	九月	十月	爨月	獻馬

〔註73〕《毛詩正義》，頁153。

據對照表所示，「言月」即「紡月」，代表楚之六月。

　　「戾月（）」合文見於楚系文字，「戾」字於兩周文字作：「」〈包山71〉。上半部爲「戾」字，下半部爲「月」字，並於該字右下方增添合文符號「＝」。簡文爲「皆以甘匝之戾＝死於尖＝之敵」。「戾月」一詞尙未見於傳世文獻，這種特殊的紀月名詞，係戰國時期楚國所特有，據上列的對照表所示，「戾月」即「爨月」，代表楚之十一月。

表8－14

字例	殷商	西周	春秋	楚系	晉系	齊系	燕系	秦系
一日				〈上博・中弓24〉				
七日				〈楚帛書・乙篇3.1〉				
言月				〈包山120〉				
戾月				〈包山125〉				

（五）祭品名稱合文

　　「白犬（）」合文見於楚系文字，「白」字於兩周金文作：「」〈大盂鼎〉，「犬」字於兩周金文作：「」〈員方鼎〉。上半部爲「白」字，下半部爲「犬」字，並於該字右下方增添合文符號「＝」。簡文爲「賽於行一犬＝」。「白犬」一詞亦見以析書方式書寫者，如：「舉禱宮榮一白犬」（210）、「閔於大門一白犬」（233），「白犬」進獻的對象應爲「行（宮行）」與「門」。以「白犬」作爲祭祀牲品之用，非始見於戰國時期的楚地，於甲骨文中已見數例，如：「辛巳貞：其𤝞生于妣庚、妣丙，牡、羚、白犬。」《合》（34082）、「戊寅卜：燎白犬、卯牛于妣庚。」《英》（1891）等。《禮記・檀弓上》云：「殷人尙白，大

事斂用日中，戎事乘翰，牲用白。」〔註74〕祭祀的牲品，除了「白犬」外，據甲骨文的記載，尚見白人、白羌、白馬、白牛、白羊、白豕、白麑、白豚等。禮俗制度的流傳，可以較爲廣泛與久遠，從戰國時期楚人以「白犬」作爲牲品的現象言，這項習俗可能早在殷商時代即已流傳，並且一直沿襲至後世。

表 8－15

字例	殷商	西周	春秋	楚系	晉系	齊系	燕系	秦系
白犬				〈包山 208〉				

（六）動物名稱合文

「宮犬（𤝑）」合文見於楚系文字，「宮」字於兩周文字作：「令」〈包山 62〉，「犬」字於兩周金文作：「犬」〈員方鼎〉。左側爲「宮」字，右側爲「犬」字，並於該字右下方增添合文符號「＝」。簡文爲「郘客室困業之獸＝敘瘳」。《楚辭·九章·懷沙》云：「邑犬之群吠兮，吠所怪也。」〈注〉云：「言邑里之犬，群而吠者，怪非常之人而噪之也。」〔註75〕又楚系文字時見於字形上增添「宀」，如：「中」字作「令」、「躬」字作「宮」、「集」字作「雧」等，無論「宀」增添與否，皆無礙於原本所承載的音義，「宮」字從宀從邑，應與之相同，「宮犬」應指邑里之犬。

表 8－16

字例	殷商	西周	春秋	楚系	晉系	齊系	燕系	秦系
宮犬				〈包山 145〉				

〔註74〕《禮記正義》，頁 114。

〔註75〕（宋）洪興祖補注：《楚辭補注》，頁 143，臺北，長安出版社，1991 年。

（七）品物名稱合文

「乘車（）」合文見於楚系文字，「乘」字於兩周金文作：「」〈公貿鼎〉、「」〈虢季子白盤〉、「」〈公臣簋〉、「」〈師同鼎〉、「」〈鄂君啓車節〉，「車」字於兩周金文作：「」〈師同鼎〉。西周金文「乘」字本象一人張腿站立於木上，發展至戰國時期的楚金文，人張腿站立於木上的形體，已不復見，上半部像人張腿站立之形，因中間豎畫的省減，再加上誤將足形與省減後的形體連接，寫作「」，又以「几」取代「木」，原本的字形，自此發生訛誤，形成楚系文字特有的形體。「轝」字上半部爲「乘」字，下半部爲「車」字。簡文爲「左令弨所馭轝＝」。「乘車」一詞又見於傳世文獻，如：《周禮・天官・夏采》云：「夏采掌大喪，以冕服復于大祖，以乘車建綏復于四郊。」〔註76〕又如：《左傳・襄公二十四年》云：「使御廣車而行，皆已乘乘車。」楊伯峻〈注〉云：「乘車，其平日所乘之戰車，非單車挑戰之廣車。」〔註77〕「乘車」應爲兵車的一種。

「敏車（，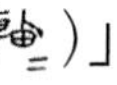）」合文見於楚系文字，「敏」於兩周文字作：「」〈曾侯乙 70〉。曾侯乙墓竹簡採取上下式結構，上半部爲「敏」字，下半部爲「車」字，天星觀竹簡採取左右式結構，左側爲「車」字，右側爲「甸」字，並於該字右下方增添合文符號「＝」。曾侯乙墓竹簡的簡文爲「乘復尹之篭＝」，天星觀竹簡爲「赤韋之綏篭＝兩馬之樸矛」。作「敏車」或「甸車」者，皆未見於傳世文獻。《詩經・小雅・吉日》云：「田車既好」，「田車」一詞，鄭玄、毛亨皆未箋注，孔穎達雖未明言其義，卻已指出爲「田獵之車」。〔註78〕「田」字與「敏」字所從之「甸」上古音同屬「定」紐「眞」部，雙聲疊韻。作「敏車」或「甸車」者，皆可通假爲「田車」，即使用於田獵或是戰爭上的車子。

「韋車（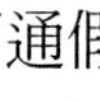）」合文見於楚系文字，「韋」字於兩周金文作：「」〈韋作父丁鼎〉、「」〈黃韋俞父盤〉。左側爲「車」字，右側爲「韋」字，並於該字右下方增添合文符號「＝」。簡文爲「一乘韡＝」。「韋車」據彭浩等人考證，

〔註76〕《周禮注疏》，頁 132。

〔註77〕《春秋左傳注》，頁 1092。

〔註78〕（漢）毛亨傳、（漢）鄭玄箋、（唐）孔穎達等正義：《毛詩正義》，頁 369，臺北，藝文印書館，1993 年。

以爲似兵車的一種。〔註79〕《國語‧齊語》云：「有革車八百乘」〔註80〕；又韋、革皆與「獸皮」有關，在意義上有相當的關係，於古文字裡，作爲形旁時可因義近而替代。包山竹簡將「韋車」一詞以合書的方式表現，正與「韋」、「革」作爲形旁使用的狀況相近，故書寫作「韓＝」者，其右側可能爲「革」，即爲「革車」。由於尚無明確的證據，故僅將「韋車」視爲兵車的一種。

「陰車（📷）」合文見於楚系文字，從邑陰聲之字於兩周文字作：「📷」〈曾侯乙 26〉。上半部爲「陰」字，下半部爲「車」字，並於該字右下方增添合文符號「＝」。簡文爲「新官人之駛＝，🔲＝」。又作「🔲＝」者，亦見於曾侯乙墓竹簡（204），簡文爲「凡幣車、輇＝、🔲＝、🔲＝八乘」，「陰車」與敏車、坒車並列，亦應爲兵車的一種。

「阤車（📷）」合文見於楚系文字，「阤」字從𠂤外聲，「外」字於兩周金文作：「📷」〈靜簋〉、「外」〈子禾子釜〉。上半部爲「阤」字，下半部爲「車」字，並於該字右下方增添合文符號「＝」。簡文爲「黃囗駛📷卿士之🔲＝」。「駛某人之某車」之詞，在曾侯乙墓竹簡中習見，如：「哀還駛令尹之一乘𨏍車」（64）、「黃𢀖駛𨛮君之一乘敏車」（65）、「所駛坪夜君之敏車」（66）、「黃豊駛王僮車」（75）等。「𨏍車」與「僮車」，據裘錫圭、李家浩考釋指出依次爲「輕車」、「衝車」，皆爲戰車的一種。〔註81〕所駛之「敏車」、「輕車」、「衝車」皆屬戰車，「阤車」亦應爲兵車的一種。

「卑車（📷）」合文見於楚系文字，「卑」字於兩周金文作：「📷」〈散氏盤〉。左側爲「車」字，右側爲「卑」字，並於該字右下方增添合文符號「＝」。簡文爲「輫＝」。據裘錫圭、李家浩考釋，「卑車」應爲「庳車」，即《史記‧循吏傳》云：「楚民俗好庳車，王以爲庳車不便馬，欲下令使高之。」所見的「庳車」。〔註82〕《說文解字》「庳」字云：「中伏舍，從广卑聲。」段玉裁〈注〉云：「謂高其兩旁而中低伏之舍也」。〔註83〕「卑車」當指較低的車。

〔註79〕 〈包山二號楚墓簡牘釋文與考釋〉，《包山楚墓》，頁 398。

〔註80〕 （周）左丘明：《國語》，頁 241，臺北，宏業書局有限公司，1980 年。

〔註81〕 李家浩、裘錫圭：〈曾侯乙墓竹簡釋文與考釋〉，《曾侯乙墓》，頁 518～519，北京，文物出版社，1989 年。

〔註82〕 〈曾侯乙墓竹簡釋文與考釋〉，《曾侯乙墓》，頁 529。

〔註83〕 《說文解字注》，頁 449。

「坒車（﹅）」合文見於楚系文字，「坒」字於兩周金文作：「﹅」〈舒盉壺〉。左側為「車」字，右側為「坒」字，並於該字右下方增添合文符號「＝」。簡文為「凡帑車、輇＝、輦＝、緐＝八乘」。「坒車」與敏車並列，應為兵車的一種。從「坒」之「狂」、「枉」等字，上古音皆屬「陽」部，「廣」字上古音屬「見」紐「陽」部，疊韻。「坒車」可通假為「廣車」。「廣車」一詞又見於傳世文獻，如：《左傳・襄公二十四年》云：「使御廣車而行，皆已乘乘車。」楊伯峻〈注〉云：「廣車，攻敵之車。……《周禮・春官・車僕》有廣車，即此廣車。」〔註84〕又如：《周禮・春官・車僕》云：「車僕，掌戎路之萃、廣車之萃、闕車之萃、苹車之萃、輕車之萃。」鄭玄〈注〉云：「此五者皆兵車，……廣車，橫陳之車也。」〔註85〕「坒車」即為「廣車」，為兵車的一種。

「六馬（﹅）」合文見於楚系文字，「六」字於兩周金文作：「介」〈智鼎〉，「馬」字於兩周金文作：「﹅」〈鄂君啟車節〉。左側為「馬」字，右側為「六」字，並於該字右下方增添合文符號「＝」。簡文為「新官人之駃＝」。又作「╳╳人之駃＝」者，亦見於（176），簡文為「囗人之駃＝」，在此之前記載左騑、左驂、左服、右服、右驂、右騑，此一現象亦見於（172）、（173）等。《詩經・鄘風・干旄》云：「素絲紕之，良馬四之。……素絲組之，良馬五之。……素絲祝之，良馬六之。」〔註86〕又據莊淑慧考證，自周代至秦漢間，非屬王侯身分者，無法擁有六駕馬車的權利，而六駕馬車的形制，自左至右依次為：左騑、左驂、左服、右服、右驂、右騑。〔註87〕又湖北省棗陽市九連墩楚墓的一號車馬坑，出土一部車駕馬六匹〔註88〕，正與文獻相符，由此可知，「駃」者為六馬之稱，「駃」字係楚人對於六匹馬所拉的馬車的一種書寫、稱謂方式。

「匹馬（﹅）」合文見於楚系文字，「匹」字於兩周金文作：「﹅」〈兮甲盤〉。左側為「匹」字，右側為「馬」字，並於該字右下方增添合文符號「＝」。

〔註84〕《春秋左傳注》，頁 1092。

〔註85〕《周禮注疏》，頁 419。

〔註86〕《毛詩正義》，頁 123～124。

〔註87〕莊淑慧：《曾侯乙墓出土竹簡考》，頁 258～265，臺北，國立臺灣師範大學國文研究所碩士論文，1995 年。

〔註88〕國家文物局：〈湖北棗陽九連墩楚墓〉，《2002 中國重要考古發現》，頁 53，北京，文物出版社，2003 年。

簡文為「騧＝素甲」。「匹馬」應為馬匹的專名。「匹馬」一詞又見於傳世文獻，如：《儀禮・覲禮》云：「奉束帛匹馬」〔註89〕，其用法應與楚簡相近。

「乘馬（𩥅）」合文見於楚系文字，楚系「乘」字自成系統，為判別楚文字的依據之一。「𩥅」字上半部為「乘」字，下半部為「馬」字。簡文為「𩥅＝之彤甲」。「乘馬」一詞又見於傳世文獻，如：《國語・楚語》云：「椒舉降三拜，納其乘馬，聲子受之。」〔註90〕又如：《儀禮・覲禮》云：「儐之束帛乘馬」〔註91〕；又如：《周禮・夏官・校人》云：「乘馬，一師四圉。」〈注〉云：「鄭司農云：『四疋為乘，養馬為圉。』故《春秋傳》曰：『馬有圉，牛有牧。』玄謂二耦為乘。」〔註92〕「駟」字為「一乘」，「乘馬」應指四馬之稱。

「石奉（𥩈）」合文見於楚系文字，「石」字於兩周金文作：「厂」〈舒盉壺〉，「奉」字於兩周金文作：「𢆶」〈散氏盤〉。劉雨將該字隸定為「𥩈」，釋為「有美」〔註93〕；廣州中山大學古文字研究室隸定為「𥩈」〔註94〕；滕壬生隸定為「石奉」。〔註95〕將金文與楚簡文字相較，應以滕壬生所言為是。上半部為「石」字，下半部為「奉」字，並於該字右下方增添合文符號「＝」。信陽竹簡「石」字的上半部多出一道橫畫，屬飾筆性質。簡文為「四𥩈＝之臺」。「石奉」一詞應為某種品物名稱。

「萬昱（𦦩）」合文見於楚系文字，「萬」字於兩周文字作：「𧄕」〈令狐君嗣子壺〉、「𧄕」〈郭店・老子甲本21〉，「立」字於兩周文字作：「立」〈番生簋蓋〉、「立」〈包山204〉。「萬昱」二字為彭浩、張光裕等學者所隸定〔註96〕，

〔註89〕（漢）鄭玄注、（唐）賈公彥疏：《儀禮注疏》，頁325，臺北，藝文印書館，1993年。

〔註90〕《國語》，頁534。

〔註91〕《儀禮注疏》，頁319。

〔註92〕《周禮注疏》，頁494。

〔註93〕劉雨：〈信陽楚簡釋文與考釋〉，《信陽楚墓》，頁129，北京，文物出版社，1986年。

〔註94〕中山大學古文字學研究室：〈信陽長臺關一號墓出土《遣策》考釋〉，《戰國楚簡研究》第二期，頁31，廣州，中山大學古文字研究室楚簡整理小組，1977年。

〔註95〕《楚系簡帛文字編》，頁1115。

〔註96〕〈包山二號楚墓簡牘釋文與考釋〉，《包山楚墓》，頁369；張光裕、袁國華：《包山楚簡文字編》，頁471，臺北，藝文印書館，1992年。

其下並無任何解說；劉信芳將之隸定爲「瀟昱」，通假爲「漫蘫」，爲蘆筍之類。
〔註97〕上半部從水從萬，下半部從口從立，故知劉信芳之隸定爲非。當「瀟」
與「昱」二字採取合文方式書寫時，並於該字右下方增添合文符號「＝」。簡文
爲「𧯷＝一罺」。與「瀟昱」抄於同一枚竹簡的資料皆屬食物，如：「醙」、「糗」
等，可知「瀟昱」一詞亦應爲食品名稱。

　　「大首（ ）」合文見於楚系文字，「大」字於兩周金文作：「大」〈散氏
盤〉、「 」〈鄳君啓舟節〉，「首」字於兩周金文作：「 」〈頌鼎〉、「 」〈虢
季子白盤〉。上半部爲「大」字，下半部爲「首」字，並於該字右下方增添合文
符號「＝」。簡文爲「𩠐＝一」。「大首」一詞亦習見於曾侯乙墓竹簡，惟後者以
析書方式表現，如：「大首之子」（147）。在（147）前後竹簡上相近同的簡文，
多爲職官名，如：「大攻尹」（145）、「右登徒」（150）、「右司馬」（150）、「左司
馬」（169）等，故知曾侯乙墓竹簡的「大首」應非屬品物名稱。「大首」一詞又
見於傳世文獻，如：《周易·明夷》云：「九三，明夷于南狩，得其大首；不可
疾貞。」黃壽祺、張善文、傅隸樸皆解釋爲「闇君」，即「元凶首惡」，或是「昏
君」〔註98〕，亦與江陵九店所見「大首」相異甚遠。從九店竹簡「大首」一詞
前後所記載的事項而言，應屬品物名稱，以爲犧牲之頭。

　　「玉睘（ ）」合文見於晉系文字，「玉」字於兩周金文作：「王」〈番生
簋〉，「睘」字於兩周金文作：「 」〈番生簋蓋〉。左側爲「玉」，右側爲「睘」，
並於該字右下方增添合文符號「＝」。從文句觀察，爲「它環＝」。據中山王𰋯墓
出土的玉質陪葬品顯示，在玉佩、玉璜、玉環上皆書有文字，「環＝」當指玉環。
「玉環」一詞又見於傳世文獻，如：《韓非子·說林下》云：「吾好珮，此人遺
我玉環。」〔註99〕與中山王𰋯墓出土玉器上所載的「玉環」相同。

　　「玉行（ ）」合文見於晉系文字，「行」字於兩周金文作：「 」〈中山
王𰋯鼎〉。左側爲「玉」，右側爲「行」，並於該字右下方增添合文符號「＝」。
從文句觀察，爲「它＝珩＝」。「珩＝」當指玉珩。《說文解字》「珩」字云：「佩

〔註97〕劉信芳：《包山楚簡解詁》，頁261，臺北，藝文印書館，2003年。

〔註98〕黃壽祺、張善文：《周易譯注》，頁298，臺北，漢京文化事業有限公司，1992年；
　　　　傅隸樸：《周易理解》，頁299，臺北，臺灣商務印書館，1992年。

〔註99〕（周）韓非撰、（民）陳奇猷著：《韓非子集釋》，頁466，高雄，復文圖書出版社，
　　　　1991年。

上玉也，從玉行，所以節行止也。」〔註100〕即爲中山王𰾇墓出土玉器上所載的「玉珩」，惟墓葬所出爲陪葬器物，已不具「節行止」的作用。

「玉虎（瑪）」合文見於晉系文字，「虎」字於兩周文字作：「𤟥」〈毛公鼎〉、「𣖌」〈番生簋蓋〉、「𤞤」〈虎形玉佩 XK：349〉。左側爲「玉」，右側爲「虎」，並於該字右下方增添合文符號「＝」。其文句爲「琥＝」。「琥＝」當指玉琥。《說文解字》「琥」字云：「發兵瑞玉也，爲虎文。從玉虎聲。」〔註101〕古者一物多用，從中山王𰾇墓出土玉器觀察，墓葬所出的「玉琥」，除了許愼所言的作用外，亦可作爲陪葬之用。

「玉它（珌，𤦲）」合文見於晉系文字，「它」字於兩周文字作：「𡆥」〈玉環 XK：116〉。該字在偏旁位置的經營上並不固定，可以左右偏旁互置。從文句言，依序爲「珌＝珩＝」、「集珌＝」。「珌＝」當指玉珌。「珌」字未見於《說文解字》，何琳儀指出可讀爲「玉它」或「玉珧」〔註102〕，據《說文解字》「玉」部收錄之字，以及上列之「玉𰾇（環）」、「玉行（珩）」、「玉虎（琥）」等觀察，「玉它（珌）」亦應爲玉飾的一種，故置於墓葬裡以爲陪葬之用。

表 8−17

字例	殷商	西周	春秋	楚系	晉系	齊系	燕系	秦系
乘車				𤳉 〈曾侯乙7〉				
敏車				𤲚 〈曾侯乙160〉 𤲱 〈天星觀・遣策〉				
韋車				𤳊 〈包山273〉				

〔註100〕《說文解字注》，頁 13。

〔註101〕《說文解字注》，頁 12。

〔註102〕《戰國古文字典——戰國文字聲系》，頁 1484。

合文						
陰車				鑾二〈曾侯乙171〉			
阩車				鐮二〈曾侯乙62〉			
卑車				轝二〈曾侯乙206〉			
坓車				輇二〈曾侯乙204〉			
六馬				駼二〈曾侯乙171〉			
匹馬				駲二〈曾侯乙130〉			
乘馬				駦二〈曾侯乙122〉			
石奉				奉二〈信陽2.8〉			
灙昱				灙二〈包山256〉			
大首				首二〈九店56.3〉			
玉睘					睘二〈玉環 XK：116〉		
玉行					玠二〈龍形佩 XK：350〉		

| 玉虎 | | | | 王
〈龍形玉佩
XK：347〉 | | | |
| 玉它 | | | | 王
〈龍形佩
XK：350〉
王
〈虎形佩
XK：372〉 | | | |

（八）地望合文

「鄩邑（ ）」合文見於楚系文字，「邑」字於兩周金文作：「 」〈散氏盤〉、「 」〈鶴鎛〉，「鄩」字於兩周金文作：「 」〈曾侯乙鐘〉。彭浩等學者將「鄩」字隸定爲「鄭」，以爲右側的偏旁「 」係「 」的省減，《說文解字》的「箕」字古文正寫作「 」，其形體與簡文右側偏旁相近〔註103〕；李運富隸定爲「鄩」，釋爲「邿」，認爲當讀作「邿邑」〔註104〕；何琳儀隸定爲「鄩」，釋爲「鄩」〔註105〕；黃錫全與何琳儀說法相近，認爲該字右下方有合文符號，不可能從「其」，該字形體與曾侯乙編鐘「嬴鄩」的鄩字相類同，應當隸定爲「鄩」，釋爲「嗣」〔註106〕；顏世鉉在何、黃二人的基礎上，進一步指出該字應讀作邔（或邵），係位於今日湖北省宜城市。〔註107〕將金文與楚簡文字相較，「鄩」字左側爲「邑」字，右側爲「鄩」字，「鄩」字與〈曾侯乙鐘〉相近，惟竹簡「鄩」字下半部的「子」寫作「 」，形體有所變異。簡文爲「鄩＝新官宋亡正」。「鄩邑」應指地望。據顏世鉉考證，在今日湖北省宜城市。

「三枱（ ）」合文見於晉系文字，「參」字於兩周金文作：「 」〈魚鼎七〉、「 」〈梁上官鼎〉，「台」字於兩周金文作：「 」〈王孫遺者鐘〉，「以」字於兩周金文作：「 」〈毛公鼎〉。《古璽彙編》（0305）的「參」字與〈梁上

〔註103〕〈包山二號楚墓簡牘釋文與考釋〉，《包山楚墓》，頁383～384。

〔註104〕李運富：〈楚國簡帛文字叢考〉，《古漢語研究》1997年第1期，頁89。

〔註105〕何琳儀：〈包山楚簡選釋〉，《江漢考古》1993年第4期，頁59。

〔註106〕黃錫全：〈《包山楚簡》部分釋文〉，《湖北出土商周文字輯證》，頁196，武漢，武漢大學出版社，1992年。

〔註107〕顏世鉉：《包山楚簡地名研究》，頁173～174，臺北，國立臺灣大學中國文學研究所碩士論文，1997年。

官鼎〉近同，係爲「三」字；又《古璽彙編》收錄的「怡」字作「🔲」（0384），從心呂聲，「紿」字作「紿」（3094），從糸台聲，故知吳振武將從木呂聲之字釋爲從木台聲的「枱」字，應可採信〔註108〕；「枱」字上半部爲「呂」字，下半部爲「木」字。印文爲「🔲＝在邕」。「三枱」應指地望。《古璽彙編》（0079）爲「文臺西彊司寇」，「臺」字亦從木從呂，故知「三枱」應可釋爲「三臺」。「三臺」爲地望，據吳振武考證云：「顧祖禹《讀史方輿紀要》卷十二『直隸容城縣』條下謂：『三臺城在縣西南，《城冢記》：「燕、趙分易水爲界，築三臺，並置城於此。」』其地在今河北省容城縣西南一帶。」〔註109〕今從其說。

　　「上各（🔲）」合文見於晉系文字，「上」字於兩周金文作：「丄」〈中山王𰯼方壺〉，「各」字於兩周金文作：「🔲」〈豆閉簋〉。左側爲「各」字，右側爲「上」字，並於「上」字下方增添合文符號「＝」。印文爲「上各府」。〈上各（洛）府〉於《古璽彙編》釋作〈口徑〉，吳振武以爲應作「上各（洛）府」，印文右下角「＝」爲合文符號，即《戰國策・秦策》所見「楚、魏戰於陘山。魏許秦以上洛，以絶秦於楚」之「上洛」，其地望在陝西省商縣。〔註110〕「各」字上古音屬「見」紐「鐸」部，「洛」字上古音屬「來」紐「鐸」部，疊韻。「上各」即爲「上洛」。今從其說。

　　「句丘（🔲）」合文見於齊系文字，「句」字於兩周金文作：「🔲」〈三年瘐壺〉，「丘」字於兩周文字作：「🔲」〈包山241〉、「🔲」〈兆域圖銅版〉、「🔲」〈子禾子釜〉。上半部爲「句」字，下半部爲「丘」字，並於該字右側增添合文符號「＝」。印文爲「🔲＝關」。「句丘」一詞，于豪亮釋作「句句丘」，讀爲「穀丘」〔註111〕；吳振武指出應爲「句丘」合文。〔註112〕「××關」之名，習見於齊國，如：《古璽彙編》「行曲關」（0173）、「武關」（0174）等，「句丘」應爲地望。「句丘」一詞未見於文獻，僅見「穀丘」一詞。「句」字上古音屬「見」紐「侯」部，「穀」字上古音屬「見」紐「屋」部，雙聲，侯屋對轉。「穀丘」一

〔註108〕《古璽文編校訂》，頁43～46。

〔註109〕《古璽文編校訂》，頁45。

〔註110〕〈古璽合文考（十八篇）〉，《古文字研究》第十七輯，頁269～270。

〔註111〕于豪亮：〈古璽考釋〉，《于豪亮學術文存》，頁85～86，北京，中華書局，1985年。

〔註112〕《古璽文編校訂》，頁331～332。

詞又見於傳世文獻，如：《春秋》云：「（桓公十有二年）秋七月丁亥，公會宋公、燕人盟于穀丘。」〔註113〕《左傳·桓公十二年》楊伯竣〈注〉云：「穀丘，宋邑，據《方輿紀要》，在今河南省商丘縣東南四十里。一說在今山東省荷澤縣東北三十里，但其地近曹國，恐非。」〔註114〕又《漢書·地理志》云：「（涿郡）穀丘」，〈補注〉云：「故城今安平縣西南十五里」。〔註115〕名爲「穀丘」者，至少有三處。《左傳·哀公八年》所載，曹國爲宋國所滅〔註116〕，《史記·宋微子世家》與《史記·田敬仲完世家》皆載宋國爲齊湣王所滅〔註117〕，「穀丘」地望應以楊伯竣所言爲是。

表 8－18

字例	殷商	西周	春秋	楚系	晉系	齊系	燕系	秦系
尋邑				〈包山175〉				
三柏					《古璽彙編》（0305）			
上各					《古璽彙編》（3228）			
句丘						《古璽彙編》（0340）		

〔註113〕 （晉）杜預註：《春秋經傳集解》，頁 63，臺北，新興書局，1992 年。

〔註114〕 《春秋左傳注》，頁 133。

〔註115〕 《漢書補注》，頁 736。

〔註116〕 《春秋左傳注》，頁 1646。

〔註117〕 《史記會注考證》，頁 604，頁 722。

（九）其他合文

「又五（⿱⿱）」合文見於楚系文字，「又」字於兩周金文作：「⿰」〈猷鐘〉，「五」字於兩周金文作：「Ⅹ」〈頌鼎〉。上半部為「又」字，下半部為「五」字，並於該字右下方增添合文符號「＝」。簡文為「囗所造十眞叓＝眞」。凡是十的倍數與其餘數之間的數目，多以「又」字相連，如：西周時期之〈伯吉父鼎〉云：「唯十又二月初吉」、〈寓鼎〉云：「唯十又二月丁丑」；又如：戰國時期之〈廿七年大梁司寇鼎〉云：「梁廿又七年」等。此種十的倍數與其餘數之間的數目字表示方式，其來有自，非獨見於楚系簡帛資料，以合文方式書寫者，現今僅見於簡帛資料。

「又六（⿱⿱）」合文見於楚系文字，「六」字於兩周金文作：「⿱」〈召鼎〉。上半部為「又」字，下半部為「六」字，並於該字右下方增添合文符號「＝」。簡文為「大凡午＝馬甲叒＝馬之甲」。凡是十的倍數與其餘數之間的數目，多以「又」字相連。

「日月（⿱⿱）」合文見於楚系文字，「日」字於兩周金文作：「⊟」〈鄂君啓舟節〉，「月」字於兩周金文作：「⿱」〈公朱左𠂤鼎〉。上半部為「日」字，下半部為「月」字，並於該字右下方增添合文符號「＝」。從文句觀察，為「未有冐＝」。楚帛書「日月」一詞，係指天體星象，《周易・乾》云：「夫大人者與天地合其德，與日月合其明，與四時合其序，與鬼神合其吉兇。」[註118] 其用法與之相同。

「氏日（⿱⿱）」合文見於楚系文字，「氏」字於兩周金文作：「⿰」〈國差𦉜〉。上半部為「氏」字，下半部為「日」字，並於該字右下方增添合文符號「＝」。簡文為「昏＝就囗」。「氏日」一詞雖未見於傳世典籍，先秦文獻卻習見「氏」、「是」通假的現象，如：郭店竹簡〈緇衣〉之「好氏（是）貞（正）植（直）」（3），〈忠信之道〉之「氏（是）古（故）古之所以行乎」（9），又如：《儀禮・覲禮》云：「大史是右」，鄭玄〈注〉：「古文是為氏」[註119]；《禮記・曲禮》云：「五官之長曰伯是職方」，鄭玄〈注〉：「是或為氏」。[註120]「氏」、「是」

〔註118〕《周易正義》，頁 17。

〔註119〕《儀禮注疏》，頁 327。

〔註120〕《禮記正義》，頁 89。

二字上古音同屬「支」部「禪」紐，雙聲疊韻。「是日」即「氏日」，係指白話文之「這天」。

「古之（ ）」合文見於楚系文字，「古」字於兩周金文作：「 」〈史牆盤〉，「之」字於兩周金文作：「 」〈毛公鼎〉。上半部為「古」字，下半部為「之」字，並於該字右下方增添合文符號「＝」。簡文為「古＝事君者」。「古之」習見於傳世典籍，與《禮記・檀弓》云：「古之侵伐者，不斬祀，不殺厲，不獲二毛」〔註121〕，所見「古之」近同。

「禾石（ ）」合文見於晉系文字，「禾」字於兩周金文作：「 」〈子禾子釜〉，「石」字於兩周金文作：「 」〈㝬銼壺〉。上半部為「禾」字，下半部為「石」字，並於該字右下方增添合文符號「＝」。銘文為「以禾＝尚石口平石」。「禾石」一詞又見於出土文物，如：「禾石，高奴」〈高奴禾石權〉。「禾石」據王輝考證，主要用為徵收、儲存與分配糧草之用〔註122〕，從〈司馬成公權〉的銘文言，其作用亦應與此相近同，係以「禾石」、「尚石」與「平石」作為換算的標準。

表 8－19

字例	殷商	西周	春秋	楚系	晉系	齊系	燕系	秦系
又五				〈曾侯乙140〉				
又六				〈曾侯乙141〉				
日月				〈楚帛書・甲篇3.34〉				
氏日				〈新蔡・零290〉				

〔註121〕《禮記正義》，頁176。

〔註122〕王輝：《秦銅器銘文編年集釋》，頁48，西安，三秦出版社，1990年。

| 古之 | | | |
〈上博・中弓 21〉 | | | |
| 禾石 | | | |
〈司馬成公權〉 | | | |

三、增添合文符號「－」者

（一）稱謂詞合文

「兄弟（）」合文見於楚系文字，「兄」字於兩周金文作：「」〈叟季良父壺〉，「弟」字於兩周金文作：「」〈沈子它簋蓋〉。左側爲「兄」字，右側爲「弟」字，並於該字右下方增添合文符號「－」。簡文爲「中心悅播踰於娣－」。據郭店竹簡整理小組指出，馬王堆漢墓帛書本作「中心說（悅），遷于兄弟。」「兄弟」二字以析書方式書寫，「娣－」本爲「兄」、「弟」二字合書。〔註123〕「兄弟」一詞又見於傳世文獻，如：《尚書・梓材》云：「今王惟曰：先王既勤用明德，懷爲夾，庶邦享作，兄弟方來；亦既用明德，后式典集，庶邦丕享。」〔註124〕又如：《左傳・襄公九年》云：「請及兄弟之國而假備焉」〔註125〕，文獻所見「兄弟」一詞，喻指友好之邦國，郭店竹簡之「兄弟」應指手足。

表 8－20

字例	殷商	西周	春秋	楚系	晉系	齊系	燕系	秦系
兄弟				 〈郭店・五行 33〉				

　　總之，採取不省筆合文的方式書寫，雖然無法透過筆畫、部件或是偏旁的借用、共用，達到文字省減的目的，但是透過兩個或兩個以上文字的緊密結合，卻可以省下若干的空間，使其得以在一定的空間下，記載更多的資料。這種書

〔註123〕荊門市博物館：《郭店楚墓竹簡》，頁 153，北京，文物出版社，1998 年。

〔註124〕《尚書正義》，頁 213。

〔註125〕《春秋左傳注》，頁 971。

寫的方式，以數字合文最爲習見，而且廣泛的出現於戰國五系文字中，從甲骨文的合文內容言，數字合文已於殷商甲骨文出現，在文字書寫、使用習慣的沿襲下，遂普遍的存在各系的文字中。

楚系與晉系在「稱謂詞」的內容上，差異性甚大。二者的資料來源，晉系多見於兵器，楚系多見於竹書。由於晉系兵器習慣刻上監造者、主辦者、製造者，甚或是製造機構等，遂將習見的職官名稱以合文方式表現。楚系出土的竹書，爲先秦儒家典籍，儒家習言「君子」、「小人」之辨，論「性」談「情」，遂將習見之詞以合文方式書寫。晉、燕二系文字裡，不省筆合文的現象，以「數目字」的內容最多，其中又以貨幣文字佔大多數，深究其因素，因爲貨幣上可供書寫的面積有限，爲了將幣值書寫於上，不僅省略了兩周以來習見以「又」字作爲連接十的倍數與其餘數之間的數目方式，更將合文符號一併省減。「之╳」的習用語、時間序數詞、動物名稱、品物名稱等，於晉、齊、燕、秦四系文字十分少見，卻大量出現於楚系文字中。從記載的資料來源觀察，這些合文的內容，多見於曾侯乙墓竹簡、包山竹簡、望山竹簡等，這幾批竹簡的性質或爲遣策、或爲卜筮、或爲司法文書，書寫者爲了書寫的便利，便將抄寫時常用的詞彙以合文的方式書寫。

第三節　共用筆畫省筆合文

共用筆畫，何琳儀稱之爲「合文借用筆畫」〔註126〕，係指在壓縮成爲一個方塊字時，甲字具有的某一筆畫，乙字亦具有，甲、乙二字共用相同的某一筆畫。一般而言，係第一字的最末一筆，與第二字的第一筆，共用一個筆畫。

一、未增添合文符號者

（一）稱謂詞合文

「工帀（）」合文見於晉系文字〔註127〕，「工」字於兩周金文作：「工」〈虢季子白盤〉，「帀」字於兩周金文作：「」〈師寰簋〉、「」〈鄂君啓舟節〉。

〔註126〕何琳儀：《戰國文字通論》，頁191，北京，中華書局，1989年。

〔註127〕朱德熙：〈壽縣出土楚器銘文研究〉，《朱德熙古文字論集》，頁10～14，北京，中華書局，1995年。

上半部爲「工」字，下半部爲「帀」字，由於「帀」字起筆爲橫畫，「工」字收筆亦爲橫畫，遂共用其中一筆橫畫。銘文爲「令戍代、冶與、下庫帀孟、關師咒」。「工帀」一詞爲職官名。「帀」字上古音屬「精」紐「葉」部，「師」字上古音屬「山」紐「脂」部，二者發聲部位相同，皆爲齒音。其用法與《孟子·梁惠王》云：「工師得大木，則王喜，以爲能勝其任也。匠人斲而小之，則王怒，以爲不勝其任矣。」〈注〉云：「工師，主工匠之吏。」〔註128〕所見的「工師」相同，均屬職官的名稱。〔註129〕

表 8−21

字例	殷商	西周	春秋	楚系	晉系	齊系	燕系	秦系
工帀					本〈司馬成公權〉 天＝〈朝歌右庫戈〉 夭＝〈十七年平陰鼎蓋〉 天＝〈四年雍令矛〉			

（二）「之╳」習用語合文

「之冢（㝵）」合文見於晉系文字〔註130〕，「之」字於兩周金文作：「业」〈毛公鼎〉，「冢」字於兩周金文作：「冢」〈智壺〉、「冢」〈趞簋〉、「冢」〈多

<hr>

〔註128〕《孟子注疏》，頁 42。

〔註129〕「工帀」合文以共用筆畫省筆方式書寫者，除了不增添合文符號的形式外，尚見〈朝歌右庫戈〉、〈十七年平陰鼎蓋〉、〈四年雍令矛〉於合書形體的右側上方或下方增添合文符號「＝」，寫作「帀＝」。

〔註130〕朱德熙、裘錫圭：〈平山中山王墓銅器銘文的初步研究〉，《朱德熙古文字論集》，頁 106，北京，中華書局，1995 年。

友鼎〉。上半部為「之」字，下半部為「冢」字，由於「冢」字起筆為橫畫，「之」字收筆亦為橫畫，遂共用其中一筆橫畫。又將〈十年燈座〉與〈詔壺〉的「冢」字相較，前者僅保留「⺈」形體。銘文為「重石三百至＝五刀豢」。「冢」字上古音屬「端」紐「東」部，「重」字上古音屬「定」紐「東」部，二者發聲部位相同，端定旁紐，疊韻。「之冢」一詞當讀作「之重」，係習見的「之╳」習用語。〔註131〕

表 8－22

字例	殷商	西周	春秋	楚系	晉系	齊系	燕系	秦系
之冢					〈十年燈座〉 〈十三年壺〉 〈坪安君鼎〉			

（三）地望合文

「盧氏（）」合文見於晉系文字，「盧」字於兩周文字作：「」〈盧氏‧斜肩空首布〉，「氏」字於兩周文字作：「」〈散氏盤〉、「」〈毛公鼎〉、「」〈盧氏‧斜肩空首布〉。上半部為「盧」字，下半部為「氏」字，由於「盧」字收筆為橫畫，「氏」字起筆亦為橫畫，遂共用其中一筆橫畫。幣文為「」。「盧氏」一詞又見於傳世文獻，如：《竹書紀年》云：「（晉出公）十九年，韓龐取盧氏城。」〔註132〕「盧氏」為地望名稱，應無問題。

〔註131〕「之冢」合文以共用筆畫省筆方式書寫者，除了不增添合文符號的形式外，尚見〈十三年壺〉、〈坪安君鼎〉於合書形體的右側下方增添合文符號「＝」，寫作「豢＝」。

〔註132〕王國維校補：《古本竹書紀年輯校》，頁 22，臺北，藝文印書館，1974 年。

表 8-23

字例	殷商	西周	春秋	楚系	晉系	齊系	燕系	秦系
盧氏					〈盧氏・斜肩空首布〉			

二、增添合文符號「＝」者

（一）「之╳」習用語合文

「之所（）」合文見於楚系文字，「之」字於兩周金文作：「业」〈毛公鼎〉，「所」字於兩周金文作：「斦」〈庚壺〉、「斦」〈中山王嚳方壺〉。上半部爲「之」字，下半部爲「所」字，由於「所」字起筆爲橫畫，「之」字收筆亦爲橫畫，遂共用其中一筆橫畫，並於該字右下方增添合文符號「＝」。簡文爲「人斋＝畏，亦不可以不畏。」此外，郭店竹簡〈太一生水〉（4-5）亦見相同的合文，爲「四時者，陰陽斋＝生。陰陽者，神明斋＝生也。神明者，天地斋＝生也。」又九店五十六號墓竹簡（44）亦見相同的現象，爲「粺芳糧以讍犢某於武壆斋＝」。「之所」習用語多用於典籍，應是傳抄時爲求方便，遂將二字合書。以「四時者，陰陽斋＝生」爲例，亦可寫作「四時，陰陽所生」，其意義並無變異，「之」字於此應爲虛字的性質，具有「協調聲氣」〔註133〕的作用；又以「粺芳糧以讍犢某於武壆斋＝」爲例，「讍犢」一詞，李家浩以爲「似是祭名」〔註134〕，其後的「之所」，當指「武壆的所在」，「之」字作爲介詞使用，用爲「的」。

表 8-24

字例	殷商	西周	春秋	楚系	晉系	齊系	燕系	秦系
之所				〈郭店・老子乙本 5〉				

〔註133〕殷國光：〈《呂氏春秋》含「之」的體詞性向心結構的考察〉，《紀念王力先生百年誕辰學術論文集》，頁 118，北京，商務印書館，2002 年。

〔註134〕李家浩：〈五六號墓竹簡釋文與考釋〉，《九店楚簡》，頁 108，北京，中華書局，2000年。

（二）其他合文

「上下（卞）」合文見於楚系文字，「上」字於兩周金文作：「二」〈天亡簋〉、「𠄞」〈中山王𰯼方壺〉，「下」字於兩周金文作：「二」〈番生簋蓋〉、「下」〈哀成叔鼎〉。甲骨文與西周金文的「上」、「下」二字，本作「二」與「二」，採取合文形式時，倘若共用某一筆橫畫，容易使閱讀者產生困惑，僅須將二字壓縮於一個方塊裡，寫作「三」，毋須共用任何筆畫；發展至戰國時期，「上」、「下」二字的形體發生變化，二者的區別亦大，採取合文形式時，「下」字起筆爲橫畫，「上」字收筆亦爲橫畫，遂共用其中一筆橫畫，並於該字右下方增添合文符號「＝」。從文句觀察，爲「乃卞＝朕連」。楚帛書「上下」一詞，係指上下天地言，其用法與《周禮・春官・小宗伯》云：「大裁，及執事禱祠于上下神示。」〔註135〕，所見的「上下」相同。

「至于（羍）」合文見於楚系文字〔註136〕，「至」字於兩周金文作：「𡊬」〈大盂鼎〉、「𡊬」〈兆域圖銅版〉，「于」字於兩周金文作：「于」〈沈子它簋蓋〉。上半部爲「至」字，下半部爲「于」字，由於「于」字起筆爲橫畫，「至」字收筆亦爲橫畫，遂共用其中一筆橫畫，並於該字右下方增添合文符號「＝」。從文句觀察，爲「羍＝其下口」。「至于」一詞置於句子之前，其用法與《周易・臨》云：「至於八月有凶」〔註137〕，所見的「至於」相近。放置於句子之前，應表示「到……」之意。〔註138〕

表 8－25

字例	殷商	西周	春秋	楚系	晉系	齊系	燕系	秦系
上下	三《合》（36511）	三〈毛公鼎〉		卞〈楚帛書・甲篇3.2〉				

〔註135〕《周禮注疏》，頁 293。

〔註136〕郭沫若：〈嗣子壺〉，《金文叢考》，頁 405，北京，人民出版社，1954 年。

〔註137〕《周易正義》，頁 58。

〔註138〕「至于」合文以共用筆畫省筆方式書寫者，除了增添合文符號「＝」的形式外，尚見〈令狐君嗣子壺〉於合書形體的右側增添合文符號「－」，寫作「羍－」。

至于			 〈楚帛書・丙篇6.3〉	 〈令狐君嗣子壺〉			

　　總之，共用筆畫省筆的書寫方式，雖然可以透過筆畫的共用，達到文字省減的目的，但是在書寫上卻十分少見，造成的因素，係因爲書手於抄寫資料時，甚少透過特地的挑選，使其上下二字的筆畫，得以符合共用的條件。

第四節　共用偏旁省筆合文

　　共用偏旁，何琳儀稱之爲「合文借用偏旁」〔註139〕，係指在壓縮成爲一個方塊字時，甲字具有的某一偏旁，乙字亦具有，採取合書方式時，甲、乙二字共用相同的某一偏旁。

一、未增添合文符號者

（一）地望合文

　　「邶邔（ ）」合文見於晉系文字〔註140〕，「北」字於兩周金文作：「 」〈七年趙曹鼎〉，「亓」字於兩周金文作：「 」〈子禾子釜〉，「邑」字於兩周金文作：「 」〈散氏盤〉。左側爲「邑」字，右側上半部爲「北」字，下半部爲「亓」字，以「邶」字的形體結構言，應爲「邶」、「邔」二字的組合，「邶」、「邔」同時具有偏旁「邑」，遂共用相同的偏旁。幣文爲「邶」。貨幣文字習見記載地望，如：「於疋」〈於疋・平襠方足平首布〉、「中陽」〈中陽・尖足平首布〉、「中都」〈中都・尖足平首布〉、「文陽」〈文陽・尖足平首布〉等，〈邶邔・平襠方足平首布〉與之相同，亦應爲地望名稱。「邶」字上古音屬「並」紐「職」部，「北」字上古音屬「幫」紐「職」部，二者發聲部位相同，幫並旁紐，疊韻。又「邔」字所從之「亓」與「箕」二字上古音同屬「見」紐「之」部，雙聲疊韻。「邶邔」可通假爲「北箕」。「北箕」一詞又見於傳世文獻，如：《漢書・韓信列傳》云：「與信夾濰水陳」，顏師古〈注〉云：「濰音維，濰水出琅邪北箕縣。」

〔註139〕《戰國文字通論》，頁192。

〔註140〕《中國錢幣大辭典》編纂委員會編：《中國錢幣大辭典・先秦編》，頁280，北京，中華書局，1995年。

〔註141〕「琅邪」地處山東，與〈邔邢・平襠方足平首布〉的鑄造國別不同。據
何琳儀考證，「邔邢」或在山西太谷東，或在山西省蒲縣東北〔註 142〕，今從其
說。

表 8－26

字例	殷商	西周	春秋	楚系	晉系	齊系	燕系	秦系
邔邢					〈邔邢・平襠方足平首布〉			

（二）其他合文

「郯郢（𨞦）」合文見於楚系文字，「宗」字於兩周金文作：「𠖄」〈大盂鼎〉，「正」字於兩周金文作：「𤴓」〈虢季子白盤〉，「邑」字於兩周金文作：「𠃜」〈散氏盤〉。《包山楚簡》與《包山楚簡文字編》皆未將該字隸定；滕壬生認為係「郯郢」二字合文。將金文與楚簡文字相較，左側為「邑」字，上半部為「宗」字，下半部為「正」字，以「𨞦」字的形體結構言，應為「郯」、「郢」二字的組合，「郯」、「郢」同時具有偏旁「邑」，遂共用相同的偏旁。簡文為「與其季父𨞦＝連囂堕必同室」。「╳╳連囂」的文句習見於包山竹簡，如：「新官連囂」（6）、「鄳連囂」（110）、「易陵連囂」（112）等，「連囂」上接的名詞可以為地望，如：「易陵」、「鄳」，亦可接上非地望者，如：「新官」。《史記・孝文本紀》云：「宗正劉禮為將軍。」〔註143〕又《漢書・百官公卿表上》云：「宗正，秦官，掌親屬，有丞。平帝元始四年更名宗伯。」顏師古〈注〉云：「彤伯為宗伯，不謂之宗正。」〔註144〕「宗正」於秦、漢時為職官名稱。透過相關文句的比較，「連囂」上接的「郯郢」，是否為地望或是職官，尚無定論，故僅將之列於「其他」項下。

〔註141〕《漢書補注》，頁 945。

〔註142〕何琳儀：〈三晉方足布彙釋〉，《古幣叢考》，頁 230，臺北，文史哲出版社，1996年。

〔註143〕《史記會注考證》，頁 196。

〔註144〕《漢書補注》，頁 304。

「世牀（）」合文見於晉系文字，「」字於其他相同器銘之〈十四年帳橛〉中寫作「」，可知「」應爲二字合文。「」二字，何琳儀釋爲「葉牀」，中國社會科學院考古研究所釋爲「芣杓」，張亞初釋爲「芣牀」合文〔註 145〕；又朱德熙將「」字釋爲「祀」，爲「祀」字異體之「禩」的省減。〔註 146〕「世」字於兩周文字作：「」〈師遽簋蓋〉、「」〈詛楚文〉，或作：「，」〈且日庚簋〉、「」〈趩觶〉、「」〈獻簋〉、「」〈中山王譽鼎〉、「」〈上博・容成氏〉、「」〈十年陳侯午敦〉，「世」字或可增添「竹」，或可增添「木」，或可增添「求」，或可增添「歹」，或可增添「立」。今將〈獻簋〉的「世」字與〈十四年帳橛〉之字相較，若將〈獻簋〉增添的「木」，改置於「世」之下方，並將「世」中間的豎畫與「木」的豎畫共用，又將「世」左右兩側的筆畫割裂，則與〈十四年帳橛〉所見形體無異。可知何琳儀將之釋爲「葉」字爲非，而釋爲「芣」者，應可改爲「世」。又「勻」字於兩周金文作：「」〈多友鼎〉、「」〈土勻瓶〉；「牀」字於兩周文字作：「」〈睡虎地・日書甲種 125〉。又〈十四年帳橛〉的「」字，於〈十四年銅牛〉中作「」，右側所從爲木；左側的「」或「」，實非「勻」字，若將「」的「^」拉直，則與「」近同，可知「」應爲「牀」字。上半部爲「世」字，下半部爲「牀」字，「世」、「牀」同時具有偏旁「木」，遂共用相同的偏旁。銘文爲「十四世，牀麀嗇夫」。「世」、「牀」二字並無關係，非爲詞組，僅是藉著文字中某一共同的偏旁，即予以合書。銘文之紀年多作「╳╳年」，如：「唯九年」〈九年衛鼎〉、「唯王三年」〈頌鼎〉，或作「╳╳祀」，如：「唯王八祀」〈師𩛥鼎〉、「唯王廿又五祀」〈小盂鼎〉，作「╳╳世」者，僅見於中山國銅器銘文。「世」字上古音屬「書」紐「月」部，「祀」字上古音屬「邪」紐「之」部，「年」字上古音屬「泥」紐「眞」部。「世」、「年」皆爲舌音，中山國銅器稱「世」者，應與稱「年」相同。

〔註 145〕《戰國古文字典——戰國文字聲系》，頁 1501；中國社會科學院考古研究所編：《殷周金文集成釋文》，第六卷，頁 235，香港，香港中文大學中國文化研究所，2001 年；張亞初：《殷周金文集成引得》，頁 161，北京，中華書局，2001 年。

〔註 146〕朱德熙：〈中山王器的祀字〉，《朱德熙古文字論集》，頁 172，北京，中華書局，1995 年。

表 8－27

字例	殷商	西周	春秋	楚系	晉系	齊系	燕系	秦系
郤郇				〈包山 127〉				
世牀					〈十四年 帳橛〉			

　　總之，共用偏旁省筆的書寫方式，與共用筆畫者相同，亦可透過偏旁的共用，達到省減的目的，惟無法完全將上下二字的偏旁共用，致使在書寫上較為少見。

第五節　借用部件省筆合文

　　所謂借用部件，係指甲字具有的某一部件，乙字裡亦見相近者，在壓縮成為一個方塊字時，借用相近的部件。

一、未增添合文符號者

（一）稱謂詞合文

　　「君子（尹）」合文見於楚系文字，「君」字於兩周金文作：「禹」〈史頌鼎〉、「鼠」〈哀成叔鼎〉，「子」字於兩周金文作：「孚」〈史牆盤〉。上半部為「君」字，下半部為「子」字，「君」字的「口」與「子」字上半部的部件相近，遂借用相近的部件。簡文為「尹如此」。「君子」一詞指有才德的人。〔註147〕

　　「司子（尹）」合文見於晉系文字，「司」字於兩周金文作：「司」〈毛公鼎〉。上半部為「司」字，下半部為「子」字，「司」字的「口」與「子」字上半部的部件相近，遂借用相近的部件。銘文為「卅三年，單父上官享憙所受坪安君者也。」出土文物中記載「嗣子」者，如：〈令狐君嗣子壺〉云：「唯十年四月吉日，令狐君嗣子，作鑄尊壺。」「嗣」字上古音屬「邪」紐「之」部，「司」

〔註147〕「君子」合文以借用部件省筆方式書寫者，除了不增添合文符號的形式外，尚見郭店竹簡〈成之聞之〉於合書形體的右側下方增添合文符號「＝」，寫作「尹＝」，郭店竹簡〈性自命出〉於合書形體的右側下方增添合文符號「－」，寫作「尹－」。

字上古音屬「心」紐「之」部，二者發聲部位相同，心邪旁紐，疊韻。「司子」
應讀爲「嗣子」，爲長子之義。

　　「公卿（）」合文見於齊系文字〔註148〕，「公」字於兩周金文作：「」
〈毛公鼎〉，「卿」字於兩周文字作：「」〈睡虎地·效律28〉。上半部爲「公」
字，下半部爲「卿」字，「公」字的「△」與「卿」字所從之「皀」上半部的部
件相近，遂借用相近的部件。陶文爲「楚臺匋蘆里」。「公卿」一詞又見於傳
世文獻，如：《禮記·少儀》云：「適公卿之喪，則曰聽役於司徒。」〔註149〕此
「公卿」與陶文所見不同；又齊系陶文習見記載陶工的籍貫與名字，如：《古陶
文彙編》「楚臺匋蘆里鹿」（3.333）、「楚臺匋蘆里昌」（3.335）「楚臺匋蘆里何」
（3.339），「公卿」於此當與之相同。

表 8－28

字例	殷商	西周	春秋	楚系	晉系	齊系	燕系	秦系
君子				〈郭店·忠信之道3〉 〈郭店·成之聞之3〉 〈郭店·性自命出20〉				
司子					〈坪安君鼎〉			
公卿						《古陶文彙編編》（3.334）		

〔註148〕高明、葛英會：《古陶文字徵》，頁276，北京，中華書局，1991年。
〔註149〕《禮記正義》，頁626。

（二）地望合文

「中易（ ）」合文見於燕系文字，「中」字於兩周文字作：「 」〈七年趙曹鼎〉、「 」〈明・折背刀〉、「中」〈睡虎地・秦律十八種 197〉，「易」字於兩周金文作：「 」〈小臣宅簋〉。「中易」一詞於《古璽彙編》中未釋，吳振武將之釋爲「中易」合文。〔註 150〕上半部爲「中」字，下半部爲「易」字，「易」字的「口」與「中」字下半部的部件相近，遂借用相近的部件。印文爲「昜都口王符」。「中易」應爲地望名稱。「易」、「陽」二字上古音同屬「余」紐「陽」部，雙聲疊韻。「中陽」一詞又見於傳世文獻，如：《史記・燕召公世家》云：「武成王七年，齊田單伐我拔中陽。」〈正義〉云：「中陽故城，份州隰城縣南十里。」〔註 151〕「中易」於戰國時期屬燕國所有。

表 8−29

字例	殷商	西周	春秋	楚系	晉系	齊系	燕系	秦系
中易							《古璽彙編》（5562）	

二、增添合文符號「＝」者

（一）稱謂詞合文

「公孫（ ）」合文見於楚系文字，「公」字於兩周金文作：「 」〈毛公鼎〉，「孫」字於兩周金文作：「 」〈己侯簋〉、「 」〈格伯作晉姬簋〉。上半部爲「公」字，下半部爲「孫」字，「公」字的「△」與「孫」字所從之「子」上半部的部件相近，遂借用相近的部件，並於該字右下方增添合文符號「＝」。包山竹簡的簡文爲「畏客鯵＝哀」，〈十五年守相杜波鈹〉銘文爲「大工尹鯵＝桴」。「公孫」爲複姓合文。「公孫」一詞又見於傳世文獻，如：《儀禮・喪服》云：「諸侯之子稱公子，公子不得禰先君；公子之子稱公孫，公孫不得祖諸侯。」

〔註 150〕《古璽文編校訂》，頁 573。

〔註 151〕《史記會注考證》，頁 570。

〔註152〕此「公孫」當指諸侯之孫；又如：《詩經‧邶風‧擊鼓》云：「擊鼓，怨
州吁也，衛州吁用兵暴亂，使公孫文仲將而平陳與宋，國人怨其勇而無禮也。」
〔註153〕又如：《史記‧秦本紀》云：「二十三年，與魏晉戰少梁，虜其將公孫痤。」
〔註154〕此「公孫」當爲複姓，其用法與楚、晉資料相同。

　　「雚君（🔣）」合文見於楚系文字，「雚」字於殷周金文作：「🔣」〈雚母觶〉、
「🔣」〈效卣〉，「君」字於兩周金文作：「🔣」〈哀成叔鼎〉。上半部爲「雚」字，
下半部爲「君」字，「雚」字下半部「隹」的部分形體，與「君」字上半部的形
體相近，遂借用相近的部件，並於該字下方增添合文符號「＝」。印文爲「🔣＝
之鉩」。「雚君」應爲職官名稱。鄭超引《左傳‧莊公十八年》：「初，楚武王克權，
使鬭緡尹之，以叛，圍而殺之。遷權於那處，使閻敖尹之。」以爲「雚君」當讀
爲「權君」。〔註155〕「雚」字上古音屬「見」紐「元」部，「權」字上古音屬「群」
紐「元」部，二者發聲部位相同，見群旁紐，疊韻。故知鄭超意見應可採信。

表 8－30

字例	殷商	西周	春秋	楚系	晉系	齊系	燕系	秦系
公孫				🔣〈包山145〉	🔣〈十五年守相杜波鈹〉			
雚君				🔣《古璽彙編》（0230）				

（二）其他合文

　　「少半（🔣）」合文見於晉系文字，「小」字於兩周金文作：「🔣」〈散氏
盤〉，「半」字於兩周文字爲：「🔣」〈共半鉼‧弧襠方足平首布〉。〈眉脒鼎〉上

〔註152〕《儀禮注疏》，頁 379。

〔註153〕《毛詩正義》，頁 80。

〔註154〕《史記會注考證》，頁 94。

〔註155〕鄭超：〈楚國官璽考述〉，《文物研究》總第 2 期，頁 92。

半部爲「小」字，下半部爲「半」字，「小」字兩側的形體「／ ＼」，與「半」字上半部的形體相近，遂借用相近的部件，並於該字右下方增添合文符號「＝」。「小」、「少」二字，上古音爲疊韻關係。銘文爲「廿三年鑄襄平容半＝齎」。「容╳齎」者，於三晉系統中習見，如：「容半齎」〈半齎鼎〉、「爲量容半齎」〈廿七年大梁司寇鼎〉等；此外，亦見「容╳斗」者，如：「容二斗」〈十一年庫嗇夫鼎〉。將三者相較，「少半」應指該器的容量言。

表 8-31

字例	殷商	西周	春秋	楚系	晉系	齊系	燕系	秦系
少半					〈眉脒鼎〉			

總之，借用部件的省筆合文，有一定的限制，甲、乙二字必須具有相近的某一部件，在壓縮成爲一個方塊字時，才能將相近的部件借用。由於條件所限，加上並非合書的二字必具有相近的部件，造成以此種方式書寫的合文，其內容亦較少見。基本上，借用部件的書寫方式，與共用筆畫、偏旁者相同，皆可以達到文字省減的目的，在省減上亦以上下式的結構爲主，從上列的例字觀察，它一方面可以省去文字部分的形體，一方面又可以達到節省空間的作用，惟受條件限制，在書寫上未如不省筆合文普遍。

第六節　刪減偏旁省筆合文

刪減偏旁，何琳儀稱之爲「合文刪簡偏旁」〔註 156〕，係指在壓縮成爲一個方塊字時，刪減某一字的部分偏旁、部件，或是將兩個或兩個字以上的部分偏旁、部件，皆予以刪減。

一、未增添合文符號者

（一）稱謂詞合文

「司馬（⊟）」合文見於晉系文字，「司」字於兩周金文作：「司」〈毛公

〔註 156〕《戰國文字通論》，頁 193。

鼎〉，「馬」字於兩周金文作：「象」〈噩君啓車節〉。上半部爲「司」字，下半部爲「馬」字。將〈史牆盤〉與〈口言令司馬戈〉的「司」字比較，後者省減「口」；將〈噩君啓車節〉與〈口言令司馬戈〉的「馬」字相較，後者以剪裁省減的方式書寫，僅保留眼睛的部分。銘文爲「口言令鬲伐」。〈口言令司馬戈〉之「司馬」一詞，係屬複姓，其用法與《古璽彙編》（3822）「司馬進」，所見的「司馬」相同，屬姓氏性質。〔註157〕

「司工（司）」合文見於晉系文字，「工」字於兩周金文作：「工」〈虢季子白盤〉。上半部爲「司」字，下半部爲「工」字。將金文與璽印文字相較，《古璽彙編》（2227）的「司」字省減「口」。印文爲「制旱」。據「不省筆合文」之「增添合文符號『＝』者」的「司工」項下之考證，當指「司空」，爲職官名稱。〔註158〕

「司寇（寇，寇，寇）」合文見於晉系文字，「寇」字於兩周金文作：「寇」〈虞嗣寇壺〉、「寇」〈廿七年大梁司寇鼎〉。上半部爲「司」字，下半部爲「寇」字。將之與金文字形相較，〈卅二年鄭令矛〉將「司」字省減「口」，「寇」字僅剩下「人」的形體；〈元年鄭令矛〉將「司」字省減「口」；〈五年鄭令戈〉的「司」字僅剩下「﹁」。〈卅二年鄭令矛〉銘文爲「卅二年，鄭令椲澝、戜趙它、往庫帀皮耴」，〈元年鄭令矛〉爲「元年，鄭令椲澝、戜芌慶、往庫帀皮耴」，〈五年鄭令矛〉爲「五年，鄭令韓半、戜長朱、右庫帀陽函」。據「不省筆合文」之「增添合文符號『＝』者」的「司寇」項下之考證，爲職官名稱。

「塚子（孨）」合文見於晉系文字〔註159〕，「子」字於兩周金文作：「孚」〈史牆盤〉，「塚」字於兩周金文作：「塚」〈二年甾鼎〉。左側爲「子」字，右側爲「塚」字。將〈梁上官鼎〉與〈二年甾鼎〉的「塚」字相較，二者皆將「土」置於「冢」之上，由於「土」與「冢」具有相同的橫畫，遂以共用筆畫的方式書寫，又前者

〔註157〕「司馬」合文以刪減偏旁省筆方式書寫者，除了不增添合文符號的形式外，尚見〈十二年邦司寇矛〉、〈十六年喜令戈〉於合書形體的右側下方增添合文符號「＝」，寫作「鬲＝」。

〔註158〕「司工」合文以刪減偏旁省筆方式書寫者，除了不增添合文符號的形式外，尚見《古璽彙編》（0084）於合書形體的右側下方增添合文符號「＝」，寫作「旱＝」。

〔註159〕李家浩：〈戰國時代的「冢」字〉，《著名中年語言學家自選集——李家浩卷》，頁1～7，合肥，安徽教育出版社，2002年。

僅保留「宀」的形體。銘文為「宜信塚」。「塚」、「冢」二字上古音同屬「端」紐「東」部，雙聲疊韻。「冢子」一詞又見於傳世文獻，如：《禮記・內則》云：「父沒母存，冢子御食。」〔註160〕「冢子」係指嫡長子；又如：《左傳・閔公二年》云：「大子奉冢祀、社稷之粢盛，以朝夕視君膳者也，故曰冢子。」〔註161〕「冢子」係指太子；又見於〈二年窒鼎〉「二年，寧塚（冢）子」。從文字通假與文獻言，〈梁上官鼎〉之「塚子」一詞應為「冢子」，係指嫡長子。

「馬重（𩢏）」合文見於晉系文字，「重」字於兩周金文作：「重」〈井侯簋〉、「重」〈春成侯壺〉。左側為「重」字，右側為「馬」字。〈十七年蓋弓帽〉將「馬」字以剪裁省減的方式書寫，僅保留眼睛的部分。銘文為「十七年，𩢏＝篓壽」。「馬重」應為人名。〔註162〕「重」、「童」二字上古音同屬「定」紐「東」部，雙聲疊韻。「馬重」可通假為「馬童」。「馬童」一詞又見於傳世文獻，如：《史記・項羽本紀》云：「騎司馬呂馬童」〔註163〕；又見於《古璽彙編》，如：「高馬童」（1144）、「邙馬童」（2247），「馬童」為戰國時期習見的人名。〔註164〕

「私庫（𤰕，𧊟）」合文見於晉系文字，「私」字於兩周文字作：「𠫑」《古璽彙編》（0438），「庫」字於兩周金文作：「庫」〈朝歌右庫戈〉。上半部為「私」字，下半部為「庫」字。將〈私庫嗇夫鑲金銀泡飾〉、〈私庫嗇夫蓋杠接管〉與〈朝歌右庫戈〉的「庫」字相較，〈私庫嗇夫鑲金銀泡飾〉省減「車」的部分筆畫，〈私庫嗇夫蓋杠接管〉省減「广」的部分筆畫。〈私庫嗇夫鑲金銀泡飾〉銘文為「十三世，𧊟、嗇夫煮正、工孟鮮」，〈私庫嗇夫蓋杠接管〉為「十四世，𧊟、嗇夫煮正、工達」。據「不省筆合文」之「未增添合文符號者」的「私庫」項下之考證，為中山國製造器物的機構。

「得工（𣆪）」合文見於晉系文字，何琳儀將「𣆪」字釋為「服工」合文，中國社會科學院考古研究所與張亞初釋為「得工」合文。〔註165〕「𣆪」字上半

〔註160〕《禮記正義》，頁 529。

〔註161〕《春秋左傳注》，頁 268。

〔註162〕《古璽文編校訂》，頁 220。

〔註163〕《史記會注考證》，頁 151。

〔註164〕「馬重」合文以刪減偏旁省筆方式書寫者，除了不增添合文符號的形式外，尚見〈十七年平陰鼎蓋〉於合書形體的右側下方增添合文符號「＝」，寫作「𩢏＝」。

〔註165〕《戰國古文字典——戰國文字聲系》，頁 1481；《殷周金文集成釋文》，第六卷，

部的形體爲「目」，下半部爲「工」，晉系文字中，寫作「」者，如：「鼎」字作「」〈哀成叔鼎〉、「則」字作「」〈屬羌鐘〉、「得」字作「」〈好盗壺〉等，從「㝵」字的形體言，當以「得工」較爲可信。「㝵」字上半部爲「得」字，下半部爲「工」字。將〈好盗壺〉與〈七年㝵工劍〉的「得」字相較，後者省去「又」形，僅保留「」的形體。銘文爲「七年，啬夫杜相如、左㝵帀韓口」。「╳╳帀╳╳」之辭，於晉系兵器中習見，如：「十五年，鄭令趙距、𤔲彭璋、右庫工帀陳坪」〈十五年鄭令戈〉、「廿年，鄭令韓恙、𤔲扶裕、右庫帀張阪」〈二十年鄭令戈〉、「五年，鄭令韓半、𤔲長朱、右庫帀陽函」〈五年鄭令矛〉等，「得工」應爲晉系國家製造兵器的機構。〔註166〕

表8－32

字例	殷商	西周	春秋	楚系	晉系	齊系	燕系	秦系
司馬					 〈口言令司馬戈〉  〈十二年邦司寇矛〉  〈十六年喜令戈〉			
司工					 《古璽彙編》（2227）  《古璽彙編》（0084）			

頁514；《殷周金文集成引得》，頁170。

〔註166〕「得工」合文以刪減偏旁省筆方式書寫者，除了不增添合文符號的形式外，尚見〈王何戈〉於合書形體的右側下方增添合文符號「＝」，寫作「㝵＝」。

司寇				〈卅二年鄭令矛〉 〈元年鄭令矛〉 〈五年鄭令矛〉			
塚子				〈梁上官鼎〉			
馬重				〈十七年蓋弓帽〉 〈十七年平陰鼎蓋〉			
私庫				〈私庫嗇夫鑲金銀泡飾〉 〈私庫嗇夫蓋杠接管〉			
得工				〈七年旦工劍〉 〈王何戈〉			

（二）動物名稱合文

「犾羊（）」合文見於楚系文字，「犾」字於兩周文字作：「」〈包山238〉，「羊」字於兩周金文作：「」〈小盂鼎〉。上半部為「犾」字，下半部為「羊」字。將「犾」字相較，（129）將部分筆畫省減。簡文為「一青犖之齎」。「犾羊」一詞據彭浩等人云：「簡文把兩字合書，犾讀如騍，閹馬。去勢

之羊曰羯。」〔註167〕今從其說。

表 8-33

字例	殷商	西周	春秋	楚系	晉系	齊系	燕系	秦系
狄羊				 <包山 129>				

（三）品物名稱合文

「乘車（𦩻）」合文見於楚系文字，「乘」字於兩周金文作：「𡘹」〈公貿鼎〉、「𡘹」〈虢季子白盤〉、「𡘹」〈�ㄇ君啟車節〉，「車」字於兩周金文作：「車」〈師同鼎〉。包山竹簡的字形與〈鄂君啟車節〉相近同，惟前者省減「乘」字下半部的「几」。「𦩻」字上半部為「乘」字，下半部為「車」字。簡文為「亞□郘𦩻返」。包山竹簡「𦩻」字未見任何的合文符號，深究其文義，仍應作「乘車」二字。據「不省筆合文」之「增添合文符號『＝』者」的「乘車」項下之考證，「乘車」應屬兵車的一種。

「乘馬（𩡙）」合文見於楚系文字，「馬」字於兩周金文作：「𩡙」〈鄂君啟車節〉。「𩡙」字上半部為「乘」字，下半部為「馬」字。將金文與天星觀竹簡文字相較，後者的「馬」字以剪裁省減的方式書寫。簡文為「𩡙之紡繳」。據「不省筆合文」之「增添合文符號『＝』者」的「乘馬」項下之考證，「乘馬」一詞，應指四馬之稱。〔註168〕

表 8-34

字例	殷商	西周	春秋	楚系	晉系	齊系	燕系	秦系
乘車				 <包山 122>				

〔註167〕〈包山二號楚墓簡牘釋文與考釋〉，《包山楚墓》，頁380。

〔註168〕「乘馬」合文以刪減偏旁省筆方式書寫者，除了不增添合文符號的形式外，尚見天星觀竹簡〈遣策〉於合書形體的右側下方增添合文符號「＝」，寫作「𩡙＝」。

乘馬				 〈天星觀 ・遣策〉				

（四）地望合文

「高安（𠆢）」合文見於晉系文字〔註169〕，「高」字於兩周金文作：「髙」〈瘋鐘〉、「合」〈噩君啓車節〉，「安」字於兩周金文作：「宭」〈哀成叔鼎〉。上半部爲「高」字，下半部爲「安」字。將〈噩君啓車節〉與〈高安一釿・弧襠方足平首布〉的「高」字相較，後者省減「口」；將〈哀成叔鼎〉與〈高安一釿・弧襠方足平首布〉的「安」字相較，後者省減「宀」。幣文爲「𡱠一釿」。貨幣上常記載地望，如：「安邑」〈安邑半釿・弧襠方足平首布〉、「山陽」〈山陽・弧襠方足平首布〉、「盧氏」〈盧氏半釿・弧襠方足平首布〉等，故知「高安」亦爲地望。「高安」一詞又見於傳世文獻，如：《史記・趙世家》云：「四年，與秦戰高安。」〈正義〉云：「蓋在河東」。〔註170〕「高安」爲地望，位於河東，即今日之山西省。

「膚虎（𧆠）」合文見於晉系文字，「膚」字於兩周金文作：「𧆜」〈九年衛鼎〉，「虎」字於兩周金文作：「𧆙」〈番生簋蓋〉、「𧆝」〈毛公鼎〉。上半部爲「膚」字，下半部爲「虎」字。將〈九年衛鼎〉與〈膚虒半・尖足平首布〉的「膚」字相較，後者省減「膚」字下半部的形體；將〈毛公鼎〉與〈膚虒半・尖足平首布〉的「虎」字相較，後者省減「虎」字部分的形體。幣文爲「𧆠半」。「膚虎」一詞應爲地望。〔註171〕「膚」字上古音屬「幫」紐「魚」部，「盧」字上古音屬「來」紐「魚」部，疊韻。又「虎」字上古音屬「曉」紐「魚」部，「虒」字上古音屬「心」紐「支」部。又馬王堆帛書《六十四卦・訟》云：「或賜之般帶，終朝三㧙之。」〔註172〕「㧙」字從手從虎，今本作「上九，或錫之

〔註169〕〈戰國貨幣考（十二篇）〉，《古文字論集》，頁 442～443。

〔註170〕《史記會注考證》，頁 678。

〔註171〕〈戰國貨幣考（十二篇）〉，《古文字論集》，頁 440～441。

〔註172〕馬王堆漢墓帛書整理小組：〈馬王堆帛書《六十四卦》釋文〉，《文物》1984 年第 3 期，頁 1。

鞶帶，終朝三褫之。」〔註173〕「摅」字上古音屬「曉」紐「魚」部，「褫」字上古音屬「透」紐「支」部。「膚虎」可通假爲「慮虒」。「慮虒」一詞又見於傳世文獻，如：《後漢書・郡國志》云：「慮虒」，〈集解〉云：「今代州五臺縣東北」。〔註174〕「慮虒」地望在今日山西省五臺東北。

　　「易曲（⿰⿱⿰）」合文見於晉系文字，「易」字於兩周金文作：「⿰」〈正易鼎〉，「曲」字於殷周金文作：「⿰」〈⿰父丁爵〉、「⿰」〈曾子斿鼎〉。左側爲「曲」字，右側爲「易」字。將〈⿱公上⿰鼎〉與〈曾子斿鼎〉的「曲」字相較，前者將「曲」字以剪裁省減的方式書寫，僅保留基本的特徵。銘文爲「⿰公上⿰鼲貣」。「易曲」應爲地望。〔註175〕「易」、「陽」二字上古音同屬「余」紐「陽」部，雙聲疊韻。「易曲」可通假爲「陽曲」。「陽曲」一詞又見於傳世文獻，如：《漢書・地理志》云：「陽曲」，〈補注〉云：「今陽曲縣東北。」〔註176〕「陽曲」地望在今日山西省境內。〔註177〕

表 8-35

字例	殷商	西周	春秋	楚系	晉系	齊系	燕系	秦系
高安					⿱ 〈高安一釿・弧襠方足平首布〉			
膚虎					⿰ 〈膚虒半・尖足平首布〉			

〔註173〕《周易正義》，頁 35。

〔註174〕（劉宋）范曄撰、（唐）李賢注、（清）王先謙集解：《後漢書集解》，頁 1319，臺北，藝文印書館，1996 年。

〔註175〕〈古璽合文考（十八篇）〉，《古文字研究》第十七輯，頁 274～275。

〔註176〕《漢書補注》，頁 688。

〔註177〕「易曲」合文以刪減偏旁省筆方式書寫者，除了不增添合文符號的形式外，尚見〈十七年蓋弓帽〉於合書形體的右側下方增添合文符號「＝」，寫作「鼲＝」。

易曲				〈敔公上𥬇鼎〉 〈十七年蓋弓帽〉			

（五）其他合文

「營室（𤏟）」合文見於楚系文字，「營」字於兩周文字作：「營」〈睡虎地・日書甲種 53〉，「室」字於兩周金文作：「室」〈天亡簋〉、「室」〈頌鼎〉。「𤏟」字在簡文的字形並不清晰，該字下方亦未見任何的合文符號「＝」，李家浩將之隸定為「𤏟」，以為當指二十八星宿的「營室」，劉信芳亦指出當作「營室」二字合文，李守奎認為是「炊室」二字合文，「炊」為「焌」的初文。〔註 178〕「𤏟」字上半部為「營」字，下半部為「室」字，二字以合書方式書寫時，「營」字僅保留上半部的形體，使之緊密結合，壓縮於一個方塊裡。簡文為「口帛朔於𤏟」。

「營室」一詞又見於傳世文獻，如：《周禮・考工記・輈人》云：「龜蛇四斿，以象營室也。」〈疏〉云：「此星一名室壁，一名營室，一名水春。」〔註 179〕又如：《漢書・律曆志》云：「中營室，十四度，驚蟄。」〔註 180〕「營室」為星宿之名。

表 8－36

字例	殷商	西周	春秋	楚系	晉系	齊系	燕系	秦系
營室				〈九店 56.96〉				

〔註 178〕劉信芳：〈九店楚簡日書與秦簡日書比較研究〉，《第三屆國際中國古文字學研討會論文集》，頁 540，香港，香港中文大學中國語言及文學系，1997 年；李守奎：〈江陵九店 56 號墓竹簡考釋 4 則〉，《江漢考古》1997 年第 4 期，頁 69；〈五六號墓竹簡釋文與考釋〉，《九店楚簡》，頁 128。

〔註 179〕《周禮注疏》，頁 614。

〔註 180〕《漢書補注》，頁 435。

二、增添合文符號「＝」者

（一）稱謂詞合文

「公乘（）」合文見於晉系文字，「公」字於兩周金文作：「」〈大盂鼎〉，「乘」字於兩周金文作：「」〈公貿鼎〉、「」〈虢季子白盤〉、「」〈鄂君啓車節〉。上半部爲「公」字，下半部爲「乘」字。〈監罟囿臣石〉的「乘」字與〈鄂君啓車節〉相近同，惟前者省減「乘」字下半部的「几」。二字以合書方式書寫時，並於該字右下方增添合文符號「＝」。其文句爲「監罟囿臣𠅦＝得」。「公乘」一詞又見於傳世文獻，如：《史記‧倉公列傳》云：「高后八年，更受師，同郡元里公乘陽慶。」〈正義〉云：「〈百官表〉云：『公乘，第八爵也。』」〈考證〉云：「張照曰：『按公乘，蓋以爵爲氏，如：壺關三老、公乘興是也。公乘爲陽慶之氏，非爵也。』」〔註 181〕「公乘得」爲「監罟囿臣」，「公乘」一詞於此可能爲職官名，亦可能爲複姓。

「馬帀（）」合文見於晉系文字〔註 182〕，「馬」字於兩周金文作：「」〈鄂君啓車節〉，「帀」字於兩周金文作：「」〈師寰簋〉、「」〈鄂君啓舟節〉。上半部爲「馬」字，下半部爲「帀」字。〈三年馬師鈹〉的「馬」字以剪裁省減的方式書寫，僅保留眼睛的部分。二字以合書方式書寫時，並於該字右下方增添合文符號「＝」。銘文爲「三年，武信令𢊁＝闒、右庫啓、帀＝粤秦」。「帀」字上古音屬「精」紐「葉」部，「師」字上古音屬「山」紐「脂」部，二者發聲部位相同，皆爲齒音。「馬師」一詞又見於傳世文獻，如：《左傳‧襄公三十年》云：「晨，自墓門之瀆入，因馬師頡介于襄庫，以伐舊北門。……子皮以公孫鉏爲馬師。」又如：《左傳‧昭公七年》云：「子皮之族飲酒無度，故馬師氏與子皮氏有惡。」〔註 183〕「馬師」於春秋時期爲職官名稱，稱「馬師頡」者，係以官名配名〔註 184〕，〈三年馬師鈹〉的「馬師闒」一詞，應與之相同。

〔註 181〕《史記會注考證》，頁 1116。

〔註 182〕《古璽文編校訂》，頁 238～240；林素清：《戰國文字研究》，頁 159～160，臺北，國立臺灣大學中國文學系博士論文，1984 年。

〔註 183〕《春秋左傳注》，頁 1176～1178，頁 1293。

〔註 184〕方炫琛：《左傳人物名號研究》，頁 293，臺北，國立政治大學中國文學研究所博士論文，1983 年。

表 8－37

字例	殷商	西周	春秋	楚系	晉系	齊系	燕系	秦系
公乘					〈監罟囿臣石〉			
馬市					〈三年馬師鈹〉			

（二）品物名稱合文

「絳維（𦈢）」合文見於楚系文字，「絳」字於兩周文字作：「𥿀」〈信陽
2.28〉，「維」字於兩周金文作：「𦀚」〈蔡侯墓殘鐘四十七片〉。該字寫作「𦈢」，
左側爲「𥿀」字，右側爲「隹」字。二字以合書方式書寫時，「絳」、「維」二字
皆省減「糸」，並於該字下方增添合文符號「＝」。簡文爲「純𦈢＝之條紃」。《說
文解字》「絳」字云：「大赤也」；「維」字云：「車維蓋也」〔註185〕，又信陽一
號墓出土一件車蓋，應爲簡文所記載的「絳維」，故知「絳維」應爲楚國的車蓋
形制。

表 8－38

字例	殷商	西周	春秋	楚系	晉系	齊系	燕系	秦系
絳維				〈信陽2.11〉				

（三）地望合文

「句瀆（𣆟）」合文見於晉系文字，「句」字於兩周金文作：「𠄔」〈三年瘨
壺〉，「瀆」字於兩周金文作：「𡍮」〈瀆共旻戟〉、「𡎸」〈二年州句戈〉。左側爲
「句」字，右側爲「瀆」字。《說文解字》「瀆」字作「𤑒」〔註186〕，將之與《古
璽彙編》（0353）相較，後者將「瀆」字下半部的「貝」以及上半部的形體省減，

〔註185〕《說文解字注》，頁656，頁664。

〔註186〕《說文解字注》，頁51。

僅保留「▭」的部分，並將「牛」改置於下方。二字合書時，並於該字右下方增添合文符號「＝」。印文為「▩＝五都口」。「句犢」一詞應為地望。〔註187〕「犢」、「瀆」二字上古音同屬「定」紐「屋」部，雙聲疊韻。「句犢」可通假為「句瀆」。「句瀆」一詞又見於傳世文獻，如：《左傳‧桓公十二年》云：「公欲平宋、鄭。秋，公及宋公盟于句瀆之丘。」〔註188〕其為地望應無疑義。

表 8-39

字例	殷商	西周	春秋	楚系	晉系	齊系	燕系	秦系
句犢					《古璽彙編》（0353）			

（四）其他合文

「教學（▩）」合文見於楚系文字，「教」字於兩周金文作：「▩」〈散氏盤〉，「學」字於兩周金文作：「▩」〈沈子它簋蓋〉、「▩」〈靜簋〉、「▩」〈中山王譽鼎〉。上半部為「學」字，下半部為「教」字。將金文與楚簡文字相較，後者的「學」字省減「爻」，以「｜」取代，「教」字的「爻」，訛寫為近同「文」的形體。二字以合書方式書寫時，並於該字右下方增添合文符號「＝」。簡文為「▩＝箕也」。「▩＝箕也」一辭，不可能讀作「教學箕也」，或「學教箕也」。其識讀方式，係在二字間以逗號分隔，如：〈語叢一〉之「味，口司也；氣，容司也；志－司」（52），「志－司」一詞，宜讀為「志，心司。」故知「▩＝箕也」一辭，宜讀為「教，學箕也。」與《禮記‧學記》云「學（教）學半」〔註189〕相近同。

「社稷（▩）」合文見於楚系文字，「社」字於兩周文字作：「▩」〈詛楚文〉、「▩」〈中山王譽鼎〉，「稷」字於兩周金文作：「▩」〈中山王譽鼎〉、「▩」〈子禾子釜〉。該字形體怪異，學者多未得其解，僅據《郭店楚墓竹簡》據形隸定，陳偉最初以為該字或可作為「社稷」一詞解釋，其後又改釋為「里社」合

〔註187〕朱德熙：〈古文字考釋四篇〉，《朱德熙古文字論集》，頁152～153，北京，中華書局，1995年。

〔註188〕《春秋左傳注》，頁134。

〔註189〕《禮記正義》，頁648。

文〔註190〕；顏世鉉釋爲「里社」或「社里」合文。〔註191〕金文「稷」字下半部形體從「女」，上半部的形體，據《說文解字》云：「從田」〔註192〕，又「田」字於甲骨文作「田」《合》（22），或作「田」《合》（33218），於兩周金文作：「田」〈散氏盤〉，楚簡寫作「田」者，係「田」字的異體。「社稷」二字合書時，「稷」字僅保留「田」，而與「社」字緊密結合，壓縮於一個方塊裡，並於該字右下方增添合文符號「＝」。簡文爲「以奉穮＝」。「社稷」一詞習見於傳世文獻，如：《孟子‧離婁》云：「天子不仁，不保四海；諸侯不仁，不保社稷。」又如：《孟子‧盡心》云：「民爲貴，社稷次之，君爲輕。」〔註193〕郭店竹簡〈六德〉云：「子也者，會敦長材以事上，謂之義；上共下之義，以奉社稷，謂之孝，故人則爲口口口口仁。」其大意應是指身爲子者爲孝爲義之道。從先秦時期漢語詞彙的使用情形言，「社稷」一詞十分習見，至於陳、顏二人所言之「里社」或是「社里」，雖然於字形上可以成立，卻少見將「里」、「社」二字並稱，成爲一個詞彙。於此從陳偉最初的考釋，作爲「社稷」二字合文。

「亡喪（圖）」合文見於楚系文字，「亡」字於兩周金文作：「圖」〈大克鼎〉，「喪」字於兩周文字作：「圖」〈南疆鉦〉、「圖」〈郭店‧語叢一 98〉。上半部爲「喪」字之省，下半部爲「亡」字。將金文與楚簡文字相較，後者的「喪」字保留下半部的「亡」聲，以及上半部的「中」。二字以合書方式書寫時，並於該字右下方增添合文符號「＝」。簡文爲「初九：悔喪＝馬勿由逐」。於今本《周易》作「初九：悔亡，喪馬勿逐。」由此可知，「喪」一詞非爲詞組。

「此蠿（圖）」合文見於秦系文字，「此」字於兩周文字作：「圖」〈睡虎地‧日書乙種 139〉，「蠿」字於兩周文字作：「圖」〈睡虎地‧日書甲種 56〉。「圖」字在簡文中寫作「圖」，並於該字右下方增添合文符號「＝」。〈日書乙種〉亦見

〔註190〕陳偉：〈郭店楚簡〈六德〉諸篇零釋〉，《武漢大學學報（哲學社會科學版）》1999
　　　　年第 5 期，頁 32；陳偉：《郭店竹書別釋》，頁 116，武漢，湖北教育出版社，2003
　　　　年。

〔註191〕顏世鉉：〈郭店楚簡〈六德〉箋釋〉，《中央研究院歷史語言研究所集刊》第七十二
　　　　本第二分，頁 468～469，臺北，中央研究院歷史語言研究所，2001 年。

〔註192〕（漢）許慎撰、（宋）徐鉉等校定：《說文解字》，卷五下，頁 174，北京，中華書
　　　　局，1985 年。

〔註193〕《孟子注疏》，頁 126，頁 251。

「此」、「崔」二字析書，如：（87）。「崔」字上半部爲「此」字，下半部爲「崔」字，二字以合書方式書寫時，「崔」字僅保留下半部的形體，使之緊密結合，壓縮於一個方塊裡。簡文爲「崔＝，百事凶」。在〈日書甲種〉裡，「此崔」與「營室」、「斗」、「須女」、「牽牛」等星宿並列出現，應屬星宿名稱。《史記・天官書》云：「小三星隅置，曰觜觿。爲虎首，主葆旅事。」〔註 194〕又「此」字上古音屬「清」紐「支」部，「觜」字上古音屬「精」紐「支」部，二者發聲部位相同，精、清旁紐，疊韻。又「崔」、「觿」二字上古音同屬「匣」紐「支」部，雙聲疊韻。「此崔」即「觜觿」，爲星宿之名。

表 8－40

字例	殷商	西周	春秋	楚系	晉系	齊系	燕系	秦系
教學				𡥈〈郭店・語叢一 61〉				
社稷				𡎉＝〈郭店・六德 22〉				
亡喪				亡＝〈上博・周易 32〉				
此崔								崔＝〈睡虎地・日書甲種 87〉

三、增添合文符號「＝」者

（一）其他合文

「顏色（𩉤）」合文見於楚系文字，「顏」字於兩周金文作：「𩉤，𩉤」〈九年衛鼎〉，「色」字於兩周文字作：「𦨴」〈郭店・五行 13〉。「𩉤」字上半部爲「顏」字，下半部爲「色」字，「顏」字省減「頁」與「彡」，僅保留上半部的形體，並於該字下方增添合文符號「＝」。簡文爲「𩉤＝容貌因變也」。「顏色」

〔註194〕《史記會注考證》，頁 463。

指人的面容。其用法與《禮記・玉藻》云：「凡祭，容貌顏色，如見所祭者。」
〔註195〕的「顏色」相同。

「察澤（ ）」合文見於楚系文字，學者多從文句的比對，將「察」字直接釋為「淺」字，周鳳五指出當釋為「察」字。〔註196〕「察」字於兩周文字作：「 」〈郭店・五行39〉，「澤」字於兩周文字作：「 」〈郭店・性自命出23〉。上半部為「察」字，下半部為「澤」字，「察」字省減下半部的形體，「澤」字省減上半部的「罒」，並於該字右下方增添合文符號「一」。簡文為「笑，禮之 一也；樂，禮之深澤也」。「深澤」與「察澤」對舉，「深」字的反義應為「淺」。「淺」字上古音屬「清」紐「元」部，「察」字上古音屬「初」紐「月」部，二者皆為齒音，元月對轉。「察澤」可通假為「淺澤」。

表 8－41

字例	殷商	西周	春秋	楚系	晉系	齊系	燕系	秦系
顏色				〈郭店・五行32〉				
察澤				〈郭店・性自命出22〉				

　　總之，刪減偏旁的書寫方式，往往將兩個或兩個以上的文字，省略其部分的偏旁或部件。此種省減的方式，並未受限於上下式或左右式結構的文字組合，省減後的形體，或可明顯察知係屬二字合文，或書寫成某一文字。書寫成某一文字的現象，若非透過合文符號的增添，以及上下文句或是相關的文句比對，甚難發覺其壓縮前的形體。由於所受的限制較少，遂分見於楚、晉、秦系文字中。

〔註195〕《禮記正義》，頁 569。

〔註196〕周鳳五：〈讀郭店竹簡〈成之聞之〉札記〉，《古文字與古文獻》試刊號，頁 49，臺北，楚文化研究會籌備處，1999 年。

第七節　包孕合書省筆合文

包孕合書，何琳儀稱之爲「合文借用形體」〔註197〕，係指兩字之間形體借用的合文方式，表面上看似爲一個單字，實際上係由二個字構成，只是書寫時省減了共同的偏旁，而此被省減的偏旁本身爲一個獨立的單字。在閱讀的順序上，大多先讀該單字的讀音，其後再讀其偏旁，或者先讀該字的偏旁讀音，然後再讀該單字的讀音。

一、增添合文符號「＝」者

（一）稱謂詞合文

「大夫（杢，杢）」合文分見於楚、晉、燕、秦四系文字，「大」字於兩周金文作：「大」〈師同鼎〉、「大」〈�君啓舟節〉，「夫」字於兩周金文作：「夫」〈大盂鼎〉、「夫」〈曾姬無卹壺〉。「大」與「夫」採取合文方式書寫時，以包孕合書的形式表現，並於「夫」字的右下方或是下方增添合文符號「＝」。郭店竹簡的簡文爲「毋以嬖士塞夫＝卿士」，睡虎地竹簡爲「士夫＝以上，爵食之」，〈公朱左𠂤鼎〉銘文爲「左官冶夫＝」，〈中山王𰯼方壺〉爲「元從在夫＝」，〈十三年戈〉爲「夫＝」，《古璽彙編》（0104）印文爲「陰成君邑夫＝兪安」。「大夫」應爲職官名稱。「大夫」一詞又見於傳世文獻，如：《左傳‧桓公十三年》云：「鄧曼曰：『大夫其非眾之謂，其謂君撫小民以信，訓諸司以德，而威莫敖以刑也。』」又如：《左傳‧僖公二十八年》云：「王使謂之曰：『大夫若入，其若申、息之老何？』」〔註198〕又如：《周禮‧春官‧典命》云：「王之三公八命，其卿六命，其大夫四命。」〈注〉云：「四命，中下大夫也」。〔註199〕其官職應在卿之下。文獻所見的楚國「大夫」多爲職官之稱，將之與上列的文句相較，「大夫」一詞亦作爲職官名，多爲官名的泛稱。〔註200〕

〔註197〕《戰國文字通論》，頁193。

〔註198〕《春秋左傳注》，頁137，頁468。

〔註199〕《周禮注疏》，頁321。

〔註200〕「大夫」合文以包孕合書省筆方式書寫者，除了增添合文符號「＝」的形式外，尚見《古璽彙編》（0183）、〈車大夫長畫戈〉未增添合文符號於合書的形體，寫作「夫」。

　　「孔子（⿰，⿰，⿰，⿰）」合文見於楚系文字，「孔」字於兩周金文作：「⿰」〈孔作父癸鼎〉、「⿰」〈師訇鼎〉、「⿰」〈王孫誥鐘〉，「子」字於兩周金文作：「⿰」〈史牆盤〉。上博簡〈仲弓〉的字形與〈王孫誥鐘〉一致；〈孔子閒居〉將「乚」改置於「子」的右下方；〈孔子詩論〉將「乚」寫作「卜」，與習見的「孔」字迥異，周鳳五指出「孔」字俗體與〈孔子詩論〉所見近同〔註201〕，《龍龕手鑑》「孔」字作「⿰」〔註202〕，形體與〈孔子詩論〉相近，釋爲「孔」字無疑；〈顏淵〉將「卜」改置於「子」的上方，爲求形體的美觀，又將「卜」的形體略作變動。「孔」與「子」採取合文方式書寫時，以包孕合書的形式表現，並於「孔」字的右下方或是下方增添合文符號「＝」。〈孔子詩論〉簡文爲「孔＝曰」〔註203〕，〈孔子閒居〉爲「孔＝曰：善哉，商也」，〈顏淵〉爲「孔＝曰：德成則名至矣」，〈仲弓〉爲「仲弓以告孔＝曰」。「孔子」一詞即指先秦時期儒家代表——孔丘。

　　「子孫（⿰，⿰）」合文見於楚系文字，「孫」字於兩周金文作：「⿰」〈己侯簋〉、「⿰」〈格伯作晉姬簋〉。「孫」字從子從系。「孫」與「子」採取合文方式書寫時，以包孕合書的形式表現，並於「孫」字的右下方增添合文符號「＝」。郭店竹簡的簡文爲「孫＝以其祭祀不屯」，上博簡爲「無聲之樂，施及孫＝」。「子孫」指「後代」之義。

　　「躬身（⿰，⿰，⿰）」合文見於楚系文字，「躬」字於兩周文字作：「⿰」〈包山234〉，「身」字於兩周金文作：「⿰」〈𧽙鐘〉、「⿰」〈班簋〉。楚系「躬」字從宀從躬，「躬」從身從呂。「躬」與「身」採取合文方式書寫時，以包孕合書的形式表現，並於「躬」字的右下方增添合文符號「＝」，如：望山竹簡（74）；或將「躬」所從偏旁「呂」省減，如：包山竹簡（198）；或將「躬」所從偏旁「呂」省減一部分的形體，如：包山竹簡（199）。無論形體的省減與否，「躬

〔註201〕朱淵清云：「周鳳五先生在 2001 年 9 月 29 日賜筆者信件中指出：『《古文四聲韻》卷三董韻「孔」字收《籀韻》的「孔」形，與簡文極爲接近，堪稱確證。簡文據此可以逕釋「孔子」合文。』」朱淵清：〈「孔」字的寫法〉，簡帛研究網站，2001 年 12 月 18 日。

〔註202〕潘重規：《龍龕手鑑新編》，頁 7，臺北，石門圖書公司，1980 年。

〔註203〕有關〈孔子詩論〉的釋文，係採用周鳳五的意見。周鳳五：〈〈孔子詩論〉新釋文及注解〉，簡帛研究網站，2002 年 1 月 16 日。

身」二字皆採取包孕合書方式，使之緊密結合，壓縮於一個方塊裡。望山竹簡
的簡文爲「於將有憂於躬＝與口」，包山竹簡依序爲「於躬＝」、「盡窜歲躬＝恖
毋有咎」。「躬身」一詞又見於傳世文獻，如：《國語・越語》云：「王若行之，
將妨於國家，靡王躬身。」〔註204〕《說文解字》「躬」字云：「身也。」〔註205〕
又《爾雅・釋詁下》云：「朕、予、躬、身也。」郭璞云：「今人亦自呼爲身。」
〔註206〕故知「躬身」係指個人的謙稱。

　　「聖人（𦥔）」合文見於楚系文字，「人」字於兩周金文作：「𠂉」〈曾姬
無卹壺〉，「聖」字於兩周金文作：「𦔻」〈史牆盤〉、「𦔻」〈大克鼎〉、「𦥔」
〈王孫遺者鐘〉。「聖」字從耳從口，「耳」下半部爲「人」的形體。「聖」與「人」
採取合文方式書寫時，以包孕合書的形式表現，並於「聖」字的右下方增添合
文符號「＝」。簡文爲「聖＝之治民」。郭店竹簡「聖人」一詞，係指才學或道
德極爲完備的人。

　　「先人（𣥏）」合文見於楚系文字，「先」字於兩周金文作：「𣥏」〈䠀盉壺〉。
「先」字下半部爲「人」的形體，「先」與「人」採取合文方式書寫時，由於具
有共同的部分，遂以包孕合書的形式表現，並於「先」字的右下方增添合文符
號「＝」。簡文爲「自我先＝」。「先人」一詞，係指祖先。

　　「寡人（𡥀）」合文見於晉系文字，「寡」字於兩周金文作：「𡧀」〈毛公
鼎〉、「𡥀」〈中山王𧷢方壺〉。〈中山王𧷢鼎〉「寡」字省減「宀」，「頁」字下半
部爲「人」的形體。「寡」與「人」採取合文方式書寫時，以包孕合書的形式表
現，並於「寡」字的右下方增添合文符號「＝」。銘文爲「寡＝懼其忽然不可得……
是以寡＝許之」。「寡人」一詞係諸侯王的自稱。

　　「孝子（𡥈）」合文見於晉系文字，「孝」字於兩周金文作：「𣫵」〈頌簋〉。
「孝」字上半部從老省，下半部從子。「孝」與「子」二字採取合文方式書寫時，
以包孕合書的形式表現，並於「孝」字的右下方增添合文符號「＝」。銘文爲「尹
孝＝鼎」。「孝子」一詞應指盡心奉養父母之人。

〔註204〕《國語》，頁641。

〔註205〕《說文解字注》，頁347。

〔註206〕（晉）郭璞注、（宋）邢昺疏：《爾雅注疏》，頁20，臺北，藝文印書館，1993年。

表 8－42

字例	殷商	西周	春秋	楚系	晉系	齊系	燕系	秦系
大夫				〈郭店・緇衣23〉 《古璽彙編》（0183）	〈公朱左𠂤鼎〉 〈中山王𰾓方壺〉 《古璽彙編》（0104）		〈十三年戈〉 〈車大夫長畫戈〉	〈睡虎地・秦律十八種179〉
孔子				〈上博・孔子詩論1〉 〈上博・孔子閒居〉 〈上博・顏淵〉 〈上博・仲弓1〉				
子孫				〈郭店・老子乙本16〉 〈上博・民之父母12〉				
躬身				〈望山1.74〉 〈包山198〉				

				〈包山 199〉		
聖人				〈郭店・尊德義 6〉		
先人				〈新蔡・零 217〉		
寡人					〈中山王 𰀀鼎〉	
孝子					〈公朱右𠂤鼎〉	

（二）「之╳」習用語合文

「之歲（𣥂）」合文見於楚系文字，「之」字於兩周金文作：「止」〈毛公鼎〉，「歲」字於兩周金文作：「𣥼」〈利簋〉、「𣥻」〈曶鼎〉、「𣥒」〈鄂君啓舟節〉。楚系「歲」字上半部改爲「之」，而非「止」的形體。「歲」與「之」採取合文方式書寫時，以包孕合書的形式表現，並於「歲」字的右下方增添合文符號「＝」。簡文爲「東周之客謈緯歸乍藏郢歲＝」。楚系材料「╳╳之歲」的習用語，「之歲」應爲「是歲」，即口語所言之「這一年」。

「之市（𰀁）」合文見於楚系文字，「市」字於兩周金文作：「芇」〈兮甲盤〉。「市」字上半部爲「之」。「市」與「之」採取合文方式書寫時，以包孕合書的形式表現，並於「市」字的右下方增添合文符號「＝」。簡文爲「鄦市＝里人嬰何受其兄嬰朔」。「市＝」字據上列「之歲」合文分析，「市＝」爲「之市」二字合書，爲楚系簡帛資料中習見的「之╳」式習用語。

「之時（𰀂）」合文見於楚系文字，「時」字於兩周文字作：「𣋌」〈郭店・太一生水 4〉。「時」字上半部爲「之」，「時」與「之」採取合文方式書寫時，由於具有共同的部分，遂以包孕合書的形式表現，並於「時」字的右下方增添合文符號「＝」。簡文爲「☒時＝，以☒」。「之時」二字合書，爲楚系簡帛資料習見的「之╳」式的習用語。其用法與《詩經・邶風・柏舟》云：「衛頃公之時，

仁人不遇，小人在側」〔註207〕的「之時」相同。

　　「之志（ ）」合文見於秦系文字，「志」字於兩周金文作：「 」〈中山王嚳方壺〉。「志」字上半部爲「之」，下半部爲「心」。「之」與「志」採取合文方式書寫時，以包孕合書的形式表現，並於「志」字的右下方增添合文符號「＝」。簡文爲「必有死亡志＝至」。「必有死亡之志至」，「之」字於此作爲介詞使用，當作「的」字。〔註208〕

表 8－43

字例	殷商	西周	春秋	楚系	晉系	齊系	燕系	秦系
之歲				 〈包山225〉				
之市				 〈包山63〉				
之時				 〈新蔡・零417〉				
之志				 〈郭店・六德33〉				 〈睡虎地・日書甲種129〉

（三）祭品名稱合文

　　「狂豕（ ）」合文見於楚系文字，「豕」字於兩周金文作：「 」〈函皇父鼎〉、「 」〈頌鼎〉，「狂」字於兩周文字作：「 」〈望山1.116〉、「 」〈包山225〉。「狂」字從豕主聲。彭浩、張光裕等人將「狂＝」字釋爲「豲＝（豣）」〔註209〕；張守中釋作「狂」〔註210〕；《望山楚簡》釋爲「豕」。〔註211〕「干」字

〔註207〕《毛詩正義》，頁74。

〔註208〕「之志」合文以包孕合書省筆方式書寫者，除了增添合文符號「＝」的形式外，尚見郭店竹簡〈六德〉於合書形體的右側下方增添合文符號「一」，寫作「志一」。

〔註209〕〈包山二號楚墓簡牘釋文與考釋〉，《包山楚墓》，頁368；《包山楚簡文字編》，頁348。

於甲骨文作「🔲」《合》（28059），包山竹簡作「🔲」（269），與簡文所見的偏旁不同；又包山竹簡「宝」字作「🔲」（22），與該字的偏旁相同，故應釋作「狂」。「狂」與「豕」採取合文方式書寫時，以包孕合書的形式表現，並於「狂」字的右下方增添合文符號「＝」。簡文爲「□祭公主狂＝酒食」。「狂豕」爲祭祀用的祭品。

「犆牛（🔲）」合文見於楚系文字，「直」字於兩周文字作：「🔲」〈恒簋蓋〉，「牛」字於兩周文字作：「🔲」〈噩君啓舟節〉。「犆」字上半部爲「直」字，下半部爲「牛」字。「犆」與「牛」採取合文方式書寫時，以包孕合書的形式表現，並於「犆」字的右下方增添合文符號「＝」。簡文爲「墨禱犆＝」。「犆牛」一詞據彭浩等人考釋，以爲應指「特牛」。〔註212〕《禮記・少儀》云：「不犆弔」，〈注〉云：「特本亦作犆，音特。」〔註213〕《周禮・秋官・掌客》云：「卿皆見以羔膳特牛」〔註214〕，《國語・楚語下》云：「天子舉以大牢，祀以會；諸侯舉以特牛，祀以大牢；卿舉以少牢，祀以特牛；大夫舉以特牲，祀以少牢；士食魚炙，祀以特牲。」〈注〉云：「特，一也」。〔註215〕又「犆」、「特」二字上古音同屬「定」紐「職」部，雙聲疊韻。犆牛爲特牛，爲祭祀的牛牲。

「者豬（🔲）」合文見於楚系文字，「者」字於兩周文字作：「🔲」〈伯者父簋〉、「🔲」〈包山227〉，「豬」字於兩周文字作：「🔲」〈天星觀・卜筮〉。滕壬生將「豬＝」字釋爲「者豬」合文。〔註216〕左側爲「豕」字，右側爲「者」字。「豬」與「者」採取合文方式書寫時，以包孕合書的形式表現，並於「豬」字的右下方增添合文符號「＝」。簡文爲「墨禱東城夫人豬＝酒食」。「者豬」指祭祀用的牲品。從曾侯乙墓、信陽楚墓、望山楚墓、包山楚墓等出土棺槨與文物尚用朱漆的現象言，楚國地處南方，應以赤色爲正色。又《說文解字》「赭」

〔註210〕《包山楚簡文字編》，頁151。

〔註211〕湖北省文物考古研究所、北京大學中文系：《望山楚簡》，頁 100，北京，中華書局，1995年。

〔註212〕〈包山二號楚墓簡牘釋文與考釋〉，《包山楚墓》，頁389。

〔註213〕《禮記正義》，頁628。

〔註214〕《周禮注疏》，頁583。

〔註215〕《國語》，頁564～565。

〔註216〕《楚系簡帛文字編》，頁1116。

字云：「赤土也，從赤者聲。」段玉裁〈注〉云：「引申爲凡赤。」〔註217〕《儀禮・覲禮》云：「諸侯覲于天子……設六色，東方青，南方赤，西方白，北方黑，上玄，下黃。」〔註218〕「者」、「赭」二字上古音同屬「端」紐「魚」部，雙聲疊韻。天星觀竹簡「者豬」一詞，可能指「赭豬」，即赤赭的豬牲。

表8－44

字例	殷商	西周	春秋	楚系	晉系	齊系	燕系	秦系
豜豕				 〈望山 1.110〉				
犆牛				 〈包山 222〉				
者豬				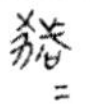 〈天星觀・卜筮〉				

（四）品物名稱合文

「革韗（）」合文見於楚系文字，「革」字於兩周金文作：「」〈康鼎〉、「」〈鄂君啓車節〉，「韗」字於兩周文字作：「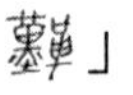」〈包山・牘1〉。「韗」字從革堇聲。「革」與「韗」採取合文方式書寫時，以包孕合書的形式表現，並於「韗」字的右下方增添合文符號「＝」。簡文爲「鞹牛之韗＝」。「革韗」一詞以析書方式書寫者，又見於包山竹簡（牘1），而（271）與（273）、（牘1）簡文相同，皆作「鞹牛之革韗」，惟（271）的「韗」字寫作從韋堇聲。《儀禮・聘禮》云：「君使卿韋弁」，〈疏〉云：「有毛則曰皮，去毛熟治則曰韋。」〔註219〕韋、革皆與「獸皮」有關，作爲形旁時可因義近而替代。彭浩等人將從韋堇聲之字讀爲「巾」，「以衣被車則稱爲巾」〔註220〕，故革韗係以鞹牛的皮革所製的車巾。

〔註217〕《說文解字注》，頁496。

〔註218〕《儀禮注疏》，頁329。

〔註219〕《儀禮注疏》，頁255。

〔註220〕〈包山二號楚墓簡牘釋文與考釋〉，《包山楚墓》，頁398。

「竹篓（）」合文見於楚系文字，「竹」字於兩周金文作：「╫」〈䢼盉壺〉，「妾」字於兩周文字作：「妾」〈包山 83〉，「篓」字於兩周文字作：「篓」〈望山 2.47〉。「篓」字從竹妾聲。「竹」與「篓」採取合文方式書寫時，以包孕合書的形式表現，並於「篓」字的右下方增添合文符號「＝」。簡文爲「二篓＝」。包山竹簡（260）爲遣策，在「竹篓」之前，尚有「羽篓」。據包山楚墓的發掘報告，二號墓出土一把長柄扇與一把短柄扇，扇面略呈梯形，扇緣爲長弧形，皆爲竹製品，正與遣策的記錄相符，竹篓係以竹子編製而成的扇。

「金鉸（）」合文見於楚系文字，「金」字於兩周金文作：「金」〈毛公鼎〉、「金」〈史頌簋〉、「金」〈中山王𰁸鼎〉，「交」字於兩周金文作：「交」〈函皇父簋〉。「鉸」字據劉信芳《包山楚簡解詁》所附圖版，或可看出左側從金，右側從交〔註221〕；滕壬生將之摹寫作「鉸」，釋爲「金鈌」。〔註222〕從字形觀察，滕壬生摹寫爲誤。「金」與「鉸」採取合文方式書寫時，以包孕合書的形式表現，並於「鉸」字的右下方增添合文符號「＝」。簡文爲「白鉸＝面」。《集韻》「鉸」字云：「交刀，一日以金飾器。」〔註223〕包山竹簡（272）爲遣策，「白金鉸面」應指某種以金屬裝飾的陪葬器物。

「贕鼎（）」合文見於楚系文字，「鼎」字於兩周金文作：「鼎」〈大盂鼎〉、「鼎」〈楚王酓肯鈄鼎〉，「貴」字於兩周文字作：「貴」〈包山 192〉。學者或將「贕」字隸定爲「顝＝」，釋爲「買鼎」合文〔註224〕，仔細觀察摹寫的字形與簡文差異甚大，應作「贕＝」字爲是。「贕」字左側爲「鼎」字，右側爲「貴」字。「贕」與「鼎」採取合文方式書寫時，以包孕合書的形式表現，並於「贕」字的右下方增添合文符號「＝」。簡文爲「六贕＝」。楚金文之銘文稱「╳鼎」者，如：〈無㠱鼎〉、〈邵王之諻鼎〉皆稱爲「饋鼎」，又如：〈塍所㑥鼎〉稱爲「貴鼎」等。「貴」字上古音屬「見」紐「物」部，「饋」字上古音屬「群」

〔註221〕《包山楚簡解詁》，頁 300。

〔註222〕《楚系簡帛文字編》，頁 1114。

〔註223〕（宋）丁度等編：《集韻》，頁 583，臺北，學海出版社，1986 年。

〔註224〕商承祚：〈江陵望山二號楚墓竹簡遣策摹本、考釋〉，《戰國楚竹簡匯編》，頁 93，頁 112，濟南，齊魯書社，1995 年；中山大學古文字學研究室：〈江陵望山二號楚墓竹簡《遣策》考釋〉，《戰國楚簡研究》第三期，頁 55，廣州，中山大學古文字研究室楚簡整理小組，1977 年。

紐「物」部，二者發聲部位相同，見群旁紐，疊韻。「鬻鼎」可能係指「饋鼎」或是「貴鼎」。

「駟馬（ ）」合文見於楚系文字，「馬」字於兩周金文作：「 」〈鄂君啓車節〉，「駟」字於兩周金文作：「 」〈庚壺〉。「駟」字左側爲「馬」字，右側爲「四」字。「駟」與「馬」採取合文方式書寫時，以包孕合書的形式表現，並於「駟」字的右下方增添合文符號「＝」。簡文爲「外新官之駟＝」。「駟馬」當爲馬匹的稱謂。《儀禮・覲禮》云：「諸公賜服者束帛四馬」〔註225〕；《詩經・秦風・駟驖》云：「駟驖孔阜，六轡在手。」〈箋〉云：「四馬六轡，六轡在手，言馬之良也。」〔註226〕又《楚辭・招魂》云：「青驪結駟兮」，〈注〉云：「四馬爲駟」〔註227〕；又《說文解字》「駟」字云：「一乘也」。〔註228〕「駟」者爲四馬之稱，一乘之數即爲四匹馬。

「弓弩（ ）」合文見於楚系文字，「弓」字於兩周金文作：「 」〈虢季子白盤〉，「弩」字於兩周文字作：「 」《古璽彙編》（0114）。「弩」字上半部爲「奴」，下半部爲「弓」，五里牌竹簡「弩」字將「弓」的下半部形體省減。「弩」與「弓」採取合文方式書寫時，以包孕合書的形式表現，並於「弩」字的右下方增添合文符號「＝」。簡文爲「弩＝」。「弓弩」爲弓的一種。「弓弩」一詞又見於傳世文獻，如：《周禮・夏官・司弓矢》云：「司弓矢，掌六弓四弩八矢之灋，辨其名物，而掌其守藏，與其出入。中春獻弓弩。」〔註229〕其用法應與楚簡相同。

「金鈇（ ）」合文見於晉系文字，「夫」字於兩周金文作：「 」〈曾姬無卹壺〉。「鈇」字左側爲「金」字，右側爲「夫」字，以合書方式書寫時，並於該字右下方增添合文符號「＝」。簡文爲「口器鈇＝二」。「金鈇」爲器物名稱。《響墓——戰國中山國國王之墓》以爲「金鈇」應爲「殺人之斧鉞」，何琳儀以爲可能是「銅篦」。〔註230〕《說文解字》「鈇」字云：「斫莝刀也。」〔註231〕可

〔註225〕《儀禮注疏》，頁 327。

〔註226〕《毛詩正義》，頁 231。

〔註227〕《楚辭補注》，頁 213。

〔註228〕《說文解字注》，頁 470。

〔註229〕《周禮注疏》，頁 484～485。

〔註230〕河北省文物研究所：《響墓——戰國中山國國王之墓》，頁 442，北京，文物出版社，

知何琳儀之言爲非。

表 8-45

字例	殷商	西周	春秋	楚系	晉系	齊系	燕系	秦系
革韇				〈包山 273〉				
竹箮				〈包山 260〉				
金鉸				〈包山 272〉				
黷鼎				〈望山 2.46〉				
馴馬				〈曾侯乙 142〉				
弓弩				〈五里牌 9〉				
金鈇						〈小木條 XK：518〉			

（五）其他合文

「婁女（𡠕）」合文見於楚系文字，「婁」字於兩周文字作：「𡉞」〈包山 161〉，「女」字於兩周金文作：「𢏘」〈鄂君啓舟節〉。「婁」字從臼從角從女。「婁」與「女」採取合文方式書寫時，以包孕合書的形式表現，並於「婁」字的右下方增添合文符號「＝」。簡文爲「婁＝」。在〈衣箱〉上與「婁女」並列者，尚見「角」、「斗」、「牽牛」、「七星」等二十八星宿的名稱，可知「婁女」係爲星

1996 年：《戰國古文字典——戰國文字聲系》，頁 1500。

〔註231〕　《說文解字注》，頁 720。

宿名稱。

「是日（是）」合文見於楚系文字，「是」字於兩周文字作：「是」〈毛公旅方鼎〉、「是」〈包山4〉，「日」字於兩周金文作：「日」〈史牆盤〉。「是」與「日」採取合文方式書寫時，由於具有共同的部分，遂以包孕合書的形式表現，並於「是」字的右下方增添合文符號「＝」。簡文爲「是＝就禱楚先」。「是日」一詞又見於傳世文獻，如：《史記・田敬仲完世家》云：「是日，烹阿大夫，及左右嘗譽者，皆并烹之。」〔註232〕「是」字有「此、這」之意，「是日」即白話文之「這天」。

「拜手（拜）」合文見於楚系文字，「拜」字於兩周文字作：「拜」〈不嬰簋〉、「拜」〈包山272〉，「手」字於兩周文字作：「手」〈不嬰簋〉、「手」〈郭店・五行45〉。「拜」字從二手。「拜」與「手」採取合文方式書寫時，以包孕合書的形式表現，並於「拜」字的右下方增添合文符號「＝」。簡文爲「小臣成，拜＝𩒻＝敢用一元☐」。「拜手」一詞又見於傳世文獻，如：《尚書・太甲》云：「伊尹拜手稽首」，〈正義〉云：「《周禮》『辨九拜，一曰稽首，二曰頓首，三曰空首。』鄭玄云：『稽首，拜頭至地也；頓首，拜頭叩地也；空首，拜頭至手，所爲謂拜手也。』……此言拜手稽首者，初爲拜頭至手，乃復申頭以至于地，至手是爲拜手，至地乃爲稽首。然則，凡爲稽首者，皆先爲拜手，乃後爲稽首，故拜手稽首連言之，諸言拜手稽首，義皆同也。」〔註233〕又習見出土文物中，如：〈盠侯鼎〉云：「拜首稽首，敢對揚天子丕顯休。」其用法應與楚簡相同。

「𩒻首（𩒻）」合文見於楚系文字，「𩒻」字於兩周金文作：「𩒻」〈大克鼎〉、「𩒻」〈公臣簋〉，「首」字於兩周金文作：「首」〈兮甲盤〉、「首」〈羌伯簋〉。「𩒻」字左側爲「旨」，右側爲「首」。「𩒻」與「首」採取合文方式書寫時，以包孕合書的形式表現，並於「𩒻」字的右下方增添合文符號「＝」。簡文爲「小臣成，拜＝𩒻＝敢用一元☐」。據上列「拜手」的考證，「𩒻首」一詞習見於傳世文獻與出土文物中，多與「拜手」連言，惟傳世文獻多將「𩒻」寫作「稽」。「稽」字上古音屬「溪」部「脂」紐，「旨」字上古音屬「端」部「脂」紐，疊韻。「𩒻首」即指「稽首」。

〔註232〕《史記會注考證》，頁717。

〔註233〕《尚書正義》，頁118。

「檀木（檀）」合文見於楚系文字，「檀」字於兩周文字作：「豐」《古陶文彙編》（3.858），「木」字於兩周金文作：「木」〈散氏盤〉。「檀」字左側爲「木」，右側爲「豐」。「檀」與「木」採取合文方式書寫時，以包孕合書的形式表現，並於「檀」字的右下方增添合文符號「＝」。簡文爲「午不可以檀＝」。李家浩將「檀＝」字隸定爲「樹木」二字合文，林清源以爲「樹」與「豎」二字音同。〔註234〕「樹」、「豎」二字上古音同屬「禪」紐「侯」部，雙聲疊韻。「檀木」一詞係指「樹木」。「樹木」一詞又見於傳世文獻，如：《禮記‧月令》云：「是月也，樹木方盛。」〔註235〕此處之「樹木」爲名詞，與九店竹簡用法不同，從「午不可樹木」而言，此「樹」字作爲動詞使用，「樹木」當指種植樹木。

「蠆蟲（蠆）」合文見於楚系文字，「蠆」字於兩周文字作：「蠆」〈郭店‧老子甲本33〉，「蚰」字於兩周金文作：「蚰」〈魚鼎匕〉。「蠆」字上半部爲「萬」，下半部爲「蚰」。《說文解字》「蠆」字云：「毒蟲也，象形。蠆，或從蚰。」〔註236〕從二虫或從一虫者，皆爲「蠆」字。又《說文解字》「蚰」字云：「蟲之總名也，從二虫。」「蟲」字云：「有足謂之蟲，無足謂之豸，從三虫。」〔註237〕「蚰」與「蟲」皆爲蟲屬，理當無別。「蠆」與「蚰」採取合文方式書寫時，以包孕合書的形式表現，並於「蠆」字的右下方增添合文符號「＝」。簡文爲「蟲蠆＝蛇弗若」。郭店竹簡所見文句，屬今本《老子》第五十五章，於馬王堆漢墓帛書《老子》乙本作「蜂癘虫蛇弗赫」，「蠆＝」應爲二字合文，爲「蠆」、「蟲」二字合書。

「並立（並）」合文見於楚系文字，「並」字於殷周金文作：「並」〈己並父丁爵〉、「並」〈乃子克鼎〉，「立」字於兩周金文作：「立」〈毛公鼎〉。「並」字爲二人並立之形。「並」與「立」採取合文方式書寫時，以包孕合書的形式表現，並於「並」字的右下方增添合文符號「＝」。簡文爲「天地名字並＝」。其用法與《禮記‧儒行》云：「儒有合志同方，營道同術；並立則樂，相下不厭；

〔註234〕李家浩：〈江陵九店五十六號墓竹簡釋文〉，《江陵九店東周墓》，頁508，北京，科學出版社，1995年；林清源：《楚國文字構形演變研究》，頁60，臺中，私立東海大學中國文學系博士論文，1997年。

〔註235〕《禮記正義》，頁319。

〔註236〕《說文解字注》，頁672。

〔註237〕《說文解字注》，頁681，頁682。

久不相見，聞流言不信。」〔註238〕的「並立」相近。

「身窮（⿱）」合文見於楚系文字，「身」字於兩周金文作：「⿱」〈瘲鐘〉、「⿱」〈班簋〉，「窮」字於兩周文字作：「⿱」〈郭店・老子乙本 14〉、「⿱」〈郭店・成之聞之 14〉。「窮」字從穴從躳，「躳」從身從呂，如：〈成之聞之〉，或從宀從身，如：〈老子〉乙本。「窮」與「身」採取合文方式書寫時，以包孕合書的形式表現，並於「窮」字的右下方增添合文符號「＝」。簡文爲「窮＝不貪，沒而弗利」。〔註239〕據李零之言，「身窮」與「沒」對舉，「不貪」與「弗利」對舉，「身窮」一詞可解釋爲「身死命終」之意。

「草茅（⿱）」合文見於楚系文字〔註240〕，「草」字於兩周文字作：「⿱」〈信陽 2.19〉，「茅」字於兩周金文作：「⿱」〈姧盠壺〉。「茅」字上半部爲「艸（草）」，下半部爲「矛」。「草」與「茅」採取合文方式書寫時，以包孕合書的形式表現，並於「茅」字的右下方增添合文符號「＝」。簡文爲「夫古者舜居於茅＝之中而不憂」。「草茅」應指以茅草蓋的房舍，於此指簡陋的居處。「草茅」一詞又見於傳世文獻，如：《儀禮・士相見禮》云：「宅者在邦，則曰市井之臣；在野，則曰草茅之臣；庶人，則曰刺草之臣；他國之臣，則曰外臣。」〔註241〕「草茅之臣」指去官而居於郊野或山林者，覲見本國之君時，則自稱爲草茅之臣，其用法與〈唐虞之道〉不同。從郭店竹簡的文句言，應指居所的簡陋。

「昊天（⿱）」合文見於楚系文字，「昊」字於兩周金文作：「⿱」〈史牆盤〉，「天」字於兩周文字作：「⿱」〈頌鼎〉、「⿱」〈包山 237〉。「昊」字從日從天。「昊」、「天」採取合文方式書寫時，以包孕合書的形式表現，並於「昊」字的右下方增添合文符號「＝」。簡文爲「昊天又成命」。〈孔子詩論〉中列出諸多《詩經》的篇名，「昊天又成命」係指《詩經・周頌》的〈昊天有成命〉。

「不怀（⿱）」合文見於楚系文字，「不」字於兩周金文作：「⿱」〈沈子它簋蓋〉、「⿱」〈蔡侯紐鐘〉，「怀」字於兩周文字作：「⿱」〈郭店・緇衣 25〉。

〔註238〕《禮記正義》，頁 979。

〔註239〕釋文從李零之說。李零：《郭店楚簡校讀記》，頁 95，北京，北京大學出版社，2002年。

〔註240〕陳偉：〈郭店楚簡別釋〉，《江漢考古》1998 年第 4 期，頁 70。

〔註241〕《儀禮注疏》，頁 76。

「伾」字從人不聲。「伾」、「不」採取合文方式書寫時，以包孕合書的形式表現，並於「伾」字的右下方增添合文符號「＝」。簡文爲「信以結之，則民伾＝」。上博簡〈緇衣〉之「信以結之，則民伾＝」，於郭店竹簡〈緇衣〉作「信以結之，則民不伾」（25），於今本〈緇衣〉作「信以結之，則民不倍。」〔註242〕「則民伾＝」一辭，係指「人民才不會背叛」之義。

「忞心（𢖻）」合文見於楚系文字，「心」字於兩周金文作：「🈶」〈史牆盤〉、「🈶」〈王孫遺者鐘〉。上半部爲「关」，與〈中山王𫐐方壺〉「朕（𦩻）」字右側上半部的形體相近同，下半部爲「心」。「忞」與「心」採取合文方式書寫時，以包孕合書的形式表現，並於該字的右下方增添合文符號「＝」。簡文爲「恭以涖之，則民有忞＝」。上博簡〈緇衣〉之「恭以涖之，則民有忞＝」，於郭店竹簡〈緇衣〉作「恭以位之，則民有愻心」（25），於今本〈緇衣〉作「恭以涖之，則民有孫心。」〔註243〕《說文解字》之「送」、「朕」等字右側的形體，與上博簡〈緇衣〉「忞」字上側的形體近同，故「忞」字可能從「送」或「朕」字得聲。又「孫」字上古音屬「心」紐「文」部；「忞」字若從「送」字得聲，「送」字上古音屬「心」紐「東」部；若從「朕」字得聲，「朕」字上古音屬「定」紐「侵」部。從語音的角度言，若要與「孫」字通假，「忞」字從「送」得聲的可能性較大。「則民有忞＝」一辭，係指「人民才會順服」之義。

「惡爲（𢝊）」合文見於楚系文字，「惡」字於兩周文字作：「𢝊」〈郭店・性自命出48〉，「爲」字於兩周金文作：「𤔲」〈曾伯陭壺〉、「𤔲」〈東周左𠂤壺〉、「𤔲」〈鄂君啓舟節〉。「惡」字從心爲聲。「惡」與「爲」採取合文方式書寫時，以包孕合書的形式表現，並於「惡」字的右下方增添合文符號「＝」。簡文爲「凡人惡＝可惡也」。上博簡〈性情論〉之「凡人惡＝可惡也」，於郭店竹簡〈性自命出〉作「凡人惡爲可惡也」（48）。與「凡人惡爲可惡也」對舉者爲「凡人情爲可悅也」（50），由此可以看出「人惡」與「人情」爲對舉關係，而「惡爲」非爲詞組，「人惡」爲一詞組，正與「人情」相同，「惡」字所接爲「可惡也」。

「先之（𡥀）」合文見於楚系文字，「之」字於兩周金文作：「业」〈毛公鼎〉，「先」字於兩周金文作：「𤯒」〈𦈺盉壺〉。「先」字上半部本爲「止」，下

〔註242〕《禮記正義》，頁927。

〔註243〕《禮記正義》，頁927。

半部爲「人」，在文字發展的過程，受到訛化影響，使得「止」、「之」同形。「之」與「先」採取合文方式書寫時，以包孕合書的形式表現，並於「先」字的右下方增添合文符號「＝」。簡文爲「小人先＝」。「小人先之」一辭的「之」字，應具有指稱代詞的作用，係指「小人」。〔註244〕

「闔門（）」合文見於楚系文字，「門」字於兩周金文作：「」〈曶鼎〉、「」〈散氏盤〉，「會」字於兩周金文作：「」〈蔡子匜〉。「闔」字從門會聲。「闔」與「會」採取合文方式書寫時，以包孕合書的形式表現，並於「闔」字的右下方增添合文符號「＝」。簡文爲「致命於闔＝」。「闔＝」一詞，整理者引《爾雅·釋宮》之言，「宮中之門謂之闈，其小者謂之閨，小閨謂之閤」，將之釋爲「閤門」，指宮中的門。〔註245〕又「閤門」一詞於傳世文獻多作「闔門」，如：《淮南子·脩務訓》云：「段干木闔門不出以安秦魏」。〔註246〕「盍」字上古音屬「匣」紐「葉」部，「合」字上古音屬「匣」紐「緝」部，「會」字上古音屬「匣」紐「月」部，雙聲。故知整理者意見應可採信。

「旅衣（）」合文見於秦系文字，「旅」字於兩周文字作：「」〈散氏盤〉、「」〈睡虎地·法律答問200〉，「衣」字於兩周文字作：「」〈睡虎地·秦律十八種78〉。「旅」字本從㫃從从，睡虎地竹簡「旅」字右側的形體與「衣」相同。「旅」與「衣」採取合文方式書寫時，以包孕合書的形式表現，並於「旅」字的右下方增添合文符號「＝」。簡文爲「甲旅札贏其籍及不備者，入其贏旅＝札，而責其不備旅＝札」。睡虎地整理小組云：「古時的甲，穿在上身的稱爲上旅，下身的稱爲下旅，甲葉稱爲札。」〔註247〕「旅衣」當指穿在身上的「鎧甲」。

「駑馬（）」合文見於秦系文字，「駑」字於兩周文字作：「」〈睡虎地·秦律雜抄10〉，「馬」字於兩周文字作：「」〈噩君啓車節〉、「」〈睡虎地·秦律十八種120〉。「駑」字從馬莫聲。「駑」與「馬」採取合文方式書寫時，以

〔註244〕「先之」合文以包孕合書省筆方式書寫者，除了增添合文符號「＝」的形式外，尚見郭店竹簡〈尊德義〉於合書形體的右側下方增添合文符號「一」，寫作「先一」。

〔註245〕陳佩芬：〈昔者君老〉，《上海博物館藏戰國楚竹書（二）》，頁244，上海，上海古籍出版社，2002年。

〔註246〕（漢）高誘註：《淮南子》，頁580，臺北，藝文印書館，1974年。

〔註247〕睡虎地秦墓竹簡整理小組：《睡虎地秦墓竹簡》，頁73，北京，文物出版社，2001年。

包孕合書的形式表現，並於「騫」字的右下方增添合文符號「＝」。簡文爲「先賦騫＝，馬備，乃遺從軍者」。《說文解字》「騫」字云：「上馬」〔註248〕，與秦簡不符，從〈秦律雜抄〉（10）的簡文觀察，「騫馬」當指作爲軍事用途的馬匹。

「營宮（營）」合文見於秦系文字，睡虎地竹簡寫作「營＝」者，學者多將之釋爲「營室」合文，李家浩從字形與文獻考證，指出該字當釋爲「營宮」，即文獻、秦簡、楚簡中所見的「營室」。〔註249〕「營」字於兩周文字作：「營」〈睡虎地・日書甲種 53〉，「宮」字於兩周金文作：「宮」〈散氏盤〉。「營」與「宮」採取合文方式書寫時，以包孕合書的形式表現，並於「營」字的右下方增添合文符號「＝」。簡文爲「直營＝以出女，父母必從居」。秦簡〈日書〉中時見「營室」一詞，作「營」者，除了此例之外，尚見於〈日書甲種 80〉的「營＝，利祠」、〈日書乙種 80〉的「正月，營＝，利祠」。「營宮」一詞既與「營室」相同，據「刪減偏旁省筆合文」之「未增添合文符號者」的「營室」項下之考證，當爲星宿之名。

「牽牛（牽）」合文見於秦系文字，「牽」字於兩周文字作：「牽」〈睡虎地・日書甲種 55〉，「牛」字於兩周金文作：「牛」〈鄂君啓舟節〉。「牽」字下半部從牛。「牽」與「牛」採取合文方式書寫時，以包孕合書的形式表現，並於「牽」字的右下方增添合文符號「＝」。簡文爲「牽＝以取織女而不果」；寫作「牽＝」者，又見於〈日書甲種 76〉之「牽＝，可祠及行」。「牽牛」一詞習見於傳世文獻，如：《左傳・昭公十七年》云：「冬，有星孛于大辰，西及漢。」〈疏〉云：「〈月令〉：『仲秋之月，日在角昏，牽牛中大辰。』是房心尾也。其星處於東方之時，在角星之北，故以八月之昏，角星與日俱沒，大辰見於西方也」。〔註250〕以「牽牛，可祠及行」爲例，「牽牛」當指星宿之名。又言及「牽牛」與「織女」者，於文獻中亦多見，如：〈古詩十九首之十〉云：「迢迢牽牛星，皎皎河漢女。」〔註251〕「河漢女」當指「織女」，又如：潘安仁〈西征賦〉

〔註248〕《說文解字注》，頁 469。

〔註249〕李家浩：〈五六號墓竹簡釋文與考釋〉，《九店楚簡》，頁 128，北京，中華書局，2000 年。

〔註250〕（周）左丘明傳、（晉）杜預注、（唐）孔穎達等正義：《春秋左傳正義》，頁 838，臺北，藝文印書館，1993 年。

〔註251〕（清）沈德潛選輯、王莼父箋註、劉鐵冷校刊：《古詩源箋注》，卷二，頁 116，臺

云：「儀景星於天漢，列牛女以雙峙」〔註252〕等；牛郎與織女的民間故事流傳甚廣，如：「織女七夕當渡河，使鵲爲橋。」〔註253〕以「牽牛以取織女」言，「牽牛」與「織女」於此已由星宿之名轉變爲民間故事的主角。

「僞爲（）」合文見於秦系文字，「僞」字於兩周文字作：「」〈睡虎地・法律答問 55〉。「僞」字從人爲聲。「僞」與「爲」採取合文方式書寫時，以包孕合書的形式表現，並於「僞」字的右下方增添合文符號「＝」。簡文爲「是待鬼僞＝鼠」。《說文解字》「僞」字云：「詐也」〔註254〕，「╳╳僞爲╳」，應是指「╳╳僞裝成爲╳」之意。

「貨貝（）」合文見於秦系文字，「貨」字於兩周文字作：「」〈睡虎地・日書甲種 38〉，「貝」字於兩周文字作：「」〈六年召伯虎簋〉、「」〈睡虎地・爲吏之道 18〉。「貨」字從貝化聲。「貨」與「貝」採取合文方式書寫時，以包孕合書的形式表現，並於「貨」字的右下方增添合文符號「＝」。簡文爲「以用垣宇，閉貨＝」。「貨貝」一詞又見於傳世文獻，如：《禮記・少儀》云：「君將適他，臣如致金玉貨貝於君，則曰致馬資於有司。」〔註255〕「貨貝」當指貨幣，其意義與睡虎地竹簡「貨貝」相同。

「婺女（）」合文見於秦系文字，「婺」字於兩周文字作：「」〈睡虎地・日書乙種 105〉。「婺」字下半部從女。「婺」與「女」採取合文方式書寫時，以包孕合書的形式表現，並於「婺」字的右下方增添合文符號「＝」。簡文爲「婺＝，祠、賈市、娶妻，吉」。「婺女」一詞又見於傳世文獻，如：《史記・天官書》云：「婺女」，〈索隱〉云：「務女，《爾雅》云：『須女謂之務女』是也，一作婺。」〈正義〉云：「須女四星，亦婺女，天少府也。南斗牽牛、須女，皆爲星紀。」〔註256〕「婺女」當指星宿之名。

北，華正書局，1986 年。

〔註252〕（梁）蕭統選輯、（唐）李善注釋：《文選》，卷十，頁143，臺北，正中書局，1985年。

〔註253〕（清）嚴可均校輯：《全後漢文・應劭》（收入《風俗通義》），卷三十六，頁300，臺北，世界書局，1975 年。

〔註254〕《說文解字注》，頁383。

〔註255〕《禮記正義》，頁626。

〔註256〕《史記會注考證》，頁464。

　　「裞衣（）」合文見於秦系文字，「裞」字於兩周文字作：「」〈睡虎地・為吏之道 16〉。「裞」字從衣折聲。〈日書乙種〉亦見「裞」、「衣」二字析書，如：（23）。「裞」與「衣」採取合文方式書寫時，以包孕合書的形式表現，並於「裞」字的右下方增添合文符號「＝」。簡文為「裞＝裳」。「裞╳╳」又見於〈日書甲種 115〉，為「裞新衣」，「裞衣裳」一辭之「裞」字，應作為動詞使用，整理小組將之釋為「製」〔註257〕，亦即「製作衣裳」之意。

表 8－46

字例	殷商	西周	春秋	楚系	晉系	齊系	燕系	秦系
婁女				 〈曾侯乙・衣箱〉				
是日				 〈新蔡・甲三 268〉				
拜手				 〈新蔡・乙四 70〉				
謟首				 〈新蔡・乙四 70〉				
檀木				 〈九店 56.39〉				
蠱蟲				 〈郭店・老子甲本 33〉				
並立				 〈郭店・太一生水 12〉				

〔註257〕《睡虎地秦墓竹簡》，頁 242。

身窮				〈郭店·唐虞之道2〉			
草茅				〈郭店·唐虞之道16〉			
昊天				〈上博·孔子詩論6〉			
不怀				〈上博·緇衣13〉			
悉心				〈上博·緇衣13〉			
惥爲				〈上博·性情論39〉			
先之				〈上博·從政甲篇17〉 〈郭店·尊德義16〉			
闔門				〈上博·昔者君老2〉			
旅衣							〈睡虎地·效律41〉
驀馬							〈睡虎地·秦律雜抄10〉

營宮								〈睡虎地・日書甲種 3 背〉
牽牛								〈睡虎地・日書甲種 3 背〉
僞爲								〈睡虎地・日書甲種 25 背〉
貨貝								〈睡虎地・日書甲種 103〉
婺女								〈睡虎地・日書乙種 105〉
裝衣								〈睡虎地・日書乙種 129〉

二、增添合文符號「＝」者

（一）其他合文

「土地（　）」合文見於楚系文字，「土」字於兩周金文作：「　」〈大盂鼎〉、「　」〈哀成叔鼎〉，「地」字於兩周文字作：「　」〈郭店・太一生水 12〉。「地」字下半部爲「土」，上半部爲「陀」。「土」與「地」採取合文方式書寫時，以包孕合書的形式表現，並於「地」字的右下方增添合文符號「＝」。簡文爲「聚人民，任墬＝，足此民爾，生死之用，非忠信者莫之能也。」「土地」一詞又見於傳世文獻，如：《孟子・離婁》云：「故善戰者服上刑，連諸侯者次之，辟草萊、任土地者次之。」〔註258〕其用法應與楚簡相同，猶白話之言：「分配土地

〔註258〕《孟子注疏》，頁 134。

予人民，使其開墾荒地，盡耕種之責。」的意思。

「志心（龔）」合文見於楚系文字，「志」字於兩周金文作：「龔」〈中山王𰯀方壺〉，「心」字於兩周金文作：「𰯀」〈大克鼎〉、「𰯀」〈中山王𰯀方壺〉。「志」字上半部爲「之」，下半部爲「心」。「志」與「心」採取合文方式書寫時，以包孕合書的形式表現，並於「志」字的右下方增添合文符號「＝」。簡文爲「味，口司也；氣，容司也；志＝司。」在「味，口司也；氣，容司也；志＝司」之前，尚見「容色，目司也；聲，耳司也；嗅，鼻司也。」故「志＝司」一詞本亦爲「志，╳司也」。《禮記・祭義》云：「是故先王之孝也，色不忘乎目，聲不絕乎耳，心志嗜欲，不忘乎心。」〔註259〕「容色」之後接「目」字，「聲」之後接「耳」字，「嗅」之後接「鼻」字，「味」之後接「口」字，「氣」之後接「容」字，與《禮記・祭義》相近。「志」字之義爲「意」，發之於「心」，其後應接上「心」字，作「志，心司也。」方能與其他的文句對舉。

表 8－47

字例	殷商	西周	春秋	楚系	晉系	齊系	燕系	秦系
土地				隄 〈郭店・六德 4〉				
志心				龔 〈郭店・語叢一 52〉				

總之，包孕合書的省筆方式，可以達到文字省減與節省空間的目的，其缺失係在未增添合文符號的情形下，容易誤將二字壓縮而成的形體，視爲一個單字，再加上合文的書寫並未限定於詞組關係者，也容易將上下二字壓縮而成的合文誤讀。大致而言，只要二字間具有相同的形體者，即可採取包孕合書的方式書寫，因此在運用上較共用或借用筆畫、部件、偏旁的書寫方式廣泛，於楚、晉、燕、秦系中皆可見其字例。

從秦系之睡虎地竹簡觀察，在篆書轉變爲隸書的過程，由於形體的變異，

〔註259〕《禮記正義》，頁 808。

造成兩個原本不同形體的文字，得以包孕合書的方式書寫。以「旅」字爲例，在金文中本從放從从，於睡虎地竹簡中改從衣，遂與「衣」字包孕合書，寫作「旅」字。由此可知，將篆書轉變爲隸書，有時亦會使得原本形體不同的某些文字，產生包孕合書的合文。

第八節　小　結

　　合文的發展，從殷商甲骨文至戰國文字，其間歷經了千年的時間。從內容言，由先王先公的稱謂、人名、地望、月名、數目字、習用語等，擴大到職官、姓氏、人名、地望、數目字、數量詞、時間序數詞、祭品、品物、動物、習用語等，甚至非屬詞組者，亦可以合書的方式表現；從書寫的方式言，由不省筆合文，逐漸發展出共用筆畫、共用偏旁、借用部件、刪減偏旁、包孕合書等。戰國時期的合文，無論在書寫的方式，或是書寫的內容，都達到了巔峰。此種書寫的方式，能夠持續如此長的時間，並且發展出一套書寫的模式，並非單純地只爲了便利，自有其形成或促使發展的因素：

　　1、爲脫字補刻影響。從甲骨文、金文觀察，某些甲骨卜辭或是銘文內容常有補刻的現象，這些事後補刻的文字，或置於缺字的兩側，或置於缺字的上下方，有時爲了配合方塊，甚至會將補刻的字體縮小，與前一字緊密的壓縮在一個方塊中，如：〈散伯車父鼎〉，將「吉」字縮小並且補刻於「初」字的左側。這種書寫的方式，正與不省筆合文的書寫情形相同，透過文字緊密的壓縮於一方塊裡，達到補字的效果。由於脫字補刻方式的可行，以及節省空間的需求，使得合文書寫方式日漸盛行。

　　2、追求書寫的便捷。合文書寫方式，可以透過偏旁、筆畫、部件之相同或相近，採取共用、借用，或是包孕合書的方式書寫，無論那一種方式，皆可以達到省減的目的。文字的使用，到了戰國時期愈爲頻繁，「趨簡避繁」成了不可避免的趨勢，相對地使得二字或二字以上的合書方式，日漸的盛行，甚至只要筆畫、部件的相近或相同，即可進行合書，毋須受限於是否爲詞組。

　　3、節省書寫的空間。據銘文或是簡牘帛書等資料所示，每一行的文字字數大多固定，今將二個或二個以上的文字緊密壓縮於一個方塊中，有時不僅可以省減部分的筆畫，也可以省去一個字的空間，使其在有限的書寫空間，容納更

多的文字。

此外，據拙作《楚系簡帛文字研究》的分析﹝註260﹞，楚簡帛合文的書寫形
式，具有三種特質：

1、任意性：由於書寫者的不同，造成同一批簡帛的文字大小不一，再加上
並非固定、有規律的將某兩個字合書，因此簡文中的合文時常可見以析
書方式表現者；此外，以合文書寫的二字，不一定為名詞，或是「之╳」
式的習用語，可能僅是為了書寫上的便利，即可將具有相近同筆畫、偏
旁者合書。

2、便利性：此乃承繼書寫的便利方式而來，它不僅要具有便利性，更須具
有實用性，從簡帛合文的資料顯示，內容多為稱謂詞、月名、數目字、
「之╳」式的習用語，品物器用名稱等，其出現的次數相當多，為求書
寫上的便利，遂把某二個字以合書的形式表現。省筆合文的方式，可以
避免重複書寫某兩個字的麻煩與時間，不省筆合文的方式，可以省減空
間，故知省筆與否，皆是便利與實用性質並重。

3、流行性：從現今所見楚簡帛合文的內容言，它和書寫於其他材質的合文
多有相似；其次，在數量上亦較銘文為多。此種書寫方式在當時本是為
了便利與實用，然而隨著審美觀的不同，以及書寫者的美化，再加上當
時的社會風氣等因素，使得這種書寫的方式蔚為風尚。

今將之與戰國五系的所有資料一併觀察，無論是哪一系統的材料，皆具有以上
三項特質。

戰國五系文字的合文，採取省筆方式書寫者，具有一定的條件限制，如：

1、合書的二字，須同時具有相同的某一筆畫，才能共用筆畫，達到省減的
目的。

2、合書的二字，須同時具有相同的某一偏旁，才能共用偏旁，達到省減的
目的。

3、合書的二字，須同時具有相近的某一部件，才能借用部件，達到省減的
目的。

〔註260〕陳立：《楚系簡帛文字研究》，頁 418，臺北，國立臺灣師範大學國文研究所碩士
論文，1999 年。

4、合書的二字，被省減的字，本身須可作爲另一個字的偏旁，才能以包孕
　　合書的方式，達到省減的目的。

合文的書寫，並非只是單純的將二字或二字以上者，使之緊密結合，壓縮於一
個方塊裡，並於該字右下方增添合文符號「＝」，或「－」，或不增添任何的合
文符號即可，基本上必須考慮文字間的形體差異，才能有不同的書寫形式。